Richard Hey
Ein Mord am Lietzensee

Serie Piper
Band 5558

Zu diesem Buch

Als in einer Parkanlage am Berliner Lietzensee ein alter Mann erschlagen aufgefunden wird, geht der Verdacht von Kriminalkommissarin Ledermacher zunächst in die gleiche Richtung wie die feste Meinung der anwohnenden Bürger: Als Täter kommen nur die Rocker in Frage, die seit längerem die Gegend terrorisieren. Bei ihren Recherchen jedoch stößt die couragierte Polizistin auf eine ganz andere Spur: Statt der schwarzbelederten »Lieblinge Luzifers« erscheinen ihr nun die Insassen eines Altersheims als besonders verdächtig. Derlei Vermutungen passen natürlich weder der Öffentlichkeit noch ihren Vorgesetzten ins geordnete Weltbild.

Richard Hey, geboren 1926 in Bonn, Regieassistent beim Film, Journalist, Musikkritiker. Zahlreiche Hörspiele und Romane. Seine Kriminalromane um die Berliner Kommissarin Katharina Ledermacher werden in der Serie Piper Spannung vollständig erscheinen.

Richard Hey

Ein Mord am Lietzensee

Roman

Piper
München Zürich

SERIE PIPER
SPANNUNG
Herausgegeben von Friedrich Kur

Von Richard Hey liegen in der Serie Piper außerdem vor:
Engelmacher & Co. (5559)
Ohne Geld singt der Blinde nicht (5560)

»Ein Mord am Lietzensee«
erschien erstmals 1973 im Athenäum Verlag, Königstein.
ISBN 3-492-15558-8
Juni 1989
2. Auflage, 8.–12. Tausend Mai 1991

Umschlag: Federico Luci,
unter Verwendung einer Zeichnung von Jörg Extra
Photo Umschlagrückseite: Peter Peitsch
Gesamtherstellung: Clausen & Bosse, Leck
Printed in Germany

1

Seit einigen Tagen schlief Katharina Ledermacher in den frühen Morgenstunden unruhig.

Zu ihren Gewohnheiten gehörte es, gegen fünf, im Halbschlaf, mit einem geschlossenen und einem viertelgeöffneten Auge und behutsam, um nicht aufzuwachen, aufs Klo zu gehen. Erleichtert kuschelte sie sich danach wieder an Roberts Seite, überhörte sein betontes Ein- und Ausatmen, das ihr zeigen sollte: du hast mich gestört, und schlief sofort tief und ruhig weiter, bis sie durch dröhnende Glocken genau um sieben geweckt wurde. Die Drei-Zimmer-Wohnung lag im vierten Stock eines Altbauhauses in der Charlottenburger Pestalozzistraße, gegenüber der Trinitatis-Kirche auf dem Karl-August-Platz.

Die Kirche, ein aufgeplustertes Backsteinhuhn, wie Katharina fand, mit hoher, kupfergrünschwarzer Nachkriegsturmspitze, der höchsten West-Berlins, wie Robert behauptete, war im neunzehnten Jahrhundert in wilhelminischer Gotik gebaut worden. Das Läutwerk ging um sieben los, um zwölf, zu jeder Hochzeit, und sonntagvormittags ab acht mindestens viermal. Um sieben dauerte es genau drei Minuten. Meistens stand Katharina während der letzten Töne nackt am Fenster oder, im Sommer, in einem alten Unterhemd Roberts auf dem morschen Balkon, der immer noch nicht baupolizeilich abgebrochen worden war, und blickte über schüttere Akazienwipfel hinweg auf eine der vier riesigen Kirchturmuhren. Dann blickte sie auf ihre Armbanduhr. Diesen Moment mochte Katharina, egal ob noch Straßenlaternen brannten oder schon lange die Sonne schien.

Die türkischen und jugoslawischen Straßenreiniger waren noch fern. Die Expreßreinigung, die Fleischerei, der Autoverleiher, das Bestattungsunternehmen, der Werkzeugladen, die Druckerei, die Schlosserei, die zoologische Handlung, Schuberts gegen Hertie ankämpfende Feinkost, die drei Möbelgeschäfte, fünf Kneipen und sieben Trödelläden, die Katharina sehen konnte, hatten alle noch geschlossen. Ebenso Hertie an der Ecke Wilmersdorfer. An zwei, drei weiteren Läden blieben seit Monaten die Rolläden schief und verdreckt heruntergezogen, Firmenschilder waren abgenommen oder zerschlagen. Aber in den andern, noch nicht dem Verfall und den Ratten überlassenen Läden wurde schon gearbeitet. Einige Hunde vermehrten die bereits vorhandenen Kackhaufen und Pissepfützen auf dem Karl-August-Platz und auf den Bürgersteigen der Pestalozzistraße. Einige der in langen Reihen an beiden Straßenrändern parkenden Autos setzten sich in Bewegung, lautlos unter dem Lärm der Glocken. Erst wenn der letzte Glockenton allmählich verstummte, waren wieder Geräusche zu hören, das Kaffeewasser aus der Küche, von der Straße Schritte, Rufe, mißtönendes Anlassen von kalten Automotoren, Hundebellen. Und Katharinas Arbeitstag begann: Anziehen, Frühstückmachen, Zeitunglesen, Von-Robert-Verabschieden. Meistens ging sie noch ein paar Schritte durch die Krumme Straße, rannte im Hochhaus gegenüber der Oper in den achten Stock, sah nach ihrer eigenen Zweizimmerwohnung, sah Post durch und flüchtig von schräg oben auf ihr verdrecktes Auto im Innenhof, ließ den Aufzug kommen und leer nach unten fahren, rannte zugleich über die Treppe los, war immer vor dem Aufzug unten und fuhr dann mit der U-Bahn, einmal Umsteiger bis Bayerischer Platz, zu ihrem Büro in der Gothaer Straße, wo die Westberliner Kriminalpolizei einige ihrer Abteilungen hat.

Seit dem zweiten Januar dröhnten die Glocken nicht mehr rücksichtslos um sieben. Sie dröhnten auch nicht mehr um zwölf. Sie läuteten zurückhaltend höchstens sonntags und bei Hochzeiten. Und wenn Katharina von ihrem einäugigen Fünf-Uhr-früh-Gang ins Bett zurückgekehrt war, fürchtete sie jetzt, nicht mehr rechtzeitig aufzuwachen, falls sie, wie üblich, aus dem sorgfältig bewahrten Halbschlaf wieder in den Tiefschlaf glitte. Robert behauptete zwar, er habe wie jeder Schulmeister die innere Uhr, und er könne zu jeder gewünschten Minute wach werden, aber Katharina mißtraute ihm.

Und weil sie immer wieder vergaß, ihren eigenen Wecker aus dem Hochhaus herüberzuholen, war sie jetzt mit sorgenvollem Nachdenken über ihr Schlafdefizit beschäftigt. Wenigstens glaubte sie das, bis Robert sie sanft wachrüttelte. Es war schon zwanzig nach sieben, er hatte Kaffee gemacht und Zeitungen und Schrippen geholt. Alle Lampen in der Wohnung brannten. Draußen war es noch dunkel.

2

Der Studienrat Robert Tillmann saß in Tweedhosen und rostrotem Rollkragenpullover auf dem Badewannenrand und las der Kriminalkommissarin Katharina Ledermacher abwechselnd aus der *Frankfurter Rundschau* und der *Berliner Morgenpost* vor, Ausgaben von Donnerstag, 11. Januar. Katharina sah ihn durch den Spiegel. Sie trug Lidschatten auf und langte zwischendurch nach der Tasse mit heißem Kaffee, die Robert ihr aufs Fensterbrett gestellt hatte. Sie prüfte den Pagenschnitt ihrer dunklen Haare, fand ihn noch in Ordnung. Sie fand ihre grauen Augen in Ordnung. Sie fand ihre Brüste in Ordnung. Sie fand die senkrechte Falte über ihrer Nase in Ordnung. Wenn die Falte tief war, ging es ihr nicht besonders. Sie merkte, daß Robert sie beobachtete.

«Jetzt Wirtschaft», sagte sie.

Robert las ihr ein paar Überschriften und Zwischentitel aus dem Wirtschaftsteil vor. Sie betrachtete ihn, seine rosige Haut, sein rotblondes gelocktes Haar, seine beginnende Stirnglatze. Er neigte etwas zur Korpulenz. Aber wenn er sich bewegte, wirkte er behende, überhaupt nicht massig. Sie ging massigen Männern, wenn sie es einrichten konnte, aus dem Weg, seit sie vor zehn Jahren von Ruedi Scheidt, 195 Zentimeter groß, zwei Zentner schwer, geschieden worden war.

«Oh», sagte Robert, «das hier wird dir Freude machen.»

«Gott, schon halb», murmelte Katharina und rannte in den Flur. Robert folgte ihr und las dabei vor: «Die Serie brutaler Raubüberfälle und vandalischer Zerstörungen – schöner Genitiv – vandalischer Zerstörungen in unserer Stadt geht weiter. Die Polizei sieht hilflos zu.»

Katharina, vor dem Flurspiegel, schon im Mantel: «Klar. Was soll sie auch sonst tun. Hast du meine Handschuhe gesehen?» Robert gab sie ihr. Sie hatten neben dem Spiegel auf dem Garderobentisch gelegen.

«Weiterhin werden Geschäfte aufgebrochen, Passanten niedergeschlagen und beraubt. Der Kassierer, der bei dem Überfall auf die Discontobank in Steglitz vor drei Tagen durch zwei Schüsse schwer verletzt wurde, ist noch immer bewußtlos. Die billige Plastik-Kinderkarnevalsmaske – kühne Substantivhäufung – die er dem Räuber vom Gesicht gerissen hatte, ist das einzige Beweisstück der Polizei. Solche für Kinder gedachten Gesichtsmasken werden in diesen Tagen zu Tausenden angeboten und verkauft, auch an Erwachsene, obwohl der Berliner doch eigentlich kein Karnevals-Jeck ist. Die Kripobeamten hoffen, daß der Kassierer bald zu sich kommen und aussagen wird. Das ist eine magere Aussicht. Seit Anfang November vorigen Jahres rasen immer häufiger auf gleiche Weise Maskierte am hellichten Tag in gestohlenen Autos rücksichtslos über Zebrastreifen und Bürgersteige hinweg, schleudern während des Fahrens Steine in Schaufenster oder schießen sie einfach entzwei. Tausende von Zigarettenautomaten und Hunderte von Verkehrszeichen wurden zerstört, Omnibusse der BVG beschädigt.»

Katharina lief zwischen Schlafzimmer und Wohnzimmer hin und her. «Wo sind meine Hausschlüssel?»

«Auf dem Eisschrank.»

Robert folgte Katharina in die Küche. «Die Bewohner ganzer Straßenzüge werden durch gellende rhythmische Hupkonzerte tyrannisiert. Dabei ist der Silvester-Terror noch unvergessen, zu dessen trauriger Bilanz die abgebrannte Terrasse des Bristol-Restaurants auf dem Kurfürstendamm sowie einige hundert mutwillig beschädigte und in Brand gesteckte Autos gehören. Allgemein wird die berüchtigte Jugendlichenbande ‹Luzifers Lieblinge› für diese sich häufenden Verbrechen verantwortlich gemacht. Aber die Polizei behauptet, keine Beweise zu haben. Wir müssen feststellen –»

Katharina rief aus dem Wohnzimmer: «Bleibt's beim Kino heute abend?»

Robert erschien in der Wohnzimmertür, die Zeitung in der Hand. «Wenn deine Lieblinge es uns erlauben.»

«Die Lieblinge gehn mich nichts an. Die fallen unter J II.»

Katharina stopfte Akten, die sie neben dem Fernsehapparat gefunden hatte, in eine viel zu kleine Klarsichthülle. «Und aus Jugend II bin ich seit einem Jahr raus.» Sie rannte an ihm vorbei in den Flur, drehte sich um. «Also dann, Dicker. Was gibt's heute bei dir?»

«Fünf Stunden Deutschaufsatz. Und bei dir?»

«Engelhard und Wankum.»

Die Abteilungsleiterin in der Firma Auto-Schönfeld Helga Engelhard und der Arbeiter Rudi Wankum hatten vor drei Tagen, wie es schien, ihr Leben gemeinsam und freiwillig mit ein paar Schüssen beendet. Es konnte aber auch sein, daß sie umgebracht worden waren.

«Heute kommt Irina. Du brauchst nicht abzuwaschen.»

Robert blickte hinter ihr her. Sie hatte gerade die Wohnungstür geöffnet.

«Mach's gut.»

Sie lächelte, winkte, schlug die Wohnungstür zu.

Im Gegensatz zu der hellen Wohnung, mit ihren hohen stuckverzierten Räumen und ihren zwar kaum noch schließenden und stark verzogenen, aber doch eindrucksvollen Flügeltüren, war das Treppenhaus ein durch schmutzige Glühbirnen schlecht beleuchtetes modrig riechendes Loch mit herabfallendem Putz an den verschimmelten Wänden, fleckigen Linoleumresten auf den Stufen und einem Geländer, das bedrohlich knackte, wenn es berührt wurde. Der Besitzer hatte kein Interesse an einem Haus, das um so schneller im Charlottenburger Untersumpf versacken würde, je mehr Hochhäuser in der Nachbarschaft entstanden und den Grundwasserspiegel senkten. Katharina konnte auch dieses Treppenhaus in Rekordzeit hinter sich bringen. Aufwärts brauchte sie nur einmal einzuatmen. Abwärts, wie jetzt, keinmal.

Sie stand einen Moment vor der Haustür auf der Straße, knöpfte ihren abgewetzten dunkelbraunen Lammfellmantel zu, sog Luft ein. Die war für Januar nicht übermäßig kalt, aber feucht. Sie roch fast so wie die Luft im Treppenhaus. Katharina hätte gern Schnee gehabt. Aber es schneite nicht. Es war immer noch dunkel in den von zu wenig Laternen beleuchteten Straßen. Ein kleines graues Auto bog langsam von der Krummen Straße ein, blinkte mit den Scheinwerfern, hupte kurz, hielt vor ihr. Eine Wagentür wurde geöffnet. Der Fahrer grinste sie durch die stark verschmutzte Windschutzscheibe an. Katharina stieg ein. «Schönen guten Morgen, Ledermacherin», sagte der Fahrer und fuhr los. «Das war Sekunden-Timing.»

«Morgen, Zobel», murmelte Katharina. «Seit wann werde ich abgeholt? Ist was mit Gerfried und Doris?»

Manfred Zobel, 24, ledig, war der jüngste von den drei ihr unmittelbar unterstellten Kriminalbeamten, Heinz Gerfried, 35, verheiratet, der älteste, und Doris Wingert, ledig, war so dazwischen, um die Dreißig.

«Was haben Sie mir beigebracht? Nicht zwei Fragen auf einmal.» Zobel grinste wieder. Manchmal mochte Katharina dieses Grinsen, manchmal nicht. Heute fand sie es einfältig. Zobel hörte auf zu grinsen. «Am Lietzensee liegt ein alter Mann mit eingeschlagenem Kopf. Die Charlottenburger Kollegen wollten nicht warten, bis die Zentrale einen aus der Tötung schickt.» Zobel machte eine Pause, während er sein kleines graues Auto in den Morgenverkehr der Kantstraße einfädelte. In dieser Pause sagte er nicht: Also haben sie in Ihrer Wohnung angerufen. Natürlich vergeblich. Was Ihren Lehrer betrifft, sind die eben noch nicht auf dem laufenden. Sondern er sagte, nach der Pause, schon auf der Kantstraße: «Da haben die mich angerufen und gefragt, ob ich Sie nicht erwischen kann, bevor Sie in die Zentrale fahren.»

Zobel wohnte nur ein paar Autominuten weiter am Sophie-Charlotte-Platz hinter der Charlottenburger Polizeiinspektion am Kaiserdamm. Da hatte er früher im Ersten Kommissariat gearbeitet. Gleich als Anfänger hatte er großen Erfolg gehabt. Es war ihm gelungen, einen erfahrenen, international gesuchten Taschendieb festzunehmen.

«Es ist Ihnen doch recht so?» erkundigte sich Zobel und sah sie an, weil sie bloß schweigend dasaß.

«Überhaupt nicht», sagte sie. Sie fror. Sie hatte keine Lust, sich mit dem eingeschlagenen Kopf eines alten Mannes zu beschäftigen. Sie fühlte sich noch nicht wach. Sie brauchte die tägliche U-Bahnfahrt ins Büro, um aufzuwachen. Als sie den besorgten Blick von Zobel spürte, lächelte sie. «Aber es ist natürlich richtig so», sagte sie. Ihr Atem beschlug die Windschutzscheibe. Bevor das Auto warm wurde, hielt Zobel schon und genau da, wo die Neue Kantstraße als hellerleuchteter Damm den Lietzensee in zwei dunkle Hälften teilte. Vor ihnen standen quer über dem Bürgersteig zwei Streifenwagen der Polizei mit lautlos rotierendem Blaulicht, dazwischen ein roter VW-Bus der Feuerwehr. Auf der gegenüberliegenden Seite der Lietzenseebrücke warteten zwei Taxen. Die Fahrer dösten am Steuer. Aus dem herabgekurbelten Fahrerfenster des vorderen Streifenwagens kam knatternd und quäkend eine Funknachricht. Katharina verstand nur noch das Wort «Ende», als sie ausstieg. Sie fror noch immer. Zwei uniformierte Beamte, langhaarig, schnauzbärtig, für Katharina unbegreiflich aktiv, unbegreiflich freundlich an diesem Morgen, forderten mit kreisenden Handbewegungen Schulkinder und Erwachsene auf, nicht stehenzubleiben. Aber die Schulkinder und Erwachsenen blieben trotzdem stehen, zuckendes Blaulicht auf den Gesichtern, glotzten und warteten.

Katharina begrüßte die beiden Beamten. Ein dritter kam aus dem vorderen Streifenwagen. Er war kaum älter als die beiden anderen Beamten, aber schon ziemlich dick, und er schwitzte. Die frierende Katharina betrachtete die Schweißtropfen auf seiner Stirn, während er sprach, und er blickte abwechselnd von Zobel, den er kannte, zu Katharina, die er nicht kannte.

«Ich habe gerade was von der Zentrale durchgekriegt.» Er bemühte sich, hochdeutsch zu sprechen. «Da ist soeben einer von Luzifers Lieblingen in Gewahrsam genommen worden. Der hatte einen Totschläger bei sich. Ich soll es dem Kommissar ausrichten, Zobel.»

«Danke», sagte Katharina. «Bitte teilen Sie der Zentrale mit, daß der Kommissar eingetroffen ist.» Der umfangreiche Beamte sah noch mal von Zobel zu Katharina, grüßte und klemmte sich wieder in seinen Streifenwagen, während Katharina und Zobel durch ein schief in der Angel hängendes offenes Eisentor gingen. Das Tor stammte noch aus der Zeit, als der Lietzenseepark nachts geschlossen gehalten wurde. Nach wenigen Schritten befanden sie sich im Dunkeln. Der Großstadthimmel über ihnen war hell. Aber ihre Schuhe sahen sie kaum als Schatten auf dem dunkelgrauen ebenen Weg, der sie parallel zur Straße nach unten führte. Vom Weg zur Straße hinauf standen kahle schwarze Büsche. Durch Äste und Sträucher sah Katharina unten den Schein einer starken Taschenlampe, der langsam kreiste. Sie hörte Stimmen.

Am zugefrorenen See war ein kleiner runder Platz. Auf dem Platz lagen Bänke übereinandergeschichtet, Äste und Laub waren zu einem Haufen zusammengekehrt. Mit dem Rücken zu Katharina ein paar Leute: ein Streifenpolizist, der den Lichtschein seiner Taschenlampe auf dem Ästehaufen wandern ließ, ein Fotograf mit Fellmütze, der vor dem Haufen kniete und am Blitzlicht hantierte, ein Mann in Leder, der ebenfalls kniete und, vom Schein der wandernden Taschenlampe gestreift, kleine Klarsichtbeutel sortierte, zwei ruhig wartende Männer mit einer Bahre, abseits ein älterer Mann mit Hut, der sich bückte. Im plötzlichen Aufflammen des Blitzlichts sah Katharina, daß er im Begriff war, mit pedantischer Sorgfalt ein Abhorchgerät in einer Arzttasche zu verstauen. Und jetzt sah sie auch die regungslos liegende Gestalt im dunklen Mantel, flach ausgestreckt inmitten der Äste, als sei sie mit ihnen zusammen aufgekehrt worden.

Katharina ging näher heran, alle wandten sich zu ihr um. In der beginnenden Morgendämmerung hatten sie graue, schattige Gesichter. Etwas entfernt quakten ein paar Enten. Oben, auf der Straße, rauschten die Autos vorbei. Katharina schüttelte ein paar Hände. Den Fotografen, den Kollegen vom Charlottenburger Erkennungsdienst und den Arzt kannte sie.

«Wer hat ihn gefunden?» fragte sie.

«Der ist jetzt drüben bei den Enten», sagte der Polizist und sah Katharina neugierig an. «Ein Angestellter des städtischen Gartenbauamts Charlottenburg. Er kam heute morgen früher als gewöhnlich, weil wir nachts bis zu minus fünf hatten. Er wollte nachsehen, ob das Wasserloch für die Enten nicht zugefroren war. Da fand er den hier liegen.»

Die Taschenlampe des Polizisten leuchtete über den dunklen, abgetragenen Mantel, über verbrauchte, glänzende Hosen, über die seitwärts von den Ästen herabhängenden Hände, auf einen gepflegten alten schwarzen Schuh, auf eine goldgeränderte intakt gebliebene Brille, die neben dem Schuh auf dem Boden lag, auf eine gepunktete Schleife und ein blasses, faltiges Gesicht darüber, das aus den Ästen streng nach oben blickte. Im Mund des Gesichtes steckte ein zusammengerolltes Taschentuch mit den deutlich sichtbaren eingestickten Buchstaben H. B.

«Der Gärtner hielt ihn erst für betrunken. Er sagt, der hat noch als Leiche eine Fahne gehabt. Er versuchte, ihn aufzurichten. Im Dunkeln konnte er ja nicht gleich erkennen, was los war. Er hat den Kopf angefaßt und etwas angehoben. Da spürte er, daß der Hinterkopf sich weich und klebrig anfühlte. Als er losrannte, um Hilfe zu holen, trat er gegen die Brille, und sie flog bis drüben ans Ufer. Er hat sie für uns wieder dahin gelegt, wo sie seiner Meinung nach war.»

«Sagt er», bemerkte Zobel.

«Sagt er», wiederholte der Polizist. Er fügte hinzu, als schlösse das jeden Verdacht aus: «Aber er hat sich ausgewiesen.»

«Der Gärtner war wieder der Mörder, haha», sagte der Fotograf. Als die anderen ihn schweigend ansahen, hing er sich mürrisch seine beiden Fotoapparate um den Hals. «Mein Gott, das ist ein uralter Wiener Witz. Ich dachte, ihr kennt den. Na gut. Kontaktabzüge können Sie in einer Stunde haben.» Er tippte an seine Fellmütze, ging dann den Weg nach oben zurück, den Katharina mit Zobel heruntergekommen war.

«Das hier», sagte der Polizist, «haben wir auf dem Weg gefunden. Ungefähr da, wo der Fotograf jetzt langgeht.»

Während Zobel sich umdrehte und hinter dem Fotografen herblickte, der neben dem schwarzen Gestrüpp verschwand, reichte der Polizist Katharina einen Berliner Personalausweis, leuchtete mit der Taschenlampe hinein. Sie sah das Gesicht eines knapp siebzigjährigen Mannes, der durch eine Brille streng am Betrachter vorbeiblickte. Sie las den Namen: Hermann Brückner, und die Adresse: Berlin-Nikolassee, Von-Luck-Straße, und gab den Ausweis an Zobel.

«Wird rausgefallen sein», sagte Zobel, während er die Adresse im Licht der Taschenlampe des Polizisten abschrieb, «als man ihm das Tuch aus der Tasche fischte, um ihn zu knebeln.»

«Möglich», sagte Katharina.

«Das bedeutet», fuhr Zobel fort, «daß wir eventuell mit zwei oder sogar mehreren an der Tat Beteiligten rechnen müssen.»

«Eventuell ja», sagte Katharina und tastete Mantel- und Jackettaschen des Toten ab. Sie fand ein Schlüsselbund mit Sicherheitsschlüsseln und einem einfachen Schlüssel, sowie eine alte schwarze Geldbörse mit einem Zehnmarkschein und einem Fünfzigpfennigstück. Sonst nichts. Sie gab Schlüsselbund und Geldbörse Zobel, der die Gegenstände samt dem Ausweis in eine Hertie- oder Neckermann-Plastiktüte schob. Er fuhr nie zum Dienst ohne mindestens zwei solcher Plastiktüten. Die von der Kriminalpolizei üblicherweise verwendeten Klarsichtbeutel waren ihm zu klein. In der zweiten Plastiktüte verstaute er die goldgeränderte Brille und die kleinen Klarsichtbeutel mit Laubresten, Zweigen, Mantelstoffasern und Spurenfolien, die ihm der Charlottenburger Kollege reichte. «Von mir aus wär's das», sagte der. «Bloß an den Knebel bin ich nicht ran. Das macht ihr man besser im Labor.»

Katharina blickte auf die dunkle, mehrfach gestopfte Wollsocke des linken schuhlosen Fußes, die halb vom Fuß geglitten war und ein Stück magere Altmännerwade und den unteren Teil einer langen grauen Unterhose freigab. Dann wandte sie sich an den Arzt: «Wann ungefähr ist der Tod eingetreten?»

Der Arzt hob seine Tasche ein wenig und senkte sie gleich wieder. «Um Mitternacht herum. Eine halbe Stunde früher, eine halbe Stunde später. Genaueres nach dem Obduktionsergebnis. Daß der Tote erhebliche Mengen Alkohol zu sich genommen hat, möchte ich einstweilen nicht ausschließen. Übrigens bin ich ziemlich sicher, daß er nicht am Knebel erstickt ist. Zumal der Knebel ja weder mit Heftpflaster noch mit Stricken befestigt gewesen zu sein scheint. Er ist ihm bloß so reingestopft worden, für den Moment der Schläge. Und diese zwei, drei wuchtigen Schläge mit einem massiven Gegenstand haben ihm die Schädeldecke zertrümmert.» Wieder hob und senkte sich die Tasche. «Ich wundere mich, daß nicht Gehirnsubstanz ausgetreten ist.»

Der Arzt stellte die Tasche auf den Boden, griff nach dem Kopf des Toten, schloß ihm jetzt erst beiläufig die Augen und drehte ihn vorsichtig ein wenig. Der Polizist leuchtete mit der Taschenlampe, und Katharina sah blutverklebtes, schütteres graues Haar, tief in eine ausgezackte Wunde gepreßt, und lappige blasse Kopfhaut.

«Mit einem massiven Gegenstand», wiederholte sie und ging um Hermann Brückner herum.

«Wir haben hier schon abgesucht», sagte der Polizist. Der Arzt hatte seine Tasche wieder in der Hand, und die Tasche hob und senkte sich. «Ja, Frau Ledermacher, dann darf ich mich wohl zunächst empfehlen. Ich rufe an, sobald ich mehr weiß.»

«Danke, Dr. Martin.»

Der Arzt lüftete auf altmodische Weise knapp seinen Hut vor Katharina. Sie dankte auch dem Herrn im knirschenden Leder und wandte sich an den Polizisten: «Wir müssen diesen Teil des Parks zunächst noch abgesperrt halten. Bitte sagen Sie Ihren Kollegen oben Bescheid, daß auch die andern Ausgänge besetzt werden, Wundtstraße, Witzlebenplatz und so weiter.» Sie nickte den beiden Männern mit der Bahre zu, die geduldig auf genau dies Nicken gewartet hatten und sich jetzt in Bewegung setzten, um Brückner samt Einzelschuh aufzunehmen. «Aber nicht den Knebel berühren», sagte Katharina. Die Männer brummten etwas wie: na klar, na was, hoben den Toten umsichtig von den Ästen und bedeckten ihn und das zusammengerollte initialengeschmückte Taschentuch in seinem Mund mit einer Plane. Dann folgten sie dem Arzt und dem Polizisten nach oben. Sie trugen den Toten wie einen Verletzten ohne jedes Schwanken. Katharina sah einen Moment hinter dem Zug her. Am gegenüberliegenden Seehotel war die Leuchtschrift verblaßt, rosa Streifen am Himmel kündigten einen überraschend klaren und trockenen Wintertag an.

Katharina fror. Ihr fiel ein, daß sie Dr. Martin nach einem Kreislaufmittel fragen wollte. Aber Dr. Martin war schon oben auf der Straße. Sie nahm sich vor, ihn zu fragen, wenn er in ein paar Stunden den Obduktionsbefund durchgeben würde. Zobel hatte inzwischen die Äste und das Laub auseinandergetreten und die kahlen Büsche durchsucht, die um den kleinen Platz herumstanden. Jetzt kam er, enttäuscht die Plastikbeutel schwenkend, zu Katharina zurück. «Man kann natürlich einen Hammer, eine Eisenstange, ein Bleirohr oder so was auch wieder mit nach Hause nehmen», murmelte er, während beide langsam in Richtung Enten am graugefrorenen See entlanggingen.

«Ja», sagte Katharina.

«Und man braucht einen alten Mann, den man knebeln will, nicht unbedingt zu fesseln. Obwohl es ungewöhnlich ist. Knebeln und fesseln gehört verdammt noch mal zusammen.» Er machte eine Pause. Katharina schwieg. «Ich habe nämlich nicht nur nach Eisenstangen gesucht», sagte Zobel, «sondern auch noch nach Schnüren oder Riemen, die jemand weggeworfen haben könnte.»

«Habe ich vermutet», sagte Katharina. Sie spürte, daß die Bewegung ihr guttat, und ging etwas schneller.

«Jemand», fuhr Zobel fort, «der den alten Mann ursprünglich fesseln wollte, dann aber sah, daß er das gar nicht nötig hatte.»

«Man kann auch Schnüre oder Riemen wieder mit nach Hause nehmen», sagte Katharina.

Zobel rieb sich mit der freien Hand die roten Ohren.

«Ja. Andererseits: wenn viele Arme und Hände zur Verfügung stehen, jemanden festzuhalten, der getötet werden soll, dann braucht man ihn nicht zu fesseln. Dann braucht man ihm nur einen Knebel in den Mund stopfen, damit er nicht schreit.»

Katharina blieb stehen. Sie waren an der eisfrei gehaltenen Stelle des Sees angelangt. Enten und Schwäne paddelten mißtrauisch vor ihnen auf und ab. Zwei Enten, die am Ufer gesessen hatten, stürzten sich flügelschlagend ins Wasser. Hinter ihnen, an einer Baracke, klapperte ein schlecht befestigter Fensterladen. Unter dem vergitterten Fenster war ein Schild angebracht: Städtisches Gartenbauamt Charlottenburg. Links neben dem Fensterladen gab es eine sehr enge, niedrige Tür. Rechts vom Fenster war ein Eisenkorb befestigt mit einem weiteren Schild: Futter für unsere Tiere. Der Korb sah nach Abfallkorb aus, und er war mit Pappbechern und Bananenschalen gefüllt. Zobel prüfte das Vorhängeschloß des Türriegels. Dann trat er zurück und blickte sich um.

«Kein Gärtner», sagte er.

«Haben Sie einen erwartet?» fragte Katharina. «Wenn er Brückner getötet hat, wär er ja blöd, hier rumzustehn, bis wir ihn holen. Hat er ihn nicht getötet, gehn ihn unsere Untersuchungen nichts an. Er findet eine Leiche, ruft als ordentlicher Bürger die Polizei und kümmert sich im übrigen um seine Arbeit. Er wird noch was anderes zu tun haben als hier Enten zu füttern.»

«Abfallkörbe auszuleeren scheint nicht dazu zu gehören», sagte Zobel. Sie gingen den Weg zurück, den sie gekommen waren.

«Brückner ist möglicherweise in letzter Zeit zu Geld gekommen», sagte Katharina. «Solche goldgeränderten Brillen sind teuer. Auf dem Ausweisfoto hatte er noch eine billige.»

«Sieht aber nicht nach Raubmord aus.»

«Nein, eigentlich nicht.»

Zobel blieb stehen. «Vielleicht doch. Wenn jemand ihm von hinten eins über den Schädel gibt, ihm sein Geld klaut und aus seinem Taschentuch einen Knebel macht, hinterher, damit die Polizei denken soll, da waren zwei oder drei oder noch mehr Täter.» Zobel unterbrach sich, dachte nach. «Also. Noch mal. Wenn Brückner mit jemand gesoffen hat, sagen wir: mit einem städtischen Gärtner, nur beispielsweise, Ledermacherin, und der schlecht bezahlte Gärtner hat gesehn, in Brückners alter Geldbörse stecken ein paar blaue Lappen, und wenn dann die beiden zusammen hier entlanggegangen sind, und der Gärtner schlägt ihm mit einem Spaten oder einer Hacke eins über den Kopf.»

«Oder mit einer Ente», sagte Katharina.

Zobel ging beleidigt weiter, kickte einen kleinen Stein vom Weg über die Eisfläche. Plötzlich rannte er ans Ufer. Fast zugleich hatte auch Katharina den Gegenstand gesehen, der in etwa drei Meter Entfernung vom Ufer auf dem Eis lag. Auf dem Hinweg zu den Enten und Schwänen hatten sie ihn nicht sehen können, weil er hinter einem umgestürzten, im See festgefrorenen Baum lag. Jetzt, vor den dunklen Ästen des Baums, war deutlich eine Art hölzernes Rad mit schwarzer Achse zu erkennen.

Zobel legte die Plastikbeutel hin, probierte, ob das Eis ihn trug. Es knackte. Er trat auf den eingestürzten Baum. Der bewegte sich, das Eis knackte noch mehr. Zobel warf sich zu Boden, kroch, Arme und Beine flach von sich gestreckt, parallel zum Baum über das Eis auf den Gegenstand zu. Katharina kauerte sich am Ufer hin, bereit, Zobel zu helfen, falls er einbrach.

Gegenüber im dritten Stock des See-Hotels betrat ein weißhaariger Herr im Schlafanzug den Balkon seines Zimmers, um Morgengymnastik zu machen. Er breitete seine Arme aus, atmete tief ein, aber er fing seine Übungen nicht an, sondern blickte, eingeatmet, mit weit ausgebreiteten Armen, auf die Frau unten am andern Ufer, die einen auf dem Bauch übers Eis rutschenden Mann am linken Schuh festhielt. Als der Mann ans Ufer zurückgerutscht war, ließ der weißhaarige Herr die Arme sinken, atmete aus und ging zurück in sein Zimmer. Zobel rappelte sich hoch und zeigte Katharina auf drei Handschuhfingern, um mögliche Abdrücke nicht zu verwischen, einen tellergroßen fünf Zentimeter dikken Teakholzaschenbecher, in dessen Mitte ein mit schwarzem Lack überzogener vierzig Zentimeter hoher Eisenmast befestigt war. Am Rand des Teakholzaschenbechers flache ovale Ausbuchtungen zur Ablage von Zigarren, am Eisenmast ein paar abgerissene goldene Zwirnsfäden. Katharina dachte sofort an den Kommissars-Stammtisch, jeden dritten Dienstag im Monat in einem Lokal am Bayerischen Platz. Auf dem reservierten Tisch stand ein kleiner hölzerner Fahnenmast auf einer nicht sehr massiven Unterlage. An dem kleinen Fahnenmast hing eine Art Standarte, grün mit Troddeln, und auf der Standarte war altrosa eingestickt das Wort «Stammtisch». Zweifellos handelte es sich auch bei diesem Teakholzaschenbecher und dem schwarzlackierten Eisenmast um etwas, das angefertigt worden war, um eine Stammtischstandarte zu tragen, und es war offensichtlich, daß es sich um einen sehr viel feineren Stammtisch als den der Kriminalbeamten handeln mußte.

Zobel grinste zufrieden, während er zusah, wie Katharina die Kanten der Teakholzscheibe mit einem Vergrößerungsglas untersuchte. Seine freie Hand fischte aus der Manteltasche die dritte Plastiktüte und ließ, als Katharina das Vergrößerungsglas wieder einsteckte, die Teakholzscheibe vorsichtig hineingleiten.

«Kann Blut sein», sagte Katharina, «kann auch was anderes sein.»

Sie gingen über den kleinen Platz, vorbei an den aufeinandergeschichteten Bänken und dem zerwühlten Ästehaufen, zum Weg, der auf die Straße führte.

«Demnach», sagte Zobel und schwenkte die drei Plastiktüten, «wäre folgendes zu tun. Erstens. Ich frage in allen umliegenden Kneipen und Restaurants, wo eine Stammtischstandarte vermißt wird. Und ich fange gleich im Seehotel an. Zweitens. Ich lasse mir vom Gartenbauamt Charlottenburg Name und Adresse des Gärtners geben, ebenfalls, wenn vorhanden, einen Schlüssel für das Vorhängeschloß an der Baracke. Wenn nicht vorhanden, hole ich ihn mir beim Gärtner, dem ich außerdem ein paar Fragen stellen werde. Ist auch der Gärtner nicht mehr vorhanden, werden wir die Baracke aufbrechen und den Gärtner ein wenig suchen. Einverstanden, Ledermacherin?»

«In Ordnung.» Katharina fühlte sich wach, endlich. Es war ihr egal, was Zobel vorhatte. Sie wollte möglichst rasch in ihr Büro und den Fall abgeben. Mohrmann war zuständig. Mohrmann mußte in etwa einer Stunde von seiner Dienstreise zurück sein. Zobel würde Mohrmann berichten, die Laborergebnisse würden Mohrmann zugeleitet werden. Und sie konnte sich weiter mit Engelhard und Wankum beschäftigen.

«Drittens frage ich in den Häusern drüben, wo Wohnungsfenster auf den Lietzensee gehen, was den Leuten letzte Nacht so aufgefallen ist.»

Oben auf der Straße standen keine Schulkinder mehr, aber ältere Leute, Männer und Frauen, die erregt diskutierten, während sich jüngere, die zur Arbeit gingen, stumm durch sie hindurchschlängelten. Kaum, daß sie dabei die Polizeiautos mit einem Blick streiften. «Um Mitternacht, ein Krach wie hundert Düsen, ehrlich, kein Auge mehr zugetan danach, so schlägt einem das auf die Nerven – früher wär man und hätte kurzen Prozeß gemacht mit denen – Rocker dürften gar nicht erst ran an Motorräder, sag ich – ach die dürfen ja machen was sie wolln, die dürfen umlegen wen sie wolln – Arbeitslager, sag ich – vorigen Sonntag wars genau das gleiche – immer hier am Lietzensee – besser, man schlägt sie zusammen wie die einen zusammenschlagen, immer feste drauf, jawohl, das hilft, nur das – die Polizei, ach Gott ja, die Polizei, die kommt ja immer erst hinterher.»

«Na», sagte Zobel, «da fang ich gleich mal an», und drückte Katharina die drei Plastiktüten in die Hand, ging auf die diskutierenden Leute zu. Katharina sah, daß vor Zobels Auto noch der Streifenwagen der beiden schnauzbärtigen Polizisten stand. Der mit dem dicken schwitzenden Beamten war weg, der rote VW-Bus war weg, die beiden Taxen mit den dösenden Fahrern waren weg. An ihrer Stelle standen zwei andere Streifenwagen da.

Katharina erklärte den Beamten, wonach im Lietzenseepark gesucht werden mußte. «Eine abgerissene Stammtischfahne, oder Teile davon», und da sie wußte, daß die beiden zuständigen Reviere aus Personalmangel kaum weitere Beamte für diese Such- und Absperraktion freistellen konnten, verzichtete sie darauf, sich von einem der schnauzbärtigen Polizisten in die Gothaer fahren zu lassen, sondern rannte hinter dem Bus her, der in diesem Augenblick schräg gegenüber bremste.

3

Als sie, vom Labor kommend, ihr Büro betrat, war die Tür zum Nebenzimmer angelehnt, und sie hörte Gerfrieds knarrige Baßstimme: «Ruf bei ihrem Freund an, dem Lehrer. Da wohnt sie doch praktisch schon zehn Monate.» Und die leicht gebrochene helle Stimme von Doris Wingert: «Sag mal, zählst du da die Monate?»

Katharina schob mit dem Absatz ihres Stiefels die Tür, durch die sie hereingekommen war, ins Schloß und warf ihre Handtasche auf den Schreibtisch. Im selben Moment schnarrte das Telefon. Während sie sich meldete, erschienen in der Tür zum Nebenzimmer Gerfried und Doris Wingert. Sie nickte beiden zu und hörte, was der Referatsleiter von ihr wollte.

«Hat Ihnen denn Gerfried noch nicht Bescheid gesagt?»

«Ich bin eben erst gekommen.»

«Sie müßten sich um den Luzifer kümmern. Darum geht es. Um diesen Liebling mit dem Totschläger. Eben haben wir auch eine Maske bei ihm gefunden. Eins dieser Plastikdinger.»

«Aber Jugend zwei.»

«Da haben Behrens und Kladow Grippe. Schauen Sie doch anschließend bei mir herein, Ledermacherin.»

Eine Minute später waren Katharina und Gerfried über zwei Flure und eine Treppe unterwegs zu Jugend zwei. Doris hatte ihr noch nachgerufen: «Kranich will wissen, wann Sie Ihren Jahresurlaub nehmen», und Katharina hatte, auf dem bräunlichroten Linoleum des ersten Flurs, einen Moment an Palmen, weißen Sand und Meer gedacht.

«Wenns nach mir ginge, ich würde diese verdammten Lieblinge samt und sonders einsperren», sagte Gerfried, «alle. Sofort.»

«Wie lange?» fragte Katharina. «Eine Woche? Zehn Jahre? Dreißig Jahre?»

Gerfrieds Problem war, daß er mit 35 schon aussah wie Ende Vierzig, ein langer, hagerer Mensch mit kurz gehaltenen grauen Haaren, mit tiefen Längsfalten im Gesicht, der leicht gebeugt ging und seinen sehr großen Adamsapfel meist mit einem seidenen Rollkragenpullover bedeckte. Seine Hoffnung war, daß sein Aussehen sich jetzt stabilisiert haben möge und er mit sechzig immer noch so aussehen würde wie jetzt. Mit einer freundlichen, sanften Frau zog er Zwillinge auf, Mädchen, die als Fünfjährige allerdings auch schon anfingen, wesentlich ältere Gesichter zu entwickeln. Doris' Problem hingegen, dachte Katharina, ist, daß sie vorgibt, keins zu haben. Doris hatte im Strafvollzugsdienst angefangen, galt dort bei Kollegen wie Inhaftierten als zuverlässig, hilfsbereit, fröhlich, und so war sie auch jetzt bei der Kripo: zuverlässig, hilfsbereit, fröhlich. Und immer, entsprechend der Mode, geschmackvoll gekleidet, ansprechend, wie Katharinas Hamburger Tante Fenna sagen würde, eine ans-prechende junge Frau. Aber ihre Haut war oft stumpf, um ihre Lippen begannen scharfe dünne Falten zu entstehen, und ihre Stimme hatte jene leichte Atemlosigkeit, jenes kaum spürbare Umkippen und Neuansetzen bei Vokalen, das nach Katharinas Erfahrung sexuellen Notstand verriet. In der Tat gab es nie einen Freund in der Nähe von Doris, keinen noch so flüchtigen Kerl, keine Freundin. Sie trug fast jede Woche ihre sehr langen zarten blonden Haare anders um den Kopf gelegt, geschlungen, gesteckt. In letzter Zeit, von der Heimweh-nach-Oma-Mode beflügelt, kam sie häufiger mit Dutt. Was aber, fragte sich Katharina manchmal, wenn Doris es eines Tages nicht mehr aushielte, immer fröhlich zu sein, wenn die Schärfe um die Lippen, die stumpfe Haut, der Dutt endgültig sein würden? Dann würde sie vermutlich auch zwanzig Pfund mehr wiegen und genauso aussehen, wie die Öffentlichkeit sich eine Kriminalbeamtin vorstellt.

Katharina bog rasch ab zum Labor. Dort untersuchte man gerade den Teakholzaschenbecher, den Totschläger und eine zerknitterte, verdreckte Plastikmaske, die einen Affenkopf darstellte. Der Kollege im weißen Kittel wollte so bald wie möglich Bescheid geben. Gegenüber, in der Foto-Abteilung, lagen die ersten Kontakte vor. Katharina gab, wieder unterwegs im zweiten Flur, Gerfried einen Streifen mit dem streng blikkenden Gesicht Hermann Brückners.

«Sie haben mich falsch verstanden, Ledermacherin», sagte Gerfried und betrachtete im Gehen flüchtig die Kontakte. «Ich will keinen seiner verfassungsmäßig garantierten Rechte berauben. Aber ich meine, man sollte Rockerbanden zu kriminellen Vereinigungen erklären. Dann steht es jedem dieser Jungs frei, einer kriminellen Vereinigung angehören zu wollen oder nicht.»

«Wirklich?» sagte Katharina. «Steht es ihm frei?»

In Jugend zwei wurden sie von Katharinas Kollegin Gerda Baumann erwartet, die drei Jahre älter war als Katharina und zehn Jahre länger im Polizeidienst. Den Aufstieg Katharinas hatte sie mit mehr Resignation als Erbitterung verfolgt. Sie sah blaß und überarbeitet aus. Katharina bat sie, am Verhör teilzunehmen, aber sie zeigte auf ihren mit Akten überhäuften Schreibtisch.

Im Nebenzimmer saß in einer Ecke ein langhaariger Streifenpolizist, der müde war und sich langweilte, und gegenüber in der anderen Ecke saß der Liebling Luzifers, gebückt, die Arme auf die Knie gestützt, vor sich hin rauchend. Er richtete sich auch kaum auf, als Katharina und Gerfried eintraten und den Streifenpolizisten begrüßten. «Ich heiße Ledermacher», sagte Katharina und wandte sich an den Jungen. «Guten Morgen.»

Der Junge sah sie kurz an, abschätzend. Dann wendete er sich wieder seiner Zigarette zu. Ein hübsches, etwas grobes Gesicht, aufgeworfene Lippen, auf der Oberlippe ein schmaler Bart. Dunkle lange Haare, schwarze Lederhose, schwarze Stiefel, mit hellen Fransen, schwarze Lederjacke, um das linke Handgelenk ein breites schwarzes Lederband, am rechten Jackenärmel eine Art Wappen: ein Totenschädel, darunter die Buchstaben ADW. Auf dem Boden ein schwarzer Motorradhelm und eine Tasche. Der Junge war auf dem Weg zur Arbeit gewesen.

«Kennen Sie den Mann hier auf dem Foto?»

Der Junge bewegte einmal verneinend den Kopf, betrachtete weiter die Zigarette.

«Sie haben sich das Foto nicht mal angesehn.»

Der Junge öffnete kaum den Mund. Sein Berlinisch war aggressiv, fast unverständlich. Was er äußerte, hörte sich an wie «rau'knich, kennimnich.»

Katharina und Gerfried hatten ihn nicht verstanden. Sie stammten beide nicht aus Berlin. Der müde Polizist in der Ecke, kaum zwei Jahre älter als der Junge vor ihm, erklärte: «Er sagt, braucht er nicht. Er sagt, er kennt ihn nicht.»

«Sie und Ihre Freunde sind gestern nacht in seiner Nähe gesehen worden.»

«Und? Ist es verboten, sich in der Nähe von alten Männern sehen zu lassen?»

Diesmal verstand Katharina die Antwort des Jungen. Er sprach deutlicher. Sie hatte den haßerfüllten Ausdruck in seinen Augen bemerkt, als der Polizist dolmetschte.

«Wir haben einen Totschläger bei Ihnen gefunden.»

«Na los doch. Beweist mal, daß ich ihn damit totgeschlagen habe.»

«Warum nennt ihr euch Luzifers Lieblinge?»

«Geht's euch was an?»

«Ja.»

«Geht euch einen Scheiß an. Klar?»

«Wer mit Totschlägern angetroffen wird, muß sich Fragen gefallen lassen», sagte Gerfried. «Und wir werden so lange fragen, bis wir Antwort kriegen. Klar?»

Schulterzucken.

«Zum Beispiel, warum ihr euch maskiert und mit geklauten Autos hupend und schießend durch die Straßen rast.»

«Wir?»

«Ja, ihr.»

«Wir sind doch nicht bescheuert. Beweis uns das erst mal.»

«Und die Affenmaske?» fragte Katharina. «Was ist mit der?»

«Gefunden.»

«Wo?»

Keine Antwort.

«Am Lietzensee, ja?» sagte Gerfried.

Keine Antwort.

«Was heißt das da an Ihrem Ärmel?» fragte Katharina. «Was Sie da aufgestickt haben?»

Kurzes Auflachen des Jungen. «Ich und sticken. Das warn Mädchen.»

«Wenn ich das Mädchen wäre, das Ihnen diese Buchstaben auf den Ärmel gestickt hat, ich würde mich fragen: wovor hat er eigentlich Angst.»

«Angst? Ich?»

«Warum rennt er sonst mit einem Totschläger rum, würde ich mich fragen.»

«Besser, du bleibst mir mit deiner Seelentour vom Leib, Mutter.»

Gerda Baumann erschien in der geöffneten Tür und winkte Katharina zu sich hinaus. Auf der Schreibtischplatte lag der Hörer ihres Telefons. Katharina schob ein paar Aktenstücke zur Seite, setzte sich auf den Schreibtisch und hörte die Stimme von Doris, die ihr berichtete, daß gerade der Labordienst angerufen und die Ergebnisse der Untersuchung des Totschlägers und der Maske mitgeteilt habe.

«Und?»

Baumann zeigte mit Papierrascheln, wie sehr es sie störte, daß Katharina beim Telefonieren auf dem Schreibtisch saß. Katharina stand wieder auf, während Doris' Stimme erklärte: «Weder Blut noch Gewebeteile am Totschläger.»

«Nichts anderes?»

«Nichts. Weder organisch noch anorganisch. Nur Fingerspuren vom Liebling. Ähnliches gilt für die Maske. Fingerabdrücke vom Liebling sowie einige weitere nicht identifizierbare Fingerspuren. Keine Fingerabdrücke an diesem komischen Teakholzdings, dafür Blut und Gewebeteile. Die spezielle Untersuchung dauert an. Große Wahrscheinlichkeit, daß es sich um Blut und Gewebeteile von Hermann Brückner handelt.» Während Doris sprach, versuchte Katharina, Gerda Baumann entschuldigend anzublicken. Sie wollte sie nicht kränken. Aber Baumann hielt ihr den Rücken zugedreht und tippte am Nebentisch einen Bericht.

«Hat Zobel sich gemeldet?»

«Noch nicht.»

«Wenn er kommt, sagen Sie ihm, er soll gleich rüber zu Mohrmann und ihm berichten. Der müßte jetzt allmählich zurück sein.»

«In Ordnung.»

«Noch was. Bitte prüfen Sie, ob die Adresse von Brückner stimmt. Eventuell müssen da Angehörige benachrichtigt werden. Stellen Sie auch fest, ob Vermißtenanzeige erstattet wurde. Am besten wäre, Kollegen vom zuständigen Revier gehn gleich mal in die Von-Luck-Straße. Und machen Sie eine Aktennotiz über den Vorgang und schicken Sie alle Unterlagen samt Laborergebnisse an Mohrmann.»

«Mach ich.»

«Danke, Doris.» Katharina hing ein, und Gerda Baumann drehte sich von der Schreibmaschine weg ihr zu. Ihre übermüdeten Augen blickten Katharina durch eine leicht getönte Brille an. «Die Papiere von dem Liebling sind soweit in Ordnung», sagte sie. «Er wohnt seit drei Monaten bei seiner Großmutter, einer Verkäuferin im KaDeWe, die sich auf ihn besann, als sie Witwe geworden war. Vorher lebte er bei Henke.»

Katharina erinnerte sich an Zeitungsfotos von einem angespannten Gesicht, an wirre, schon schüttere Haare, obwohl Henke erst Ende Zwanzig gewesen war, an seine vornübergebeugte lauschende Haltung. Der Sozialhelfer Henke hatte mit stillschweigender Duldung der Polizei herumstreunende Jugendliche bei sich aufgenommen, die aus Wittenau, aus der Abteilung für psychisch gestörte Kinder und aus anderen Erziehungsheimen entflohen waren. Er hatte ihnen Arbeit und Papiere vermittelt. Das Experiment schien zu gelingen, keiner der Jugendlichen wurde wieder straffällig, solange er bei Henke wohnte. Aber Henke selbst war in früheren Jahren in mehreren Prozessen wegen Widerstands gegen die Staatsgewalt, tätlicher Beleidigung von Polizeibeamten, Sachbeschädigung, illegalem Waffenbesitz zu Gefängnis verurteilt worden. Durch die Untersuchungshaft galt ein Teil der Strafe als verbüßt. Ihm die Verbüßung des Restes auf dem Gnadenweg und unter Hinweis auf seine Sozialarbeit zu ersparen, gelang nicht. Henke, inzwischen verheiratet, Vater eines sechs Monate alten Mädchens, weigerte sich, die Strafe anzutreten. Also wurde er von der Polizei abgeholt. Die Jugendlichen sollten wieder in Erziehungsheime eingewiesen werden. Aber die waren gewarnt worden. Außer dem Ehepaar Henke samt Tochter fand die Polizei niemanden in der Zehn-Zimmer-Wohnung. Fünfzig Gramm Haschisch wurden sichergestellt. Der Häftling Henke erhängte sich in der ersten Nacht in der Strafanstalt Tegel an einem Handtuch. Unmittelbar danach machten die Lieblinge Luzifers zum erstenmal von sich reden.

Gerda Baumann rückte an ihrer getönten Brille. «Der Liebling wurde heute morgen gestoppt», sagte sie, «weil er zu schnell fuhr. Erst hat er sich geweigert, zwanzig Mark zu bezahlen. Dann hat er sie doch bezahlt. Aber die Beamten sahen ein Stück Totschläger in seinem linken Stiefelschaft. Da haben sie ihn hier abgeliefert. Er hat noch gedroht, er wolle sich die zwanzig Mark schon wiederholen.»

Katharina nahm den Personalausweis und den Führerschein für schwere Motorräder vom Schreibtisch und ging wieder hinüber ins Nebenzimmer. Gerfried hatte die Vernehmung inzwischen fortgesetzt. Wie es schien, ohne Ergebnis. Er sah unzufrieden aus. Der Liebling Luzifers rauchte eine neue Zigarette.

«Solln das, einen hier drei Stunden ausquetschen», sagte er.

Katharina reichte ihm die Papiere. Er stopfte sie nachlässig in die Brusttasche der Lederjacke.

«Sie kriegen ein Verfahren wegen dem Totschläger. Seit erstem Januar ist es strafbar, Totschläger, Schlagringe, Pistolen und feststehende Messer zu tragen. Sie wissen das. Besser, Sie erinnern auch Ihre Freunde noch mal daran.»

«Fertig?» Der Junge griff nach Motorradhelm und Tasche, stand langsam auf, die Zigarette zwischen den Lippen. «Seit wann haben in euerm Verein eigentlich Weiber mitzureden?» fragte er in Richtung Gerfried.

«Unser Verein ist nicht so altmodisch wie euer Verein», sagte Katharina.

«Wetten, daß dein Bulle da ganz schön sauer auf dich ist, Mutter? Der ist doch scharf auf dich, was? Aber ran darf er nicht, was?»

«Was haben Sie damit gemeint, als Sie heute morgen sagten, Sie wollten sich die zwanzig Mark schon wiederholen?»

«Überstunden machen, was sonst. Übrigens brauch ich eine Bescheinigung. Sonst glaubt mir der Meister wieder nicht.»

«Dein Meister kann hier anrufen», sagte Gerfried. «Dem sagen wir dann schon Bescheid. Was lernst du überhaupt?»

«Ich denke, das Verhör ist zu Ende.»

«Aber das würden wir gern noch wissen.»

Der Junge hatte den Helm schon übergestülpt, die Handschuhe angezogen, die Tasche unterm Arm. Er stand vor Gerfried und starrte ihn ausdruckslos an, als hätte er vergessen, wie er hergekommen war.

«Nun?»

Der Junge rührte sich nicht. «Schweißer», sagte der müde Polizist aus seiner Ecke, «er lernt Schweißer.»

«Stimmt das?»

Der Junge sah voller Haß auf den Polizisten.

«Sie können jetzt gehen», sagte Katharina, und der Junge verließ grußlos den Raum.

«Kennen Sie ihn?» fragte Gerfried den Polizisten.

«Wir haben uns bloß mal gesehn», sagte der und stand auf, dehnte sich, gähnte. «Entschuldigung. In dem Betrieb, wo ich Schweißer gelernt habe. An dem Tag, als ich aufhörte, fing er an. Das war vor einem Jahr. Wie ich den heute morgen vor mir habe, denke ich, das ist doch der. Und er wars. Zufall, was?»

«Warum sind Sie Polizist geworden?» fragte Katharina.

Der junge Mann in Uniform zuckte die Schultern. «Irgendwann, als ich noch Schweißer lernte, hab ich mir mal meinen Vater genau angesehn. Der ist fertig mit dreiundvierzig. Der war Schweißer.» Er grüßte exakt und ging rasch hinaus.

«Ich finde», sagte Gerfried, «den hätten Sie härter anfassen müssen, den Liebling.»

«Ich wollte nach Möglichkeit mit ihm reden», sagte Katharina.

«Er hat aber nicht mit Ihnen geredet.»

«Sie haben recht. Dabei wüßte ich gern, wie man ein schweres Motorrad finanziert, wenn man Schweißer lernt.»

«Die sind doch alle entweder Dealer oder Zuhälter oder beides», sagte Gerfried. «Ich mach jetzt Post, während Sie beim Chef sind.»

4

Der Referatsleiter war knapp sechzig, ein untersetzter Mann mit kahlem Schädel und einem sorgfältig gestutzten schwarzgrau gemusterten Bart. «Nehmen Sie Platz, Ledermacherin», sagte er und rückte einen der beiden abgeschabten Polstersessel mit hölzernen Armlehnen vor seinem aktenüberhäuften Schreibtisch zur Seite, setzte sich neben Katharina in den anderen und nahm vom wackligen Rauchtisch eine klobige Pfeife. Behutsam begann er, sie zu stopfen. Seitdem Katharina nicht mehr rauchte, bot er ihr keine Zigaretten mehr an. Er war darin aufmerksamer als die meisten Kollegen, die ihr immer noch gedankenlos Zigarettenschachteln unter die Nase hielten.

«Was Neues vom Liebling?» fragte er, während er versuchte, die Pfeife anzuzünden.

«Verdachtsmomente», sagte Katharina. «Kein Beweis.»

Die Pfeife brannte. Der Referatsleiter betrachtete sie zufrieden. Dann nickte er, sog an ihr, nahm die Pfeife aus dem Mund und sah durch den zarten Rauch Katharina an. «Also. Mohrmann bleibt noch zwei Tage unterwegs. Offen gestanden, auch wenn er in diesem Moment eingetroffen wäre, aber das bleibt unter uns, bitte, hätte ich mich wahrscheinlich an Sie gewendet mit der Bitte, den Fall Brückner weiter zu bearbeiten.»

«Aber Engelhard und Wankum ...»

«Können nach zwei Tagen von Mohrmann übernommen werden. Das hat Zeit. Die Lieblinge sind wichtiger. Ich hatte vor einer Stunde ein Gespräch mit dem Chef.» Wenn Katharinas Chef vom Chef sprach, war damit der Leiter der Kriminalpolizei gemeint. «Danach setzte ich mich mit den andern Referatsleitern in Verbindung. Wir müssen unsere Maßnahmen künftig koordinieren. Meine Kollegen kamen überein, mit der Koodinierung die Tötung zu beauftragen. Ich werde Ihnen erklären, warum. Die Annahme, das Hamburger Rockerproblem werde sich so in West-Berlin nicht stellen, hat sich als falsch erwiesen. Inzwischen haben wir mutwillige Zerstörung von Sachwerten in Millionenhöhe, Raubüberfälle auf Banken mit einer Gesamtbeute im Wert von rund achthunderttausend Mark, wir haben einige Verletzte, darunter einen Schwerverletzten, den Kassierer, und jetzt haben wir einen Toten. Das reicht. Was in den Köpfen der Jugendlichen vorgeht, die für all das verantwortlich sind, wissen wir nicht. Behrens und Kladow fallen wegen dieser verdammten Grippe noch lange aus. Wir brauchen aber jemand, der sich in diese Lieblinge einfühlen kann, wenn ich das mal so sagen darf. Und eine Frau kann das eben besser als ein Mann.»

Katharina seufzte. «Nun ja, Herr Oberrat», sagte sie.

Der Referatsleiter lächelte, die Pfeife in eine Zahnlücke geklemmt. «Ich weiß, Sie wollen nicht als Frau eingesetzt werden, sondern als Kriminalkommissar.»

«So ist es, Herr Oberrat.»

«Trotzdem sollten wir nun nicht gänzlich davon absehen, nicht wahr, daß Sie eine Frau sind, sondern uns im Gegenteil diese Tatsache, mit Ihrer Erlaubnis, gelegentlich zunutze machen. Zumal Sie Erfahrungen mit Jugendlichen haben. Sie sehn –» er deutete mit der Pfeife auf den Schreibtisch – «ich habe heute morgen in Ihrer Personalakte gelesen.» Er hängte sich die Pfeife wieder in die Zahnlücke und lehnte sich im Sessel zurück. Der Sessel knackte.

«Übrigens», sagte er, «weshalb wollten Sie damals eigentlich aus Sitte und Jugend raus? Weshalb wollten Sie unbedingt in die Tötung?»

«Neugier, Herr Oberrat», antwortete Katharina. «Steht das nicht in der Personalakte?»

«O ja», murmelte der Referatsleiter, «das sagten Sie schon damals. Damit wir uns richtig verstehen: ich wünsche nicht, daß Sie jetzt durch Ihre Neugier mit Situationen konfrontiert werden, die . . .» Der Referatsleiter zögerte, suchte nach dem richtigen Ausdruck.

«Die für eine Frau», ergänzte Katharina.

«Richtig. Die für eine Frau, nun, sagen wir . . .»

«Gefährlich sind?» schlug Katharina vor.

«Ach was. Gefährlich ist Ihr Job doch auch sonst.» Pause. Dann: «Unzumutbar sind.»

«Aha», sagte Katharina.

«Ja. Selbst robuste Beamte vermeiden es, allein einem Dutzend Rokker gegenüberzutreten. Das mag bedauerlich sein. Aber nach der Lage der Dinge ist es vernünftig. Also. Sie verfolgen den Fall Brückner weiter. Sollten Sie dabei, was wir ja annehmen, auf Rocker-Aktivitäten stoßen, informieren Sie unser Rocker-Gremium, das wir ab heute haben. Es setzt sich zusammen aus Tötung, Raub, Rauschgift, Einbruch, Sachbeschädigung, Betrug und Jugend. Sie werden Ihre von den jeweiligen Referatsleitern nominierten Kollegen samt Oberstaatsanwalt Kreppel gleich begrüßen können. Festnahmen möglichst nur im Einvernehmen mit dem Gremium.» – «Was heißt das konkret?»

«Das heißt konkret: ich bitte Sie, Verhaftungen nicht selbst vorzunehmen, aus den obenerwähnten Gründen, sondern sich dazu Ihrer männlichen Kollegen zu bedienen. Sie selbst sollen aber in jedem Fall die Vernehmungen leiten.»

«In Ordnung», sagte Katharina.

Der Referatsleiter nickte, legte vorsichtig seine Pfeife auf den Rauchtisch, erhob sich, ging hinter den Schreibtisch und suchte unter den Akten, zog drei dicke Aktenbündel heraus.

«Hier sind die aus allen Abteilungen zusammengestellten Rocker-

Unterlagen», sagte er und reichte Katharina zwei Aktenbündel über den Schreibtisch. Das dritte hielt er noch in der Hand. «Das hier möchte ich Ihnen als private Hintergrundlektüre geben. Es scheint sich um ein Manuskript zu handeln, das veröffentlicht werden sollte. Es enthält offenbar Niederschriften von Tonbandaufnahmen. Zehn Jungen und drei Mädchen im Alter von sechzehn bis achtzehn teilen ihre Erfahrungen in Erziehungs- und Fürsorgeheimen mit. Das Manuskript wurde in der Wohnung von Henke sichergestellt, damals, als die Beamten nach Beweismitteln suchten. Bitte, geben Sie es nach der Lektüre an Jugend zwei.» Er reichte Katharina auch das dritte Aktenbündel. Sie stapelte die Akten neben der Pfeife auf dem Rauchtisch. Der Rauchtisch knackte. «Das Manuskript gehört doch jetzt Frau Henke, oder?» fragte Katharina.

Der Referatsleiter kam um den Schreibtisch herum, langte sich die Pfeife vom Rauchtisch, qualmte, setzte sich aufs Fensterbrett. «Ja», sagte er. «Und der Rechtsanwalt von Frau Henke hat es schon angefordert. Ich wäre Ihnen dankbar, wenn Sie es rasch lesen würden, damit wir es möglichst bald nach Freiburg schicken können.»

«Nach Freiburg?»

«Da wohnt Frau Henke jetzt bei ihren Eltern. Wollen Sie mit ihr sprechen?»

Katharina dachte an das Foto von Henkes angespanntem Gesicht. Sie fragte sich, warum er sich umgebracht hatte. Bevor sie dem Referatsleiter antworten konnte, klopfte es kurz an die Tür, im selben Moment schnarrte das Telefon. Der Referatsleiter hob den Hörer ab, während fast zugleich zwei sehr gegensätzlich wirkende Männer eintraten. Katharina kannte sie.

Der erste, hochgewachsen, sportlich, in den Fünfzigern, mit faltigem, gegerbtem Gesicht und kurzgeschnittenen blonden Haaren, dunkelgrauer Anzug, Medaille der deutschen Lebensrettungsgesellschaft am Aufschlag: Mölling, Einsatzgruppenleiter der Schutzpolizei.

Der zweite, klein, schmächtig, Ende Zwanzig, langes dunkles Haar, weicher dunkler Bart, abgetragener schwarzer Jeansanzug mit schwarzem Rollkragenpullover, über dem Arm ein speckiger bräunlicher Lammfellmantel, ähnlich wie Katharinas Lammfell geschnitten, um den Hals eine silberne Kette mit Löwenzähnen: Joseph, einer der leitenden Beamten der Einsatzgruppe, Ermittlung und Sonderdienste, EGREUS, bei Revierpolizisten und Kriminalbeamten unter dem Namen Pater Josephus bekannt, wegen seiner mild-eindringlichen Art zu argumentieren.

Beide begrüßten Katharina mit einem Händedruck und nickten dem Referatsleiter zu, der, gequält auf die Pfeife beißend, gelegentlich «ja ja» und «freut mich zu hören» ins Telefon sagte. Mölling und Joseph suchten sich Stühle, rückten an den Rauchtisch und warteten. Sie trafen häufig bei Besprechungen aufeinander, und Zobel hatte sie «die schrecklichen Zwillinge» genannt, weil sie immer stritten.

EUGREUS war eingerichtet worden, als sich zeigte, daß die harten Methoden der Polizci gegenüber Demonstranten und linken Gruppierungen nicht immer Erfolg hatten und außerdem imageschädigend wirkten. EGREUS-Leute wurden darin geschult, wie Studenten, Lehrlinge, Trebegänger zu reden. Weihnachten vor zwei Jahren zum Beispiel hatten Pater Josephus und ein paar weitere EGREUS-Leute einige tausend Demonstranten dazu bewegen können, als Protest gegen die Bombardierung Nordvietnams durch die Vereinigten Staaten nicht das Amerikahaus in der Hardenbergstraße zu stürmen, was die Polizei zu harten Verteidigungsmaßnahmen gezwungen hätte, sondern einen Sitzstreik vor der Gedächtniskirche durchzuführen, der niemandem schadete. Noch nicht einmal der Verkehr mußte umgeleitet werden. Vor kurzem hatte der Pater einige jugendliche Hausbesetzer überreden können, freiwillig das Haus wieder zu räumen. Aber indem er lernte, wie diejenigen dachten und sprachen, gegen die er eingesetzt wurde, begann er auch, ihnen zu gleichen, und nicht nur äußerlich. Als er im letzten Herbst vor einer Versammlung höherer Polizeioffiziere West-Berlins über seine Infiltrierungsmethoden referieren sollte, verurteilte er plötzlich mit ausführlicher Begründung den «verabscheuungswürdigen imperialistischen Krieg der Amerikaner in Vietnam und Kambodscha», was seine Zuhörer beträchtlich verwirrte.

Einige faßten das als besonders hinterhältigen Test ihrer politischen Zuverlässigkeit auf, andere argwöhnten, er meine wirklich, was er sagte. Gelegentlich wurde seitdem seine Abberufung gefordert. Aber er war Spezialist und schwer zu ersetzen.

Nach einem letzten «gut, ja» warf der Referatsleiter den Hörer auf die Gabel und strich sich über den kahlen Schädel. «Der Oberstaatsanwalt kann nicht kommen», sagte er, «er ist terminlich verhindert. Er wünscht Unterrichtung zu einem späteren Zeitpunkt. Im übrigen hat er, wie wir auch, die Morgenzeitungen gelesen.»

«Selten bei einem Oberstaatsanwalt, der gerade kein Plädoyer gehalten hat», bemerkte Joseph sanft, was ihm einen verweisenden eisblauen Blick von Mölling eintrug. Der Referatsleiter holte aus einem Schreibtischfach eine große Papiertüte, kam mit der Tüte um den Schreibtisch herum, setzte sich wieder in seinen Sessel und schüttete den Inhalt der Tüte über dem Rauchtisch aus.

«Ich habe das mal rasch besorgen lassen», erklärte er. «Es handelt sich um alle von den Zeugen erwähnten Typen.»

Auf dem Rauchtisch lagen verstreut durcheinander billige Karnevalsmasken aus Plastik mit grob karikierten und schreiend bunt bemalten männlichen und weiblichen Gesichtern: Geizige, Rothaarige, Sommersprossige, Kartoffelnasige, bleichschwarze Lüstlinge, fettwangige Vielfraße, Debile, Igelhaarige, Bärtige, keifende Spießerinnen. Auch ein Affen- und ein Löwenkopf waren dabei.

«Damit wir wissen, wovon wir reden», sagte der Referatsleiter und suchte unter den Masken nach seiner Pfeife. «Die andern Herren» – er sah auf die Uhr – «kommen in zehn Minuten.»

Katharina nickte und warf einen flüchtigen Blick auf die Masken. Sie las schon in den Akten.

«Es wird auch Zeit, daß uns was einfällt», ließ sich der milde Joseph vernehmen und hielt sich die Maske des Vielfraßes vors Gesicht. «Der Fall Henke war wirklich ein Skandal.»

«Nicht alles, was politische Wirrköpfe einen Skandal nennen, ist ein Skandal», sagte Mölling ruhig.

Joseph ließ die Maske des Vielfraßes sinken. «Aber so züchten wir doch bloß neue Rocker», erwiderte er, «statt mit ihnen fertig zu werden.»

Mölling blieb ruhig. «Und wie sollen wir mit den Rockern fertig werden, wenn ich fragen darf?»

«Nun, wir müssen zunächst von den sozialen Hintergründen ausgehen», sagte der Pater.

«Bekannt», sagte Mölling und sah mit unbewegtem Gesicht an Joseph und Katharina vorbei aus dem Fenster, während der Pater dozierte: «Es gibt Rockergruppen, die bestehen überwiegend aus jungen Mechanikern, Schlossern, Dachdeckern, Installateuren, Maurern. Sie tragen uniformähnliche Lederkleidung und fahren schwere Motorräder nicht unter 500 Kubik. Ihrer Umwelt gegenüber verhalten sie sich relativ friedlich, abgesehen von ein paar Kneipenschlägereien und Putz mit andern Rockergruppen. Luzifers Lieblinge hingegen bestehen überwiegend aus ehemaligen und entwichenen Fürsorgezöglingen, Vorbestraften, Zuhältern, Untergetauchten. Sie tragen ebenfalls uniformähnliche Lederkleidung und fahren ebenfalls heiße Öfen. Ihrer Umwelt gegenüber verhalten sie sich relativ aggressiv. Es scheint, daß der harte Kern dieser aggressiven Rocker sich von den eher friedlichen Rockern abgespalten hat. Wenn wir nun untersuchen wollen, aus welchen Gründen Rocker so schwere Delikte wie die der letzten Monate begangen haben könnten ...»

«Die Polizei», unterbrach Mölling den Pater nun doch, sah aber weiter an ihm und Katharina vorbei durchs Fenster hinaus in den klaren Berliner Wintertag, «die Polizei ist nicht dazu da, um nach sozialen Hintergründen zu forschen. Ich habe Sie schon öfter darauf hingewiesen.»

«Wie will die Polizei arbeiten ohne Kenntnis sozialer Hintergründe?»

«Die Polizei ist dafür da, bestehenden Gesetzen Geltung zu verschaffen», fuhr Mölling fort, als habe er den Einwand von Joseph nicht gehört. «Wenn wir eine Razzia am Bahnhof Zoo machen, so beunruhigt mich sehr, daß ich nie genügend Beamte zur Verfügung habe, um einen doppelten Ring um den Komplex Zoo zu ziehen. Die großen Fische, die Rauschgifthändler, Betrüger und Halsabschneider jeder Sorte, sind schon dreihundert Meter weiter, wenn wir gerade anfangen, den Bahnhof abzuriegeln. Die Türkin, die wir zufällig schnappen und anschließend ausweisen, weil sie keine Aufenthaltsgenehmigung hat, und die nichts weiter wollte als bei ihrem Mann leben, der hier legal arbeitet, die beunruhigt mich nicht. Die muß diejenigen beunruhigen, die Ausländergesetze machen, die Politiker, die Parlamente.» Mölling erhob ein wenig seine Stimme, um einem vermuteten Einwand von Joseph zuvorzukommen. «Sozialer Hintergrund! Ein Revierbeamter mit zwei Kindern verdient nicht mal soviel, daß er sich ein kleines Auto leisten kann. Er wohnt, sagen wir, in Frohnau und macht Dienst in Charlottenburg, das ist durchaus nichts Unübliches. Da ist er jeden Tag zwei Stunden unterwegs. Dann noch Überstunden. Macht täglich mindestens zwölf Stunden. Nach ein paar Jahren begreift er, daß er niemals in der Lage sein wird, mehr Geld zu verdienen, weil er nie die Zeit haben wird, sich für besser bezahlte Posten der mittleren Laufbahn zu qualifizieren. Wenn er dann einem Haufen von Schlägern gegenübersteht, die auf Luxusmotorrädern durch die Straßen donnern – dann erzählen Sie dem mal was über soziale Hintergründe. Dem kann ich dann doch nur sagen: du bist für das Gesetz da, und das Gesetz ist für alle da, und diese Schläger sind dran, wenn sie sich nicht nach dem Gesetz richten.»

«Nun», sagte Pater Josephus, «Sie werden mich immer auf Ihrer Seite finden, wenn es darum geht, eine bessere Bezahlung unserer Beamten zu fordern. Aber was Sie da am Schluß ausgeführt haben, das erklärt natürlich den unkontrollierten Schlagstock- und Schußwaffengebrauch unserer Beamten.»

Mölling wechselte die Gesichtsfarbe, und seine Falten vertieften sich.

«Meine Herren», sagte der Referatsleiter und zündete sich seine Pfeife zum zweitenmal an. Katharina sah kurz zu ihm hin. Sie wußte, gleich würde Mölling, in etwas schärferem Ton, darauf hinweisen, daß er persönlich neun Menschen aus Spree und Havel gerettet habe, und der Pater würde, noch sanfter, die Gefahren des Kryptofaschismus beschwören.

Katharina schob die Akten von sich weg. «Also gut, wir sind dafür da, bestehenden Gesetzen Geltung zu verschaffen. Aber nichts zwingt uns, abzuwarten, bis jemand Gesetze verletzt, oder?»

Joseph sah Katharina nachdenklich an. Offenbar überlegte er, ob sie auf seiner Seite war oder nicht.

«Vorzüglich», sagte Mölling, «Sie wollen nicht bloß Täter schnappen, Sie wollen auch Täter verhindern. Aber wie machen Sie das, wenn Sie nicht wie Joseph als gefälschter Sozialarbeiter rumlaufen wollen?»

Der Pater schüttelte schmerzlich den Kopf.

Katharina sagte: «Deswegen sind wir ja hier. Um herauszufinden, wie wir beispielsweise Rocker darin hindern können, Schuldige im Sinne des Strafgesetzbuches zu werden.»

«Ich bin hier, um herauszufinden, wie wir Bürger dieser Stadt davor schützen können, weiterhin von Rowdys überfahren, zusammengeschlagen, beraubt und ermordet zu werden», sagte Mölling, wieder mit gewohnter Gesichtsfarbe.

«Das ist wohl dasselbe, nicht wahr», bemerkte Joseph.

«Es ist nicht dasselbe.»

«Jedenfalls», sagte Katharina, «sollte einer von uns so bald wie möglich nach Hamburg fliegen, um sich dort bei den Leuten vom Sonderdezernat zu informieren. Und die Erfahrungen, die sie da mit Rockern gemacht haben, sollten wir genau analysieren. Wir sollten uns ruhig auch ...»

Mölling unterbrach sie. «Ich bin schon informiert. Unsere Hamburger Kollegen haben sich sehr richtig gesagt: je weicher wir sind, desto brutaler werden die. Also drehn wir das um: je brutaler die sind, desto härter werden wir. Bei neu entstehenden kleinen Gruppen greifen sie sofort durch. Ältere Gruppen werden pausenlos sistiert. Keine Prävention ohne Repression. Das sind die Hamburger Erfahrungen. Sie basieren im übrigen auf den Erfahrungen eines andern Sonderdezernats, nämlich des unsrigen, aus den fünfziger Jahren, als der Terror der damaligen Rockerbanden zunahm. Wie wir mit den Eltern der jetzigen Rocker fertig wurden, so werden jetzt die Hamburger mit der neuen Rocker-Generation fertig, und so werden auch wir hier von neuem mit dem Problem fertig werden müssen.»

«Von neuem, ja», bemerkte Joseph bescheiden. «Was doch wohl ein Beweis dafür wäre, daß das Problem eben beim erstenmal kaum gelöst wurde.»

Bevor Mölling antworten konnte, sagte Katharina ihren Satz zu Ende: «Wir sollten uns ruhig auch an den einen oder anderen Rocker-Pastor wenden.»

Mölling lehnte sich seufzend auf seinem Stuhl zurück, der Pater nickte bedächtig.

«Ich glaube», sagte der Referatsleiter und sah dem Rauch seiner Pfeife nach, «wir greifen vor. Diskutieren wir das doch, wenn die andern anwesend sind. Meine persönliche Meinung ist allerdings, daß Sie selbst nach Hamburg fliegen sollten, Ledermacherin.»

«Ich hab hier zu tun.»

«Wir alle haben hier zu tun.»

«Außerdem ist vorläufig durch nichts erwiesen, daß irgendwelche Lieblinge Brückners Tod verursacht haben.»

«Wir gehen, im Einvernehmen mit dem Chef, von einer Arbeitshypothese aus. Ich nahm an, das sei nun klar, Frau Ledermacher.»

«Das heißt also, Herr Oberrat, die Referatsleiter haben erkannt, mit etwas Nachhilfe durch den Chef, daß von ihnen Fehler gemacht wurden in der Beurteilung der Lieblinge. Und sie haben sich darauf geeinigt, daß jetzt erst mal eine Frau Fehler machen soll. Eine Frau mit Einfühlungsgabe, wie sie erläuterten.»

Der Referatsleiter lächelte. «So ungefähr, Ledermacherin», sagte er.

«Ich behalte mir vor», sagte Katharina, «Ihren Vorschlag abzulehnen.»

Das Telefon schnarrte. Der Referatsleiter lehnte sich zurück und langte über den Schreibtisch nach dem Hörer, horchte, nickte. «Für Sie», sagte er und gab den Hörer an Katharina weiter. Es war Gerfrieds spröde Baßstimme.

«Zobel hat eben aus einer Kneipe angerufen. Er ruft in zehn Minuten nochmals aus einer anderen Kneipe an. Er will wissen, wem er berichten soll, da Mohrmann offenbar noch nicht zurück ist.»

«Wir behalten Brückner. Mohrmann kriegt später Engelhardt und Wankum.»

«Ach.»

«Ja. Was sagt Zobel?»

«Ich habe mir das aufgeschrieben. Warten Sie.» Pause. Papierknistern. Dann: «Er war bisher in vierzehn Kneipen rings um den Lietzensee. Nirgendwo wird so ein Teakholzdings vermißt. Aber sieben Kneipen machen erst nach zwölf auf, fünf weitere erst um 18 und um 20 Uhr.» Papierrascheln. «Zobel hat die Aussagen von einem Mann, der gestern gegen Mitternacht etwa zwanzig maskierten Rockern begegnet ist, die dicht aneinandergedrängt ziemlich rasch und stumm quer über die Neue Kantstraße gingen und auf dem dunklen Weg verschwanden, der hinunter zum Lietzensee führt. Der Mann, der das mitgeteilt hat, ein alter Mann, der seinen Hund ausführte, sagt, er hat geglaubt, es sei ein Spuk. Die Straße sei für die Zeit normal belebt gewesen, Autos, Fußgänger. Einige Fußgänger seien wie er stehengeblieben.» Gerfried stockte. Offenbar hatte er Mühe, seine eigene Schrift zu lesen. Inzwischen betraten die Kollegen von Raub, Rauschgift, Einbruch, Betrug, Sachbeschädigung und Jugend den Raum, grüßten, sprachen gedämpft mit Mölling und Joseph, hielten sich erheitert Masken vors Gesicht. Die Vertreterin von Jugend war Gerda Baumann. Hätte sie mir doch gleich sagen können, dachte Katharina. Sie versuchte, Baumann zuzulächeln, aber Baumann betrachtete kopfschüttelnd die Maske des Lüstlings, und Katharina hörte wieder Gerfrieds Stimme: «Der alte Mann hat dann noch gewartet, aber er hat die Maskierten nicht mehr gesehn. Nach einiger Zeit kamen die Rocker zurück, diesmal ohne Masken und auf Motorrädern.» Wieder Pause, Papierknistern. Katharina ging das Knistern auf die Nerven, sie fand es selbstgerecht. Aber sie beherrschte sich, wartete geduldig, nickte dem einen oder andern Kollegen zu, der vor ihr oder neben ihr Platz nahm. Einige gingen wieder hinaus, kamen mit Stühlen zurück. «Der Gärtner ist laut Auskunft des städtischen Gartenbauamts Charlottenburg heute nicht zum Dienst erschienen», fuhr Gerfried fort. Katharina hörte, wie Doris im Hintergrund etwas dazwischenrief. «Doris teilt gerade mit», sagte Gerfried, «daß Brückners Adresse in Nikolassee ein Altenheim ist.» Wieder Pause, wieder das selbstgerechte Knistern. Dann: «Das wärs.»

«Gut», sagte Katharina, «dann werde ich mich jetzt um das Altenheim kümmern. Doris soll mal anrufen und die Leute darauf vorbereiten, daß jemand von der Kripo kommt. Sie bitte ich, mich inzwischen hier zu vertreten.» Sie sah, wie sich ihr die Gesichter der Kollegen aufmerksam zuwendeten. Der Referatsleiter machte eine Notiz. «Borgen Sie mir Ihre Rennsemmel?» fragte Katharina.

Gerfried unterdrückte hörbar einen Seufzer. «Meinen VW? Selbstverständlich.»

«Danke. Lassen Sie den Schlüssel bei Doris, ich muß erst noch zu Dr. Martin. Zobel soll meinetwegen bis zwölf warten und dann in den entsprechenden Kneipen nachfragen. Aber ich glaube, wir werden eher was in den Kneipen erfahren, die um sechs und um acht öffnen. Dann soll er erst mal herkommen. Er soll den alten Mann mit dem Hund fragen, was denn diese zwanzig Maskierten genau anhatten. Und wieso der weiß, daß es zwanzig waren.»

«Ich gebe das gleich an Doris weiter.»

«Doris bitte ich, sich alle Ergebnisse vom Labor geben zu lassen. Ja, und jemand müßte zur Wohnung des Gärtners fahren. Das könnte ebenfalls Doris übernehmen. Um vierzehn Uhr treffen wir uns alle im Büro. Sagen wir: vierzehn dreißig.»

«In Ordnung, Ledermacherin. Ich komme sofort.»

Katharina reichte dem Referatsleiter den Hörer zurück, sagte: «Gerfried ist gleich da», griff sich die drei dicken Aktenbündel, wendete sich an die andern: «Bitte mich zu entschuldigen», und noch mal an den Referatsleiter: «Ich melde mich später», und war draußen. Während sie die Tür hinter sich schloß, hörte sie drinnen eine Stimme, halb grämlich, halb anerkennend: «Die ist mal wieder in Fahrt, was?» Es war Möllings Stimme.

5

Von der Avus kommend, hatte sie über die Ausfahrt Nikolassee die Spanische Allee erreicht und war von da in die Von-Luck-Straße eingebogen. Gleich rechts nach der Tankstelle sah sie eine große Villa aus der Gründerzeit, die zugleich protzig-verschnörkelt und verwahrlost wirkte. Sie ließ das Auto langsam an das Gartenportal heranrollen. Es war mit einem brüchigen Pagodendach bedeckt. Die Nachbarvillen, alte Einfamilienhäuser, umgeben von Gärten, zwischen hohen Kiefern, Tannen, Laubbäumen, hatten schon längst keine wohlhabenden Bewohner mehr. Holzzäune waren halb umgesunken. Drahtzäune löcherig und verrostet, Rosenhecken wucherten in Kellereingänge, Fensterläden mit abgeblätterter Farbe hingen schief, wenn auch säuberlich, an lockeren Angeln.

Katharina stieg aus. Auf einem großen saubergescheuerten Messingschild am Portal las sie: «Privates Altenheim Sophie Michelsen». Das schmiedeeiserne über zwei Meter hohe Tor war angelehnt. Katharina blickte durch die verrosteten blütenstengelähnlich gewundenen Eisenstäbe in einen verwilderten Garten. Nur die Gehwege waren sauber geharkt. Um ein mit kahlen Sträuchern und langem verwelktem Gras bewachsenes Rondell spazierten behutsam zwei alte Damen in abgetragenen Wintermänteln. Eine erzählte langsam, aber eindringlich, die andere hörte zu, hielt den Kopf gesenkt, um Unebenheiten auf dem Weg zu erspähen, stützte leicht den Arm der Erzählenden. Im Hintergrund beschnitt ein rüstiger Sechziger in Felljacke und Pudelmütze mit weitausholenden Gebärden und schnappender Gartenschere einige Rosensträucher.

Katharina stieß das Tor auf. Zu ihrer Überraschung glitt es leicht, gut geölt, ohne Quietschgeräusch zur Seite. Der Weg führte sie zum früheren Dienstboteneingang der Villa. Der Haupteingang wurde offensichtlich nicht mehr benutzt. Der breite Weg zur Freitreppe war überwachsen. Der Mann im Hintergrund winkte Katharina mit der Gartenschere freundlich zu, ließ sich aber in seiner Arbeit nicht stören. Und die beiden alten Damen nickten nur einmal kurz, als Katharina sie grüßte, und nahmen nicht weiter Notiz von ihr.

Sie klingelte an der Dienstbotentür. Nach längerer Zeit schlurften Schritte heran. Es war aber nicht, wie Katharina erwartet hatte, eine alte Frau, die öffnete, sondern ein junges dickes Mädchen in dunklen Hosen, Pullover und Küchenschürze darüber. Das Mädchen sah aus schwarzen verständnislosen Augen auf Katharina, hob entschuldigend die Hände, murmelte Fremdländisches und schlurfte wieder davon, noch bevor Katharina erklären konnte, weshalb sie gekommen war. Sie stand auf einem linoleumbelegten Vorplatz. Sie glaubte leichten Sagrotangeruch zu spüren. Außerdem roch es nach billigem Bohnerwachs. Die tapetenlosen Wände waren in bräunlichgelber Packpapierfarbe gehalten und kahl. Tageslicht kam durch zwei große vergitterte Fenster neben der Eingangstür.

Während Katharina hinter dem dicken Mädchen herblickte, das im düsteren, unbeleuchteten Hintergrund eines ebenfalls packpapierfarbenen Flurs verschwand, hörte sie irgendwo im Haus, Stockwerke und Mauern entfernt, Musik. Es war ein bekanntes Stück für Violine solo, Bach oder Händel, Katharina mochte Musik zwar, kannte sich aber nicht aus. Immerhin schien ihr, als hätte sie diese Platte schon gehört. Um die Richtung herauszufinden, aus der die Musik kam, drehte sie sich um und blickte in einen weiteren Flur. Und genau da, wo auch dieser Flur in einen düsteren, unbeleuchteten Hintergrund überging, stand leicht gebeugt eine sehr alte dürre Frau und blickte Katharina an. Sie mußte Katharina schon die ganze Zeit über beobachtet haben. Sie trug einen Turban und war in einen weiten, geblümten Morgenmantel gehüllt, den sie mit beiden Armen an den Leib preßte. Ihre nackten Füße steckten in ausgelatschten Pantoffeln. So stand sie ruhig da und blickte Katharina an, ernst, ausdruckslos, mit wasserhellen Greisenaugen.

In der Sekunde, bevor Katharina «Guten Tag», sagte, erinnerte sie sich an einen ähnlichen Flur. Sie stand vor der geöffneten Flügeltür eines hohen großen Saals mit stuckverzierter Decke und bräunlichgelben Wänden, und sie betrachtete beklommen die Menschen in dem Saal. Einige lagen apathisch auf ihren Betten, andere saßen verkrümmt am langen Holztisch, öffneten und schlossen knochige Hände oder schüttelten in Abständen den Kopf, wieder andere gingen langsam, in Morgenmäntel gehüllt, weiße Tücher um den Kopf geschlungen, zwischen Betten und Tisch hin und her, mit ernsten, würdevollen Bewegungen und plötzlich grimassierenden Gesichtern. Katharina wollte eine Freundin besuchen, die hier zur Beobachtung eingewiesen worden war. Eine Pflegerin hatte sie bis vor den Saal geleitet, sie gebeten zu warten, und war in den Saal gegangen. Katharina konnte nur einen kleinen Ausschnitt des Saals überblicken. Ständig erschienen neue Personen in Schlafanzügen und offenen Morgenmänteln zwischen den Betten und entfernten sich, auch weißgekleidete Pfleger, die eilig zwischen den Patienten umherliefen und in entlegenen Gegenden des Saals verschwanden. Nur die Freundin erschien nicht. Katharina drehte sich hilfesuchend um. Da stand drei Meter entfernt die Freundin, im langen Nachthemd, ein Tuch über den Schultern, mit vor der Brust ineinandergekrampften Händen, und lächelte sie sanft an. Sie mußte schon geraume Zeit so gestanden und Katharina von hinten angeblickt haben, unfähig, sich bemerkbar zu machen, und der eilige Pfleger, der sie aus einem anderen Raum in den Flur geschoben hatte, war längst woanders. Der Oberarzt, dem Katharina das wenig später berichtete, zuckte nur die Schultern. Er hatte vierhundert Patienten, denen er, wie er wußte, kaum helfen konnte. Erschöpft, mit zuckenden Augenlidern, saß er an seinem leeren Schreibtisch, hinter sich an der rissigen Wand das enorme Foto eines Schlachtschiffs aus dem Ersten Weltkrieg, vor sich nur die Mitteilungen des Hartmann-Bundes deutscher Ärzte und einen Geigenkasten. Er beschäftigte sich fast nur noch mit ärztlichen Standesproblemen und spielte alle drei Stunden zehn Minuten Geige. Als Katharina ihn verließ, begann er eine Fuge.

Die alte Frau mit dem Turban lächelte und sagte: «Entschuldigen Sie, ich habe mir gerade die Haare gewaschen», und verschwand lautlos hinter einer Tür, die Katharina bisher nicht bemerkt hatte. Sie hörte wieder die schlurfenden Schritte, drehte sich um, sah ein paar verlegene Handbewegungen, hörte einige fremde schüchterne Laute und begriff, daß das Mädchen, ihrer Meinung nach eine Türkin, sie aufforderte, mitzukommen. Sie wurde bis zum dunklen Hintergrund des Flurs geführt, durch eine Tür in einen größeren Raum geleitet, der prachtvoll düster getäfelt war, früher die herrschaftliche Diele. Eine Tischlampe mit verbeultem braunem Schirm auf einem schäbigen Tisch beleuchtete sie unzureichend. Das Mädchen klopfte an eine getäfelte Tür, die auch sofort geöffnet wurde. Eine große schlanke Dame mit sorgfältig getöntem blauweißem Haar und hochgeschlossenem dunklem Kleid begrüßte Katharina, warf einen flüchtigen Blick auf den Ausweis der Kriminalpolizei, den Katharina ihr hinhielt, und bat sie einzutreten. Das Mädchen verscheuchte sie mit einer Handbewegung.

Das Zimmer war hell und freundlich. Große bis zum Parkettboden reichende, von leichten Vorhängen eingerahmte Fenster gaben den Blick frei auf den Garten und den Mann, der hinten am Zaun die Rosensträucher beschnitt. Ein Biedermeiersofa, ein Biedermeiersekretär, Biedermeiertisch und Biedermeierstühle, ein sehr schöner alter Perserteppich. Eine Rokokouhr auf dem Sekretär. An der gestreiften Tapete über der Uhr eine Holzschnitzerei, die ein Lichtstrahlen aussendendes Kreuz darstellte, um das sich eine Weinrebe wand, mit einem ebenfalls geschnitzten Text. Katharina kannte ihn, ohne hinzusehen: «ER der Weinstock, wir die Reben, ER das Licht und wir der Schein.»

«Ich komme wegen Herrn Brückner», sagte Katharina.

«Das dachte ich mir. Sie wurden uns angekündigt.» Die Dame wies auf Sofa und Stühle. «Bitte, nehmen Sie Platz. Sie können gern rauchen.»

Katharina lehnte mit einer Geste dankend ab. «Zunächst», sagte sie, indem sie auf dem Sofa Platz nahm, «möchte ich mich an Sie wenden, Frau Michelsen.»

«Micheelsen, bitte», verbesserte Frau Michelsen, indem sie sich gegenüber von Katharina auf einen Stuhl setzte, der frei an der Wand stand. «Der Name wird zwar nur mit einem E geschrieben, aber er wird wie zwei E gesprochen.» Sie lächelte dünn. «Entschuldigen Sie. Die Familie meines Mannes stammt aus Hamburg.» Dabei deutete sie vage zum Garten hinaus auf den Mann mit Pudelmütze und Felljacke.

Katharina nickte. «Später», sagte sie, «möchte ich dann mit den Heiminsassen sprechen. Mich interessieren da besonders diejenigen, die guten Kontakt zu Herrn Brückner hatten.»

«Ja, der arme Herr Brückner. Man wird seine Tochter in Kalifornien benachrichtigen müssen.»

«Sie haben die Adresse dieser Tochter?»

«Er hat sie mir anvertraut, für den Fall, daß eine Benachrichtigung nötig werden sollte. Allerdings, wer konnte sich einen solchen Fall vorstellen. Nein, unsere Damen und Herren hat es schon sehr mitgenommen. Wir sind alle erschüttert. Neun Jahre gemeinsames Leben verbindet schließlich.»

Auch hier war die entfernte Sologeige deutlich zu hören. «Liebte Herr Brückner Musik?»

Frau Michelsen lächelte wieder ihr dünnes Lächeln. «Ach, das wohl weniger. Es ist eher unser Herr Bockelmann, der ein starkes Bedürfnis nach Musik hat. Nach sehr lauter Musik. Wir haben uns darauf geeinigt, daß er jeden Vormittag zwischen zehn Uhr dreißig und zwölf Uhr diesem Bedürfnis nachgehen kann. Er ließ sich auch bei anderen Todesfällen unter unseren Damen und Herren nie davon abhalten. Und zu unserm armen Herrn Brückner hatte er schon gar keine besondere persönliche Beziehung, wegen des gesellschaftlichen Unterschieds.»

«Welchen Beruf hatte Herr Bockelmann?»

«Richter. Nicht mal ein hoher. Aber der arme Herr Brückner war bloß Buchhalter, sehen Sie. Aber ich möchte nichts Nachteiliges über Herrn Bockelmann sagen. Er hat seine Meriten. Er ist sehr aktiv. Unsere Damen und Herren gehen mit ihm in gute Konzerte und Theateraufführungen, sie besuchen interessante Vorträge und Ausstellungen. Vorigen Sommer hat er eine Kaffeefahrt auf dem Wannsee organisiert, das war wirklich ganz reizend.»

«Wem gehört das Haus? Ihnen?»

«Aber nein. Wir haben es bloß gepachtet. Eigentümer sind die Nachkommen von Geheimrat von Koselitz, Bayer-Chemie. Nach dem Krieg wurde der Familie das große Haus zu teuer im Unterhalt. Zu verkaufen war es nicht. Da verfiel man auf die Idee, ein Altenheim daraus zu machen, wegen der steuerlichen Erleichterungen. Und dann ist die Lage hier ganz nahe am Schlachtensee für unsere Damen und Herren ja auch wirklich einzigartig.»

«Wie viele Damen und Herren wohnen hier?»

«Dreißig, genau. Jeder in seinem eigenen Zimmer mit seinen eigenen

Möbeln. Elf Herren, neunzehn Damen. Das heißt, jetzt ja nur noch zehn Herren. Mein Gott, ich frage mich, wie so etwas passieren konnte. Haben Sie noch keine Anhaltspunkte?»

«Die Ermittlungen sind im Gang. Wissen Sie, ob Herr Brückner in letzter Zeit über größere Beträge verfügen konnte?»

«Brückner? Größere Beträge?»

«Sie sprachen von einer Tochter in Kalifornien. Vielleicht hat sie ihm das Geld geschickt.»

Frau Michelsen schüttelte den Kopf. «Nicht daß ich wüßte. Im Gegenteil, Herr Brückner hat sich einschränken müssen, um hier wohnen zu können. Wir sind ihm, so weit möglich, entgegengekommen. Er ist ja auch ein ganz reizender bescheidener Mensch gewesen.»

Katharina dachte an die neue teure Brille und an Brückners Mageninhalt: Hummer, Kaviar, Lachs, Sekt, wie Dr. Martin mitgeteilt hatte. «Wann haben Sie Brückner zum letztenmal gesehn?»

«Gestern nach dem Abendessen, etwa gegen neunzehn Uhr. Er hatte nicht daran teilgenommen. Er fühlte sich nicht wohl und wollte noch einen Spaziergang machen. Ich bin ihm zufällig im Flur begegnet. Wie er in den Lietzenseepark geraten ist, das versteht hier keiner.»

«Ist Ihnen nicht aufgefallen, daß Brückner von seinem Spaziergang nicht zurückgekehrt ist?»

«Ich pflege meine Gäste nicht zu beaufsichtigen.»

«Wurde Brückner nicht beim Frühstück vermißt?»

«Die Mädchen stellen unseren Herren zu einer verabredeten Zeit das Frühstück vors Zimmer. Bevor wir merkten, daß Herrn Brückners Frühstück nicht angerührt war, klingelten schon zwei Polizisten.»

«Den Damen wird das Frühstück ins Zimmer gebracht?»

«Ja.»

«Warum nicht auch den Herren?»

Frau Michelsen zog kaum merklich die schmal gezupften Augenbrauen hoch und betrachtete Katharina mit einem Blick, der etwa sagte: Kriminalbeamtin und so naiv?

«Das ist hier so Sitte», erwiderte Frau Michelsen.

«Wissen Sie etwas über Freunde und Bekannte von Herrn Brückner?»

«Ich glaube, ich erwähnte es schon: Wir kümmern uns nicht um die persönlichen Angelegenheiten unserer Gäste.» Frau Michelsen legte seufzend die Handflächen aneinander. «Mein Gott, wie peinlich mir das ist. Ausgerechnet am Ende der Pachtzeit.»

«Sie verlassen das Heim?»

«In fünf Monaten. Mein Mann und ich, wir sind nun beide Ende Sechzig, da hat man ein Recht auf Ruhe, sehen Sie. Wir wandern aus, zu meiner Schwester nach Kanada. Wir haben da einige Grundstücke in Aussicht.»

«Ja», sagte Katharina, «es ist schön, wenn man plötzlich was erbt.»

«Aber wo denken Sie hin. Wir haben alles verloren in der Zone. Wir sind damals gerade noch durchgekommen in den Westen, ein paar Tage später war die Mauer da. Wir haben 62 mit nichts hier angefangen, sehen Sie.»

«Da müssen Sie ja wirklich gut verdient haben inzwischen», sagte Katharina.

Frau Michelsen stand auf. Ihre Stimme hatte eine leichte Schärfe. «Wie meinen Sie das?» Sie ging zu einem der großen Fenster, öffnete es und rief hinaus: «Henry? Würdest du bitte einen Moment hereinkommen?»

Henry winkte mit der Gartenschere, rief zurück: «Ja, ich komme gut weiter», und fuhr fort, zu schneiden und zu schnappen. Frau Michelsen zögerte. Dann schloß sie das Fenster, ruhig, als hätte sie genau diese Antwort von ihrem Mann erwartet. Sie wandte sich um. «Ich nehme an», sagte sie kühl, «Sie möchten nun einen Blick in das Zimmer von Herrn Brückner werfen. Wenn Sie mir also bitte folgen wollen.»

Sie gingen durch die getäfelte Diele und über eine breite, gebohnerte Treppe mit dunkelgebeiztem, verziertem Geländer hinauf. Neben ihnen, über ihnen bröckelnder Putz, packpapierfarbene Wände mit Feuchtigkeitsflecken. Im ersten Stock war die Geigenmusik lauter, sie kam aus einem der vielen Zimmer, an deren Türen Frau Michelsen und Katharina vorbeigingen. Im Vorbeigehen sah Katharina Namenschilder neben den Türen. Einige waren groß, metallen, jahrzehntealt, von früheren Wohnungen übriggeblieben, andere bloß ein Stück Pappe, tintebeschrieben, mit einer Heftzwecke befestigt. Während sie eine enge, steile, sehr glatt gebohnerte Treppe zu den Mansarden hinaufstiegen, brach die Geigenmusik hinter ihnen plötzlich ab. Statt dessen kam was Symphonisches, Klassisches.

Katharina fragte sich, warum ihnen keiner der neunundzwanzig Gäste des Hauses begegnete. Frau Michelsen schien ihre Gedanken zu erraten.

«Vor dem Essen halten sich unsere Gäste in ihren Zimmern auf», sagte sie.

Katharina sah auf die Uhr. Es war zwanzig nach elf.

«Und gegessen wird Punkt zwölf», sagte Frau Michelsen.

«Haben Sie keinen Aufenthaltsraum? Keinen Salon?» fragte Katharina. Die Antwort war abweisend:

«Nein.» Auf den letzten Stufen vor den Mansarden, den früheren Dienstbotenzimmern, fügte Frau Michelsen noch hinzu: «Und der Eßraum ist zu klein. Eine Table d'hôte für dreißig Personen hat da Platz, mehr nicht.»

Im engen Gang vor den Mansarden standen Kommoden, Eisschränke, Stühle, die von ihren Besitzern nicht in den Räumen untergebracht werden konnten. Es zog und es war kühl, im Gegensatz zu Frau Michelsens angenehm geheizten Privaträumen. Frau Michelsen öffnete eine Tür, in der ein Schlüssel steckte.

«Wir haben selbstverständlich inzwischen nichts angerührt», sagte sie, «Sie können sich gern überzeugen.»

Katharina sah in ein geräumig wirkendes Zimmer mit zwei angeschrägten Wänden. Es war sparsam möbliert, ein altmodisches Bett mit hohem, hölzernem Kopfende, ein einfacher Schrank, eine kleine Kommode, ein Tisch mit zwei Stühlen und einem Ohrensessel am kleinen Fenster, ein Regal mit Büchern und Aktenordnern, ein paar Gemälde in schweren Rahmen an den geraden Wänden, Kopien berühmter Blumen. Ein kleiner Bismarck über dem Bett, das Foto einer jungen Frau mit nacktem Baby auf dem Nachttisch. Das Bett war unbenutzt.

Die symphonische Musik aus dem ersten Stock wurde einen Moment lauter, als sei kurz die Tür von Bockelmanns Zimmer geöffnet und wieder geschlossen worden.

«Herr Brückner war sehr ordentlich, sehen Sie», sagte Frau Michelsen.

«Ich sehe», sagte Katharina, während sie langsam durchs Zimmer ging. «Er hat sogar vor die feuchten Flecke an den Wänden Bilder gehängt, damit man nicht merkt, wie die Tapete runterkommt.»

Sie öffnete die beiden Kommodenschubladen. Die erste Schublade enthielt Unterhemden mit Ärmeln und lange Unterhosen sowie sorgfältig gestapelte Taschentücher mit den eingestickten Initialen H. B. Die zweite enthielt gestärkte weiße Oberhemden.

Frau Michelsen massierte ihre Fingerknöchel. «Ich will Ihnen was sagen. Wir sind zu sechst, mein Mann, ich, eine Köchin, drei Hausgehilfinnen, und wir arbeiten sechzehn Stunden am Tag und mehr für unsere Damen und Herren. Und das ist hier nun mal ein altes Haus.»

Katharina schloß die Schubladen, öffnete den Schrank.

«Ihre Zimmer unten schienen immerhin renoviert.»

«Ich muß sehr bitten.»

Im Schrank hingen zwei graue altmodische Anzüge und ein abgetragener heller Sommermantel. Auf dem Schrankboden ein abgewetzter alter Lederkoffer. Katharina schloß den Schrank, ging zum schmalen Fenster, blickte hinaus. Sie sah hinunter in den Garten, auf das grasbewachsene Rondell. Die beiden alten Damen waren verschwunden. Sie ging vom Fenster zum Regal.

«Zehn, fünfzehn, einundzwanzig Aktenordner. Was bedeutet Bejä?»

Frau Michelsen trat näher. «Bejä?»

«Oder Ozel?»

Frau Michelsen trat wieder anderthalb Schritt zurück. «Wie ich schon mehrfach betonte: ich pflege nicht in den Privatsachen unserer Damen und Herren herumzuschnüffeln.»

Katharina nahm den Aktenordner mit der Überschrift BEJÄ aus dem

Regal. Er enthielt Abrechnungen und Belege. Offensichtlich war mit BEJÄ «Belege, jährlich» gemeint.

Sie schob den Ordner zwischen die andern, holte einen mit OZEL gekennzeichneten heraus. Der enthielt ebenfalls Abrechnungen. Sie stellte ihn an seinen Platz. Zu OZEL fiel ihr nur ein: Offenstehende Zahlungen Elektrizität. Aber darum konnte es sich kaum handeln. Katharina verließ das Zimmer. Frau Michelsen folgte ihr, schloß ab und sah zu, wie Katharina das Schlüsselloch mit einer Banderole überklebte, die sie in ihrer Handtasche mitgebracht hatte.

«Vielen Dank, Frau Michelsen», sagte sie und steckte den Rest der Banderole wieder ein. «Ich möchte Sie jetzt nicht länger in Anspruch nehmen.»

«Sie wollen nicht mehr mit unseren Damen und Herren sprechen?»

«Doch. Aber allein, wenn Sie erlauben. Bitte überlassen Sie den Schlüssel zunächst niemandem. In ein paar Tagen werden wir das Zimmer wieder freigeben. Und ich wäre Ihnen dankbar, wenn Sie mir die Adresse der Tochter von Herrn Brückner heraussuchten.»

Anschließend ging Katharina von Zimmer zu Zimmer in der Hoffnung, näheres über Hermann Brückner zu erfahren. Von Brückner war allerdings kaum die Rede.

Eine fünfundsiebzigjährige Frau, auf ihrem altmodischen hohen, mit Plüschkissen überhäuften Bett sitzend, mit der kaum zitternden linken Hand die sehr zitternde rechte Hand festhaltend: «Der Herr Brückner? Der Herr Brückner? Er war immer recht freundlich. Er hat Briefe für mich geschrieben, an die Behörden, wegen dem Grab von meinem Mann. Und an die Sophie.»

Katharina, auf einem samtbezogenen Stuhl ganz vorn wie ein braves Schulmädchen sitzend, sich erinnernd, daß sie eine Zeitlang, sie mußte da sechs oder sieben gewesen sein, sonntags eine blaue Taftschleife ins Haar gebunden bekam: «Sie meinen Frau Michelsen?»

«Ja. Die Micheelsen.» Die alte Frau sprach den Namen besonders breit und aggressiv aus. «Wegen dem Essen. Wochenlang abends nur Quark. Ist ja sehr gesund. Aber wer will schon so gesund leben, wenn die arme Sophie sich mit Braten zugrunde richtet.» Die alte Frau kicherte. «Und dann, wie hat's hier durchgeregnet.»

Ein Mann von Anfang Siebzig, in seiner mit Kommoden und Schränken vollgestopften Mansarde, vor einer Vitrine stehend, in der er eine Karaffe aus Kristall mit silbernem Verschluß in Form eines Rittervisiers aufbewahrte: «Es ist sehr feucht hier, besonders im Winter. Mit der Heizung wird gespart. Es zieht im ganzen Haus. Fast jeder hat hier Rheuma. Andererseits, ich will nicht undankbar sein. Der Senat soll ja einen Zuschuß versprochen haben. Und wir müssen froh sein, daß wir ein

Dach über dem Kopf haben. Wo soll man denn sonst hin. Hier können wir wenigstens in eigenen Möbeln wohnen, in den Sachen, die einem noch geblieben sind, an denen man hängt. Andererseits, es ist ja eben auch nicht billig, dieses nicht sehr dichte Dach. Nein, ganz und gar nicht.»

Eine schwerfällige, arthritisch deformierte Frau, mühsam an einer Krükke zwischen Fenster und Tür ihres Zimmers hin- und hergehend: «Entschuldigen Sie, ich muß mich bewegen, sonst bin ich so steif, daß ich nachher, wenn es gongt, so lange für die Treppe brauche, daß ich zu spät zum Essen komme, und dann ist die Suppe kalt. Die kommt sowieso bloß lauwarm an. Und die Mädchen stellen sie einem hin, egal ob man da ist oder nicht. Und vor dem Gong losgehn darf ich auch nicht, das wird unten nicht gewünscht, das stört bei den Vorbereitungen, wenn man zu früh da ist. Aber zu schnell darf ich auch nicht die Treppe runter, Sie sehen ja, wie glatt die ist, und das Geländer mal links, mal rechts. Bis man da wieder Halt findet! Was wollte ich sagen. Ja, in den letzten fünf Jahren sind wir dreimal erhöht worden. Und jetzt, wenn der neue Pächter kommt, werden wir sicher schon wieder erhöht. Kriege ich zwanzig Mark mehr Pension, erhöht die Sophie um fünfundzwanzig. Wer nicht zahlen kann, muß zur Fürsorge. Da wird man doch sofort gekündigt, drei Monate Frist. Und wo soll ich noch hin in meinem Alter, wo alle schon tot sind, die ...» Die Frau blieb vor Katharina stehen: «Ins Städtische? Drei Weiber in einem Zimmer? Nee.»

Eine feingliedrige Achtzigjährige aus dem ersten Stock, eine der beiden Damen, die vorhin im Garten spazierengegangen waren, jetzt im geschnitzten Lehnstuhl, fortwährend unruhig auf die Armbanduhr blikkend: «Und der Ton hier. Wie man hier angeschrien wird. Man zahlt und wird angeschrien. Man hört auch sonst allerlei. Klopfen Sie mal gegen die Wand da. Aber nicht zu fest, sonst sind Sie im Nachbarzimmer. Mit einer Rabitzwand lassen sich zwei Zimmer aus einem machen, kassiert wird doppelt. Morgens um sieben werde ich wach, weil Herr Asmus zweimal hustet, bevor er aufsteht. Sonst ist er ja leise. Frau Keber, die vor ihm da wohnte, schnarchte. Frau Keber, wissen Sie, die in so einen Überfall von diesen Halbstarken hineingeraten ist, sie ging gerade an der Bank vorbei, und schon hatte sie einen Schuß im Allerwertesten. Wie ich Ihnen sage. Vor drei Monaten. Die Arme. Sie hat sich nie wieder richtig gemacht. Ihre Nichte hat sie abgeholt und nach Bad Nauheim ins Pflegeheim gebracht. Nun, ein Pflegeheim wartet auf uns alle, wenn wir nicht beizeiten sterben. Es muß ja nicht gerade ein Tod wie der vom armen Brückner sein, wie? Aber ich will mich nicht beklagen. Woanders ist es auch nicht besser. Wenns regnet, stell ich eben den Nachttopf unter den Stuck. Und ans Essen gewöhnt man sich. Man gewöhnt sich an alles, wenn man keine Wahl mehr hat. Wetten, daß wir heute zwei Bouletten bekommen, weil Sie da sind? Zu Bockelmann brauchen Sie gar nicht erst rüber, der öffnet nie, solange er Musik hört.»

Eine kleine, blasse, ausgemergelte Frau mit Sonnenbrille, die Katharina nicht eintreten ließ, durch den nur handbreit geöffneten Türspalt, als sei Katharina eine lästige Vertreterin: «Nein, mit der Polizei möchte ich nichts zu tun haben. Nein, ich sage nichts. Es geht mir gut, ich bin zufrieden, ich will keine Scherereien. Und Herrn Brückner kannte ich sowieso kaum. Mit dem stand ich nur auf einem Grüßfuß, mehr nicht.»

Der Gongschlag beendete Katharinas ergebnislose Versuche. Während sie über die große Treppe hinunterging, wurde sie von eiligen Greisen überholt, unter dem Donnern von Schlußakkorden, die aus Bockelmanns Zimmer hinter ihnen herdröhnten. Die meisten saßen schon an der langen Tafel, als sie das Eßzimmer betrat.

Das Mädchen, das Katharina die Tür geöffnet hatte, und zwei weitere dunkelhaarige, dunkeläugige Mädchen brachten Suppenterrinen, Mineralwasserflaschen, Saft. Gegenüber von Katharina, an der Wand, hing ein ebenholzgerahmter, mit Redisfeder auf Japanpapier geschriebener Vers: «Wir danken Gott für Brot und Kleid, für seines Himmels Spende. Was ER uns gibt, ist hoch geweiht, füllt unsere leeren Hände.» Auch diesen Spruch kannte Katharina. Im Durchgang zur Küche stand Frau Michelsen, beobachtete und dirigierte die Mädchen mit Handbewegungen. Gesprochen wurde von den Gästen kaum. Schlürfen und Schlucken war zu hören. Von Katharina nahm niemand Notiz, bis auf einen verspätet erscheinenden großgewachsenen Herrn mit wehenden weißen Haaren, der am Stock gehend ein steifes Bein hinter sich herzog, aber nicht auf seinen Platz zuhinkte, sondern sich Katharina vorstellte, «Bockelmann mein Name», seine Hilfe anbot, das Entsetzen und die Trauer aller Anwesenden ausdrückte und der Kollegin – «Kollegin darf ich doch zu Ihnen sagen?» – baldigen Erfolg wünschte. Katharina hatte ursprünglich auch Bockelmann befragen wollen und noch weitere Heimbewohner. Im Moment schien ihr das aber nicht mehr sinnvoll. Sie dankte, wartete nicht, ob es tatsächlich nach der Suppe zwei Bouletten gab, verabschiedete sich. Keiner der schmatzenden Greise schaute auf, und diejenigen, mit denen sie gesprochen hatte, hielten den Kopf am tiefsten über den halbleeren Teller gebeugt. Nur Frau Michelsen nickte gemessen und veranlaßte mit einer Handbewegung eins der verschüchterten Mädchen, Katharina die Haustür zu öffnen und ihr dabei einen Zettel mit der Adresse von Brückners Tochter zu überreichen.

Da Nikolassee zum Bezirk Zehlendorf gehört, entschloß sich Katharina, zum Zehlendorfer Rathaus zu fahren und dort mit einem Beamten der Sozialverwaltung zu sprechen. Sie hatte Glück, sie erwischte einen beweglichen jungen Mann, der gerade sein Zimmer abschließen und essen gehen wollte. Bereitwillig trat er mit Katharina wieder ins Zimmer, holte Akten hervor, erläuterte die Situation des privaten Altenheims Michelsen:

Die war früher weitaus ungünstiger gewesen. Mit laufenden Preiserhöhungen und einer rigorosen Hausordnung hatte die Michelsen lange Zeit ihre Gäste geschröpft und kujoniert. Das fiel ihr um so leichter, als sie sorgfältig darauf achtete, Pensionäre mit sicherem, aber nicht zu hohem Einkommen und möglichst geringen finanziellen Reserven zu haben, die, wenn sie einmal in Michelsens Abhängigkeit geraten waren, sich einen Heimwechsel kaum noch leisten konnten. Mittelstand also, ehemalige kaufmännische Angestellte, mittlere Beamte und deren Witwen, Arztwitwen, Leute, die Angst hatten, auch noch den Rest der gewohnten bürgerlichen Sicherheit zu verlieren, und die Wert auf eine gute Adresse legten. Die Zahl der Todesfälle in diesem Heim lag lange Zeit oberhalb vom Durchschnitt der Todesfälle in anderen privaten Altenheimen Zehlendorfs. Durch behördlicherseits ergriffene Maßnahmen ist die Michelsen in den letzten Jahren gebremst worden: die Qualität des Essens wurde verbessert, eine pensionierte Krankenschwester konnte bewogen werden, ins Heim zu ziehen. Von seiten der Heiminsassen hat es aber ebenfalls Versuche gegeben, sich gegen Michelsens Praktiken zu wehren. Seit vor zwei Jahren der pensionierte Amtsgerichtsrat Bokkelmann Heimbewohner geworden ist, haben diese Versuche sozusagen einen Koordinator gefunden. Zum Beispiel hatte Bockelmann sofort angeregt, eine gemeinsame Kasse der finanziell besser gestellten Heimbewohner zu gründen, zur Unterstützung der finanziell schwächeren, denen nach Bezahlung der Pensionskosten kaum noch ein Taschengeld übrigblieb. Aber erstens war, wie zu erwarten, Solidarität nicht herzustellen gewesen, zweitens verbietet die Hausordnung grundsätzlich Geldgeschäfte unter den Heiminsassen. Jetzt ist der Senat bereit, in Härtefällen ein Taschengeld zu zahlen, auf Antrag, aber solche Anträge werden aus falsch verstandenem Schamgefühl nicht gestellt. Es handelt sich naturgemäß auch nur um kleine Beträge von rund zwanzig Mark monatlich. Immerhin bekommt nicht Frau Michelsen, sondern Bockelmann treuhänderisch für die Heiminsassen die gelegentlich fließenden weiteren Senatszuwendungen, Weihnachtsgeld etwa, außerdem sind Verbilligungen für die Inanspruchnahme von kulturellen Angeboten (Oper, Konzert, Museum) eingerichtet worden. Wenn auch die Zustände im Heim immer noch zu Bedenken Anlaß geben, so verhält sich die überwachende Behörde doch zurückhaltend, Konflikte und die mit ihnen verbundenen unausbleiblichen Beunruhigungen der Heiminsassen sollen vermieden werden. In fünf Monaten wird nicht nur Sophie Michelsen in Kanada sein, sondern es wird dann das von Koselitzsche Haus auch abgebrochen werden. Davon ist den Insassen noch nichts bekannt.

Sie sollen es erst erfahren, wenn ihre Übersiedlung in andere, zentraler gelegene, mehr Kontakt mit der Umwelt ermöglichende Heime gesichert ist. Darüber wird im Moment verhandelt. Auf dem ehemaligen von-Koselitzschen Grundstück soll ein Appartementhaus errichtet werden, Käufer ist ein Dr. Krukus. Katharina fuhr langsam über Clay-Allee und Hohenzollerndamm zurück und überlegte. Krukus? Kannte sie den Namen nicht? Hatte Tante Fenna ihn nicht erwähnt, als sie vor ein paar Tagen, etwas verwirrter als gewöhnlich, anrief, um mitzuteilen, sie hätte ihr Haus ihrem Zahnarzt verkauft, einem Betrüger und Gangster, sagte Tante Fenna, einem Dr. Krogsen. Wenigstens hatte Katharina Krogsen verstanden. Vielleicht hatte Tante Fenna aber Krukus gesagt. Wenn sie wütend wurde, knackte sie mit dem Gebiß, das der Gangster ihr eingesetzt hatte, und wenn sie durchs Telefon knackte, war sie kaum zu verstehen. Katharina beschloß, sich nach Hamburg schicken zu lassen, falls der Vorschlag ihres Chefs vom Gremium akzeptiert würde. Sie könnte dann auch mit Tante Fenna sprechen, ohne vom telefonisch verstärkten Knacken irritiert zu werden. Krukus oder Krogsen sollte helfen, eine gewisse Beunruhigung zu definieren, die sie seit dem Besuch im Altenheim spürte und die auch nach dem Gespräch im Zehlendorfer Rathaus nicht gewichen war. Ein zweiter Name beschäftigte sie: Bockelmann. Über einen Amtsgerichtsrat Bockelmann hatte sie vor vielen Jahren in einer Schweizer Zeitung gelesen. Aber was? Sie sah eine Fernsprechzelle und hielt. Als sie die Nummer drehte, blickte sie auf die Uhr, dachte flüchtig, es wird zu früh sein. Da meldete sich Robert.

«Hallo, Dicker», sagte sie.

«Na, Schöne. Was gibt's?»

Seine warme, ruhige Stimme tat ihr wohl.

«Ging's gut mit dem Aufsatz?» fragte sie.

«Ich habe Spaß gehabt. Eins der Themen hieß: ‹Grundgesetz Artikel 14, Absatz 2, Eigentum verpflichtet. Sein Gebrauch soll zugleich dem Wohle der Allgemeinheit dienen. Beschreiben Sie, wie Sie sich einen solchen Gebrauch vorstellen.› Einige meiner Schüler erklärten mir daraufhin, ich sei ein ausgekochter karriereversessener Opportunist. Nachdem mich der alte Heinzen eine Stunde in der Aufsicht vertreten hatte, nahm er mich beiseite und warnte mich. Wenn ich so weitermachte, sei meine Karriere bald am Ende.»

«Das heißt, du bist ein windiger Liberaler.»

«Ja, das heißt es wohl.» Robert lachte schnell sein hohes, glucksendes Lachen, das nicht zu seinem Bariton paßte. Ein Geräusch wie von einem Huhn, das glücklich im warmen Sand liegt. Sofort danach war wieder die ruhige Stimme da: «Und was macht deine Karriere?»

«Schlecht. Ich sammle Fakten und weiß nichts. Ich habe Fehler gemacht. Ich habe jemand, der ein Aasgeier ist, zu erkennen gegeben, daß ich ihn für einen Aasgeier halte. Sagt dir der Name Bockelmann was?»

«Früherer Oberbürgermeister von Frankfurt.»

«Den meine ich nicht. Bis später, Dicker.»

«Ich bin zu Hause, wenn du kommst.»

Als sie am Bayerischen Platz ankam, war es kurz nach zwei. Sie mochte das Kriminalisten-Stammlokal mit seinen Butzenscheiben nicht. Sie haßte den Ton, mit dem der Wirt, immer gut informiert, sich an die Beamten zu wenden pflegte. Aber sie wußte, sie bekam schnell ein gutes Steak mit Salat. Der Wirt, dick, glatzköpfig, mit weißer Schürze, servierte ihr schwungvoll selbst das Essen. «Nun?» erkundigte er sich. «Sind wir dem Mörder wieder auf der Spur, Frau Kommissar?»

«Nun?» antwortete sie und hob das Steak mit der Gabel an. «Verkaufen wir wieder drei alte Sehnen als gutes Filet?»

Das war ungerecht, das Fleisch war in Ordnung. Der Wirt zog sich auch sofort beleidigt zurück. Katharina sah auf die Stammtisch-Standarte, und ihr fiel ein, daß nächsten Dienstagabend wieder Stammtisch war. Sie beschloß, sich zu drücken. Sie fühlte sich müde. Luigi, hinter dem Tresen an der Maschine, hatte schon gesehen, daß sie jetzt Kaffee brauchte, und brachte ihn, entfernte sich auch gleich wieder, als er bemerkte, daß Katharina heute keine Lust hatte, ein paar Worte Genueser Dialekt von ihm zu hören. Tschang tschö tschu, so ähnlich, es klang wie Chinesisch und hatte mit dem Regen zu tun und mit Hans, dem es aus der Dachrinne auf den Kopf tropft. Katharina behielt die Worte nie.

Die Müdigkeit blieb. Dr. Martin war nicht im Labor. Erst zwei weitere Tassen Kaffee, zubereitet von Doris, wesentlich stärker und italienischer als Luigis Berliner Halblurke, machten Katharina munter. Draußen wurde es dunkel, Schneeregen fiel. Katharina saß in ihrem Büro auf einem Kissen auf dem Heizkörper und genoß die Wärme an Beinen und Unterleib. Doris saß vor ihr auf dem Schreibtisch zwischen Kaffeetassen und wippte mit den Schuhspitzen. Gerfried und Zobel saßen auf der anderen Seite des Scheibtischs auf den Besucherstühlen und rauchten. Zu berichten war nicht viel. Doris hatte den Gärtner, einen Junggesellen von Ende Fünfzig, in Lichterfelde im sechsten Stock eines Neubaus in seiner Ein-Zimmer-Wohnung im Bett gefunden. Er war verlegen und erklärte, das Anfassen von Brückners weichem blutigem Hinterkopf hätte ihn völlig erledigt. Er hätte nicht mehr in den Dienst gehen können. Ihm sei noch jetzt übel. Und er bäte sehr um Entschuldigung. So wie der Mann aussah und redete, hielt Doris ihn für glaubhaft. Allerdings hatte sie den Eindruck, daß er noch was sagen wollte, sich aber scheute. Sie würde ihn morgen, wenn er wieder zum Dienst ging, noch mal befragen.

Zobel hatte im *Charlottenburger Faß* vom Wirt erfahren, daß ein Mann, auf den die Beschreibung von Brückner möglicherweise zutraf, bei ihm kurz vor Mitternacht ein Bier getrunken haben konnte. Der

Mann sei dem Wirt aufgefallen, weil er umständlich aus einer sehr altmodischen schwarzen Lederbörse Kleingeld fischte. Und der Mann, der abends einen Hund ausgeführt hatte, sei überzeugt gewesen, daß die Maskierten in schwarzes Lederzeug gekleidet waren. Zobel wollte morgen mit Brückners Foto noch mal zum Wirt vom *Charlottenburger Faß*. Heute hatte das Lokal Ruhetag. Nach der Schilderung von Zobel war Katharina sicher, daß es sich um ein Lokal handelte, in dem niemals Kaviar und Hummer serviert wurde. Dafür kam nur das See-Hotel in Frage. Zobel wollte auch dort noch mal nachfragen, mit dem Foto in der Hand, und zwar heute abend, ebenso wie in den Lokalen, die erst ab 18 oder 20 Uhr öffneten.

Gerfried war aus einer zweieinhalbstündigen Sitzung gekommen, die den Beschluß erbracht hatte, ab sofort eine mobile, auf verschiedene Stützpunkte verteilte Eingreifreserve der Schutzpolizei zu bilden, die in weniger als drei Minuten jeden Punkt der Innenstadt erreichen konnte. Außerdem war man der Meinung gewesen, bei einer Enthaltung, Katharina schon morgen nach Hamburg fliegen zu lassen.

Katharina wußte, wie Mölling ausgesehen hatte, als er sich enthielt, und lachte. Gerfried blickte sie irritiert an. Sie nahm sich zusammen und berichtete kurz vom Altenheim, sagte aber nichts von ihrem vergeblichen Versuch, sich an einen «Fall Bockelmann» zu erinnern. Das war ihr noch zu ungefähr. Sie wollte die Gelegenheit benutzen und morgen im «Spiegel»-Archiv nachfragen. Sie hatte da einen alten Freund, einen unauffällig gescheiterten Germanisten.

Katharina bat Doris, ihr einen Morgens-Hinflug und einen Spätnachmittags-Rückflug zu buchen und die Hamburger Kollegen zu benachrichtigen. Inzwischen rief sie den Referatsleiter an, informierte ihn über den Stand der Untersuchung, der ihn verdroß, weil die Pressestelle der Kripo dringend um positives Material für eine Mitteilung an die Zeitungen gebeten hatte, erklärte ihre Bereitschaft, nach Hamburg zu fliegen, was ihn erfreute, packte die drei Aktenbündel, steckte eine Notiz mit den Flugzeiten ein, die Doris ihr reichte, und verabschiedete sich.

«Ich glaube aber nicht», sagte Doris plötzlich, «daß die Lieblinge sich solche Masken aufsetzen.»

Zobel und Gerfried waren da nicht so sicher. Zobel wiegte skeptisch den Kopf, Gerfried rhythmisch den verbeulten blechernen Aschenbecher, in dem er seine Zigarette mehrmals ausdrückte.

«Ich fahr morgen ins Westend-Krankenhaus zu dem Kassierer. Der muß doch endlich zu sich kommen», sagte Gerfried.

«Übrigens», Katharina stand schon in der geöffneten Tür, «ich hab die Kilometer aufgeschrieben, Gerfried. Zettel liegt im Handschuhfach.»

Statt mit Robert ins Kino zu gehen, las Katharina an diesem Abend, bäuchlings auf dem Bett liegend, Akten. Zwischendurch telefonierte sie einige Male nach Hamburg, wurde auch von Zobel angerufen, der nichts erfahren hatte. Sie bat ihn, sie am nächsten Morgen zum Flugplatz zu fahren. Dabei werde sie die Akten an ihn weitergeben.

Robert saß zigarillorauchend nebenan und las Deutschaufsätze. Durch die geöffnete Flügeltür sah sie, wenn sie aus den Akten aufblickte und Glühwein aus der Thermosflasche nachgoß, sein konzentriertes Gesicht.

6

Fenna Blom war eigentlich Katharinas Großtante, die Schwester des Vaters ihrer Mutter. In der weitläufigen Blom-Familie kursierten eine Menge Geschichten über Tante Fenna. Zum Beispiel hatte Katharina von einem ihrer Vettern, inzwischen Pastor in Wandsbek, erfahren, was Tante Fenna gesagt haben sollte, als Katharinas Mutter heiratete: «Nun ja, Sparkassenangestellter. Wo die Liebe eben hinfällt. Nicht jeder kann Kolumbus sein. Aber daß er Ledermacher heißt, so ein unmöglicher Name, und daß er aus Frankfurt ist, nein.» Katharina war acht oder neun, als sie Tante Fenna zum erstenmal sah. Da lag der Unteroffizier Ledermacher schon ein paar Jahre im Sand der Weichselmündung begraben, und Katharinas Mutter, kriegsdienstverpflichtet, arbeitete täglich zwölf Stunden in einer Tachometerfabrik. In der verdunkelten engen Zwei-Zimmer-Wohnung in Frankfurt-Altrödelheim mußte ein Notbett gerichtet werden. Als Tante Fenna hereinkam, schlug sie die Hände zusammen und rief: «Nein, ist die kleine Tina aber ein niedliches Mädchen. Wirklich, sie ist das schönste Mädchen, das ich kenne.» Worauf ihre Mutter bloß sagte: «Aber sie macht jede Nacht ins Bett.»

Fast jeden Morgen bekam Katharina Schläge von der verzweifelten Mutter, die nicht wußte, wie sie die schon fadenscheinigen Bettlaken noch säubern konnte. Katharina schaffte es nie, rechtzeitig aufzuwachen. Nur wenn Luftalarm war, hatte sie Glück. In der Nacht von Tante Fennas Besuch gab es keinen Luftalarm. Aber Katharina fühlt sich irgendwann sanft umarmt, hochgehoben, sie wachte ein bißchen auf, gerade soweit, daß sie wahrnahm, wie sie auf den Topf gesetzt wurde, erleichtert puschte sie los und war schon wieder im Bett und zugedeckt. In diesem Moment wachte sie ganz auf, sah eine trübe Taschenlampenbirne leuchten und den Schatten Tante Fennas, die den Topf hinaustrug. Nebenan hörte sie die schweren erschöpften Atemzüge ihrer Mutter, die nur durch einen Luftalarm zu wecken gewesen wäre. Katharina schlief ein und träumte, daß Tante Fenna ihre richtige Mutter war.

Tante Fenna hatte nie geheiratet. Sie hatte Affären, wie man das vor dem Ersten Weltkrieg nannte. Ein preußischer Prinz soll beteiligt gewesen sein. Da war sie knapp über zwanzig und arbeitete als Modistin in Hamburg. Sie selbst sprach nie darüber, aber die Familie wußte es genau. Vielleicht waren es nicht die richtigen Affären gewesen, vielleicht nicht die richtigen Männer, oder in der Familie gab es zu oft kranke Kinder. Die sieben Brüder von Tante Fenna, alle älter als sie, alle verheiratet, alle, bis auf einen, wohlangesehene Bürger in Friedrichswurth, Holstein – Holz und Papierhandel: drei, Gymnasiallehrer: zwei, Kapitän zur See: einer, Waffenschieber und irgendwo zwischen

Deutsch-Ostafrika und dem Sudan verschollen: einer –, hatten zusammen einen Haufen Kinder. Der Waffenschieber hatte die meisten, elf, er war frommer als die andern. Und wenn eins dieser Kinder krank war, erschien Tante Fenna aus Hamburg, wachte nachts und erzählte tags Geschichten, ordnete an, wann Bettlaken gewechselt und heiße Umschläge gemacht werden mußten, backte Extrakuchen und kochte Fliederbeerensuppe oder Schokolade. Die Eltern durften höchstens mal umrühren. Die Frauen der Brüder ließen sich das gefallen. Sie hatten noch genug Arbeit mit ihren gesunden Kindern, und durch Fenna fiel großstädtischer Glanz in ihre ruhigen, behaglichen Bürgerstuben hinter dem Deich, kaiserlicher Glanz, wie sie glaubten, und den sie sehr nötig hatten, besonders die Frau des Waffenschiebers, die in dreizehnjähriger Ehe ihren Mann nur elfmal zu Gesicht bekommen hatte. So erzählte Katharinas Mutter, achtes Kind des Waffenschiebers. Sie sagte: Wenn ich an meine Kinderzeit denke, habe ich mehr Erinnerungen an Tante Fenna als an meine eigene Mutter. War das Kind gesund, verschwand Tante Fenna und hatte wieder Affären. Sie soll sehr schön gewesen sein, aufgestecktes, langes schwarzes Haar, knallblaue Augen, ein Mund, der die Männer verrückt machte, so hieß es. Nach den alten Fotos zu urteilen, die der Pastor aufbewahrte, Enkel des Waffenschiebers, waren Fennas Brüste sicher sehenswert, die Beine etwas zu kurz, was aber durch die knöchellangen Röcke und eine geschickt nach oben gemogelte Taille wieder ausgeglichen wurde.

Katharina war von ihrer Mutter gegen Ende des Zweiten Weltkriegs zu Verwandten ihres Vaters in einen dörflichen Kramladen an die Donau gebracht worden, und da die Mutter bald darauf mitsamt der Rödelheimer Zwei-Zimmer-Wohnung von einer Luftmine zerrissen wurde, gaben die Ledermachers von der Donau nach Kriegsende Katharina in ein protestantisches Kinderheim bei Dillingen. Sie konnten nichts mit ihr anfangen, weil sie, sehr unüblich für dörfliche Kramladenbesitzer, geschieden werden wollten. Später blieben sie doch zusammen, ließen aber nichts mehr von sich hören.

Gelegentlich erreichte Katharina in der trostlosen, nur durch Choräle verklärten Einsamkeit unter siebzig Kindern eine Fett- oder Zuckermarke von Tante Fenna und nach der Währungsreform ab und zu ein Fünfmarkstück. Später hörte sie, daß Tante Fenna auch den Kindern der nächsten Generation in Hamburg und Friedrichswurth wie ihren Vätern und Müttern Umschläge machte, wenn sie Fieber hatten, und Märchen vorlas, Fliederbeerensuppe kochte von eigenhändig geklauten Holunderbeeren, Bilder malte, Tomahawks aus alten Spazierstöcken und zerbrochenen Waschkellen herstellte, Rintertalg und Kartoffeln anschleppte, inzwischen Mitte Fünfzig, immer noch schön, nur die Haare gingen ihr aus, wahrscheinlich wegen Unterernährung, und angeblich liiert mit einem berühmten Cellospieler, dem nach dem Krieg die Hände so zitterten, daß er Instrument und Bogen nicht mehr halten konnte.

Katharina beneidete ihre Vettern und Kusinen. Niemals kam Tante Fenna nach Süddeutschland, um Katharina im Kinderheim oder später im Kindergärtnerinnenseminar zu besuchen. Die Reise nach Frankfurt war eine Ausnahme gewesen. Den Raum Friedrichswurth–Hamburg hatte sie überhaupt nur ein einziges Mal verlassen, da allerdings für viele Jahre. Denn von 1920 bis in die dreißiger Jahre lebte sie in Damaskus, mit einem griechischen Arzt, der den Leuten, wie der Sparkassenangestellte Ledermacher behauptete, silberne Nadeln ins Gesicht stach, um sie vom Magenbluten zu heilen. Das war wohl ihre beste Zeit gewesen. In den fünfziger Jahren, als Katharina ihren Mann, den Schweizer Journalisten Ruedi Scheidt, öfter nach Hamburg begleitete, wenn er beruflich da zu tun hatte, traf sie zufällig einmal Tante Fenna im Dammtor-Bahnhof, und Tante Fenna sprach unmotiviert von Damaskus und sagte: «Da bin ich glücklich gewesen.» Aber eines Tages hatte sie den Arzt verlassen – «weil er mich plötzlich heiraten wollte, stell dir vor, in meinem Alter! Und griechisch-orthodox sollte ich werden!» – und war im Herbst 1933 zurück nach Friedrichswurth gefahren, zu ihrem ältesten Bruder, dem Kapitän. Der starb seit Monaten hinter dem Deich am Krebs, hatte sich erst von seiner halben Lunge, dann vom linken Bein trennen müssen, starb trotzdem weiter, und niemand mehr da, ihn zu pflegen, die Frau schon lange tot, die beiden Söhne auf See, die Tochter in Boston verheiratet, die Brüder und Schwägerinnen überlastet mit Holzproblemen, Grammatikproblemen, Problemen der eigenen Gesundheit und den Ehrenämtern, die der neue Staat ihnen ehrenvollerweise aufgebürdet hatte. Fenna war im richtigen Augenblick erschienen. Wenn der Kapitän gelegentlich Besuch bekam und seine qualvolle Zersetzung, deren einzelne Stadien er atemlos verfolgte, minutenlang vergessen konnte, dann flüsterte er: Sie droht mir. Das wurde Katharina von zwei Kusinen, einem ihrer Onkel und einem Freund des Kapitäns berichtet. Nach dem Tod des Kapitäns stellte sich heraus, das Testament war geändert, die Nachkommen erbten nichts, Fenna alles, das Haus in Hamburg, das Haus in Friedrichswurth, das gesamte Bargeld, jeden Stuhl und jeden Pfennig, das Silber, das die Frau in die Ehe gebracht hatte, die Mützen des Kaptäns, alles. Die Söhne und Töchter haben ihr die Erbschaft nie streitig gemacht. Sie richteten kein Wort und keinen Brief mehr an sie, auch ein Teil der entfernteren Verwandten schnitt Fenna von da an. Aber sie blieb noch bis nach Kriegsende in Friedrichswurth, im Haus des Kapitäns.

Erst Anfang der fünfziger Jahre ließ sich Fenna Blom den Keller des dreistöckigen Mietshauses in der Hamburger Geffkenstraße zu einer kleinen Souterrainwohnung ausbauen. Ihre Mieter waren zunächst beunruhigt. Dann begriffen sie, daß die Hausbesitzerin sich nicht um sie kümmerte. Aber das gefiel ihnen auch nicht, sie fanden Fenna hochmütig, grüßten daher nur knapp. Fenna teilte ein Stück des Gartens ab, nämlich das, von dem ihre Kellerwohnung umschlossen wurde, und ließ Kohl darauf wachsen. In den Gärten dieses Viertels war nicht einmal während des Krieges Kohl gezogen worden. Die Mieter protestierten, vergebens. Ausziehen wollte keiner deswegen. Man gewöhnte sich daran. Wenn Katharina Tante Fenna besuchte, hatte sie zwischen Straße und Haustür ein Gemüsefeld zu durchqueren. Einmal sah sie plötzlich mitten unter den Kohlköpfen Hut, violetten Spitzenschleier und Gesicht von Tante Fenna emporsteigen, die über die Kellertreppe nach oben kam, um ihre Großnichte zu begrüßen. Den Anblick vergaß sie nie.

Tante Fennas Kohl wurde nicht geerntet. Wenn sie Kohl essen wollte, kaufte sie ihn beim Konsum. Sie war um diese Zeit sechzig und gewöhnt, allein zu leben. In regelmäßigen Abständen stach sie das Unkraut aus dem Kohlgarten, wozu sie Handschuhe trug und die Lesebrille aufsetzte. Vor ihren Fenstern schoß der Kohl in die Höhe, entwickelte ungewöhnliche Formen, strebte danach, das rein Kohlkopfmäßige zu überwinden, Baum oder Strauch zu werden. Einmal kam ein Vetter aus Friedrichswurth zu Besuch, aus der Namenlosen Straße, in der alle Bloms ihren Anfang genommen hatten, und die wegen eines mittelalterlichen Gelübdes oder der Trägheit der Stadtväter so hieß, später in Adolf-Hitler-Straße umbenannt wurde, wegen eines neuzeitlichen Gelübdes oder der Fixigkeit der Stadtväter, und noch später, aus Tradition, wieder in Namenlose Straße. Und der Vetter, beschränkt, gutmütig, ausdauernd, der immer noch oder schon wieder in der Namenlosen Straße wohnte, schlug vor Tante Fennas Kohl die Hände zusammen und sagte: «Wie du auch wohnst hier! Die reine Blomsche Wildnis!» Tante Fenna versicherte Katharina, sie hätte auf keinen Brief des Vetters mehr geantwortet. Im Lauf der Jahre zog sie sich ohnehin immer nachdrücklicher auch von dem Teil der Familie zurück, der sich bisher noch nicht von ihr zurückgezogen hatte. Sie besuchte niemand mehr, lud nur noch ihre Lieblingsgroßnichte Katharina zum Tee ein, wenn Katharina nach Hamburg kam. Dann unterblieb auch das, sie wollte keinen mehr sehen. Allenfalls rief sie an bei Katharina, gelegentlich, seit Katharina in Berlin wohnte. Umgekehrt, wenn Katharina dachte, sie müsse sich mehr um Tante Fenna kümmern und sie von sich aus anrief, da sagte Tante Fenna bloß: «Entschuldige, ich habe rasend zu tun, und du hast ja auch deine Arbeit, deinen Lehrer», und hing ein.

Die einzigen, die Tante Fenna noch um sich haben mochte, waren ihr Neffe Eberhard, Ebilein, wie sie ihn nannte, für die Großneffen und Großnichten Onkel Ebilein, und dessen Frau Evilein.

«Du mußt begreifen, nicht wahr», hatte sie einmal zu Katharina gesagt, «ich habe mir immer große Sorgen um deinen Onkel Ebilein gemacht. Immer, seit seiner frühesten Jugend, ja.»

Ebilein war acht Jahre jünger als Tante Fenna, und es hieß, sie hätte mit ihm geschlafen, um ihn von den Männern abzubringen, bevor er 1917 als Kriegsfreiwilliger einrückte. Jedenfalls hatte sie nie aufgehört, sich um ihn zu kümmern. Als Ebilein in den zwanziger Jahren Sänger werden wollte, finanzierte sie seine Ausbildung und überwachte seine Fortschritte mit Hunderten von Briefen aus Damaskus. Als er in den dreißiger Jahren Kaufmann wurde, Landmaschinenvertreter, brachte sie ihn in Friedrichswurth mit Mädchen zusammen, damit er heirate und eine Familie gründete. Aber als Ebilein im Sommer des Jahres der Gründung der Bundesrepublik endlich ebenfalls ans Gründen ging, mit Evilein, der kinderlosen Witwe eines Schiffsmaklers, der 1944 in einem U-Boot im Atlantik versenkt worden war, da zog er, wenige Tage nach der Eheschließung in der St. Michaelis-Kirche zu Friedrichswurth, Tante Fennas neues Sommerkostüm an, ihre hohen Schuhe, eine ihrer Perücken aus echtem Haar, malte sich die Lippen mit ihrem Lippenstift nach und ging so durch die Namenlose Straße bis zur Friedrichswurther Hauptstraße, langsam, freundlich die erstarrten Spaziergänger grüßend, an einem Sonntagmorgen, unter dem Läuten der Kirchenglocken, während Evilein und Tante Fenna ahnungslos in der Küche Rouladen vorbereiteten. Anschließend schoß er sich eine Kugel in die Schläfe, ungeschickt, denn er blieb am Leben, hatte Mühe, einen Prozeß wegen unberechtigten Waffenbesitzes zu verhindern, und folgte später, ganz selbstverständlich, als käme anderes nicht in Frage, samt Evilein Tante Fenna nach Hamburg.

Ebilein hatte einen Schlüssel zu Tante Fennas Wohnung. Er konnte kommen und gehen, wie es ihm beliebte, aber es beliebte ihm selten. Er beschuldigte Fenna, sich zu oft und zu tief in seine Ehe hineinzuhängen. Das war sein Wort dafür: hineinhängen. Einmal warf Onkel Ebilein nachts einen Blumentopf, den Tante Fenna ihm zum Geburtstag geschickt hatte, die Kellertreppe hinunter vor ihre Wohnungstür, schrie, während der Topf zerplatzte, von den Scheinwerfern seines Autos beleuchtet, er wollc nichts von ihr geschenkt, und riß noch zwei Kohlstrünke aus und schmiß sie hinterher. Sie schrieb ihm am nächsten Morgen mit vielen Ausrufungszeichen, sie habe leider, Ausrufungszeichen, ganz vergessen, rechtzeitig, Ausrufungszeichen, an seinen Geburtstag, zwei Ausrufungszeichen, zu denken, innigste Wünsche, drei Ausrufungszeichen, alles Beste, vier, alles Schönste, vier. Und sie schickte ihm den gleichen Blumentopf aus der gleichen Blumenhandlung noch mal.

Das geschah vor einem Jahr, da war Tante Fenna achtzig und Onkel Ebilein gerade zweiundsiebzig geworden.

7

Katharina hatte sich mit Tante Fenna zum Mittagessen in einem Restaurant an der Elbe verabredet. Sie wußte, Tante Fenna würde einfach Onkel Ebilein mitbringen, den Katharina nicht sehen wollte, und vielleicht auch Evilein, die Katharina noch weniger sehen wollte.

Das Flugzeug rollte aus. Draußen war es feucht, diesig, kalt. Die wenigen Passagiere, die mit Katharina nach Hamburg geflogen waren, Geschäftsleute, trotteten schweigend, unausgeschlafen, die Rolltreppe hinunter. Einer hatte während des Flugs Konversation mit Katharina machen wollen, das aber wieder aufgegeben, als Katharina dreimal hintereinander gähnte, ohne die Hand vor den Mund zu halten.

Es war fast neun und kaum hell. Katharina fröstelte. In der Taxe, mit der sie zum Präsidium fuhr, wurde es nicht richtig warm. Der Fahrer, mit Schippermütze, erklärte ihr umständlich, daß die Heizung nur bei klarem Wetter funktioniere.

Drei von den Kollegen, mit denen Katharina unbedingt sprechen wollte, waren nicht da. Heute früh um sieben hatten mehrere Rocker einen achtzehnjährigen Arbeiter auf dem Wandsbeker Markt niedergestochen, mitten auf der Fahrbahn, im Nieselregen, beleuchtet von den Scheinwerfern vorbeifahrender Autos. Als die ersten hielten, waren die Messerstecher schon verschwunden. Die drei Kollegen wollten spätestens gegen 15 Uhr zurück sein, stünden dann aber Katharina zeitlich unbegrenzt zur Verfügung. Gut, dann käme sie eben um 15 Uhr wieder, sagte sie, und sie bat, ihr inzwischen ein Hotelzimmer zu besorgen. Eine Kollegin sagte: «Wir sind zu vierzehn. Aber wir müßten fünfzig sein.» Ein paar jüngere Beamte kamen herein. Es war offensichtlich, sie hätten gern mehr über die Frau in der Berliner Tötung gewußt. Aber sie entzog sich neugierigen Fragen. Und für den Höflichkeitsbesuch in der Mordkommission würde sie am Nachmittag ein paar Minuten finden.

Katharina sah aus dem elften Stock des Polizeihochhauses auf die graue Stadt im kalten Dunst. Wo sie den Hafen vermutete, lag der Dunst am dichtesten. Irgendwo unter diesem Dunst war heute früh, als sie die Wohnung in der Pestalozzistraße verließ, um nach Hamburg zu fliegen, ein Junge verblutet, und ein paar andere junge Männer verbargen sich seitdem vor der Polizei. Während sie auf den Dunst blickte, versuchte sie sich zu erinnern, wie die Stadt an einem klaren Julitag aussah: leuchtend, heiter, mit Segelbooten auf der Außenalster und bunten Touristen vor dem Elbtunnel. Sie erinnerte sich an den Gasthof bei Haseldorf hinter Wedel, da hatte sie mit Ruedi Scheidt abends an einem Holztisch auf dem grasbewachsenen Elbdeich gesessen, zwischen Kälbern, Hühnern und Katzen, und während die Sonne unterging, hatten sie Schinkenbrote gegessen und Bier getrunken.

Sie ging ein paar Schritte zum Bahnhof Berliner Tor und fuhr mit der S-Bahn bis Sternschanze. Dort verließ sie den Bahnhof in Richtung Schlachthof. Ein kalter Nieselregen setzte ein. Sie verlief sich, ging durch dichten lärmenden Verkehr, an geduckt weitereilenden Menschen und wassersprühenden Lastwagen vorbei. Manchmal glaubte sie, das Brüllen und Quieken der Tiere vom Schlachthof herüber zu hören.

Nach ein paar Querstraßen blickte sie auf einen Zettel, den sie aus ihrer Umhängetasche gekramt hatte, suchte das Straßenschild, bog dann in die Nebenstraße ein. Hier waren die Häuser eng und alt. Zwei dunkelhaarige Kinder in gelben Gummistiefeln drückten sich an einer schmutzigen Backsteinmauer entlang, starrten Katharina mißtrauisch an, als sie ihnen zulächelte. Über Katharina wurde von einer Frau, die sich aus einem niedrigen Fenster beugte, etwas Italienisches gerufen. Die Kinder verschwanden im nächsten Hauseingang. Vom Hafen war dumpfes Tuten zu hören und ein langanhaltendes chaotisches Geräusch wie das Brüllen und Kreischen von wilden Tieren vor der Fütterung. Katharina kannte das Geräusch. Es kam vom Eimerbagger, der die Fahrtrinne der Elbe säuberte. Am Ende der schmutzigen Backsteinmauer war ein offenstehendes Tor. Katharina betrat einen Hof. Er war gefüllt mit tropfenden Autowracks, die zwischen Pfützen auf Schotterboden herumlagen. Im Hintergrund eine verfallende Bude mit der kaum lesbaren Inschrift «Werkstatt». Einen Augenblick lang hörte Katharina nur das Brüllen und Kreischen von der Elbe. Dann hörte sie auch leises Klappern. Es kam von einem Fiat 850 Coupé, dessen Türen offenstanden. Katharina ging um eine große Pfütze herum auf den Fiat zu. Vor dem Steuer saß ein junger Mann mit blondem Schnauzbart und randloser Brille und versuchte, Tachometer und Tourenzähler aus der Verkleidung zu lösen. «Guten Tag, Herr Vikar», sagte Katharina. Der junge Mann sah auf und pfiff anerkennend. «Die Kommissarin aus Berlin, was», sagte er und rückte an seiner Brille. «Ich habe Sie erst heute nachmittag erwartet.»

«Da kann ich nicht», sagte Katharina.

«Ist auch egal», sagte der junge Mann. «Sie werden sowieso nicht erfahren, was Sie erfahren wollten. Bitte, nehmen Sie Platz.» Er zeigte auf das beschädigte Polster neben sich. «Ich will es Ihnen erklären.» Katharina ging um den Fiat herum und stieg von der anderen Seite ein. Der Vikar arbeitete schon wieder mit dem Schraubenzieher. Er sah kurz zu ihr hin, lächelte. «Sie haben Glück, daß Sie mich jetzt antreffen. War's schwer, die Werkstatt zu finden?»

«Sie haben mir den Weg gut beschrieben, Herr Johannsen», sagte Katharina, nahm ihre orangenfarbene Strickkappe ab, schüttelte ihre Haare.

«Halten Sie mal», sagte Vikar Johannsen und legte ihr ein paar Schrauben in die Hände. Dann versuchte er wieder, Tachometer und Tourenzähler herauszuheben. Diesmal gelang es. Er legte beide auf den Rücksitz, wobei er einen Draht abriß und sich bemühte, Katharina nicht zu berühren. Dann fing er an, weitere abgerissene Drähte und Kabel zu sortieren, die jetzt aus den Öffnungen für Tachometer und Tourenzähler heraushingen. «Mir hat gut gefallen, was Sie gestern abend am Telefon so offen geredet haben», sagte Johannsen. «Schadet ja auch nichts, wenn die Polizei dazulernen will. Wir haben das gestern nacht noch diskutiert. Aber keiner von uns ist bereit, irgendeinem von der Polizei, und wär er noch so sympathisch, seinen Job zu erleichtern. Zusammenarbeit ist also nicht drin, falls Sie so was erwartet haben.»

«Nein», sagte Katharina, «Zusammenarbeit mit Totschlägern und Totstechern habe ich nicht erwartet. Mir ging's um was anderes.»

Johannsen sah sie aufmerksam an, rückte an seiner Brille und sagte: «Wie meinen Sie das, Totschläger, Totstecher?»

«Wörtlich. Wir haben einen Erschlagenen in Charlottenburg, ihr habt seit heute früh einen Erstochenen in Wandsbek.»

Johannsen wandte sich wieder den Drähten zu. «Was wollen Sie», sagte er. «Moralische Entrüstung oder Polizeimaßnahmen helfen da doch nicht. Wachsen Sie mal auf, wie die aufwachsen. Die Edelrocker, die reichen Söhnchen, die aus Langeweile kriminell werden, die meine ich nicht. Ich meine die aus den Arbeiterfamilien, wo's zu Hause schlimm ist, zu enge Betonwohnung, zu viele Menschen in der Wohnung, zu viele deformierte Menschen, die, klar, auch ihre Kinder deformieren. Mancher schafft's nicht, das zu verkraften. Der fliegt dann aus der Schule. Dann bißchen Sonderschule, keine Ausbildung, die ersten Vorstrafen. Wenn einer aus so einer Familie sich nicht anpassen kann oder will, ist er schneller außen vor, als wenn er bürgerliche Eltern hätte. Aber das wissen Sie.»

«Ja», sagte Katharina.

«Immerhin, eins lernen die Jungen, denen es so geht, gleich, das Grundprinzip dieser Gesellschaft, und wenn sie das begriffen haben, sind sie Rocker: der Schwache wird fertiggemacht, der Starke kommt durch. Also wollen sie stark sein. Sie schlagen um sich. Dadurch sind sie außerhalb der Gesellschaft. Aber sie verhalten sich genau nach den brutalen Spielregeln dieser Gesellschaft, ganz offen, ohne das bürgerliche Getue, mit dem wir die Brutalität zukleistern. Und wenn sie sich Orden umhängen, Hakenkreuze oder Eiserne Kreuze, dann ist das nichts anderes, als wenn Bürger heute Bundesverdienstkreuze tragen. Orden sind Symbole für Schrumpfköpfe. Im Krieg werden einem die Schrumpfköpfe erledigter Feinde verliehen, im Frieden die Schrumpfköpfe erledigter Konkurrenten. Das ist der ganze Unterschied.»

Johannsen klappte ein kleines Taschenmesser auf und schabte ein

Drahtende blank. Katharina spielte weiterhin mit den Schrauben.

«Und wessen Schrumpfköpfe tragen die Rocker?» fragte sie.

«Unsere natürlich», sagte Johannsen, wobei er sich über das Steuerrad bückte und aus dem Loch, in dem der Tourenzähler gesteckt hatte, einen Draht zu fischen versuchte.

Katharina sah im halbgeöffneten Hoftor die beiden Kinder stehen, die sie vorhin mißtrauisch angestarrt hatten. Sie patschten mit den gelben Stiefeln in einer Pfütze, blickten auf die Autowracks, kamen aber nicht in den Hof, patschten unentschlossen weiter. Das ältere, ein Mädchen von etwa sieben, erinnerte Katharina an ein anderes Kind. Erst wußte sie nicht, an welches. Dann tauchte in ihrer Erinnerung das Gesicht eines blonden, bezaubernd lächelnden, etwas dicklichen Zehnjährigen auf, der den Mund öffnete, um etwas aufzusagen. Das war vor mehr als achtzehn Jahren gewesen, im Heim für milieugeschädigte und geistig unterentwickelte Kinder im Schweizer Jura. Die Kinder standen artig und im guten Anzug auf dem Podium, um einen Kanon zu singen, weil der Kantonalschulinspektor zur Visite gekommen war. Damit der Schulinspektor den Kanon auch verstand, sollte der Text, bevor er von allen gesungen wurde, von dem kleinen Zehnjährigen aufgesagt werden. Der kleine Zehnjährige war der Liebling der Heimleiterin, ein immer sanftes, freundliches Kind. Und in vielen Proben hatte er den Text auch fehlerlos hergeleiert: «Gott, weil er groß ist, gibt am liebsten große Gaben. Ach, daß wir Armen nur so kleine Herzen haben.» Und nun, im entscheidenden Augenblick, in die erwartungsvolle Stille, vor all den andern Kindern stehend, sagte der kleine blonde Junge freundlich, aber bestimmt: «Gott, weil er groß ist, gibt am liebsten große Scheiße.» Und schwieg. Ein paar Kinder kicherten. Die Heimleiterin, mit verkniffenem Mund, führte den kleinen freundlichen Jungen beiseite. Und nach einer peinlichen Pause begann der Kanon. Über diese Erinnerung schob sich sofort eine andere. Katharina in der Speisekammer des Heims vor weißgestrichenen Regalen mit Einmachgläsern. Sie streckt die Hand aus, um Kirschen herunterzuholen. Da wird sie von hinten angesprungen, gewürgt, zu Boden gerissen. Ein kräftiger vierzehnjähriger Junge drischt mit Fäusten und heruntergerissenen Einmachgläsern auf sie ein. Der Junge war immer aggressiv. Er hatte draußen, bevor er eingewiesen wurde, schon sexuelle Erfahrungen gemacht. Er hat andere Kinder ständig aufgewiegelt gegen die Erzieherinnen. Katharina wehrt sich nicht. Sie versucht nur, ihr Gesicht zu schützen. Sie liegt zwischen Birnen und Glassplittern im Birnensaft. Durch den Lärm werden andere Erzieherinnen aufmerksam, ältere, gewichtige, Respektspersonen. Sie reißen den Jungen aus der Speisekammer. Später, als der Junge, völlig apathisch, und Katharina, noch schwer atmend, vor der Heimleiterin stehen, sagt die Heimleiterin: «Das können wir nicht durchgehen lassen. Sie werden bestimmen, Frau Scheidt, welche Strafe er haben soll.» Und Katharina, ohne pädagogischen Vorsatz, impulsiv: «Ich will mit ihm reden.» Der Junge bricht in Tränen aus, weint und weint, wird geschüttelt vom Weinen, ist nicht zu beruhigen.

«Verdammt», sagte Vikar Johannsen, «ich komm nicht ran. Und wenn ichs von draußen versuche, schiffts mir auf die Kabel.» Dabei glitt er aber schon vom Sitz, war draußen, riß die vordere Haube hoch, langte darunter, hantierte angestrengt. Sein Gesicht erhellte sich, er war zufrieden, wie es schien. Er warf die Haube zu, schob sich wieder auf den Sitz, trocknete die Brille am Jackenärmel und griff nach einem Drahtende, das er vorher nicht hatte erreichen können, fing an, es mit dem Messer zu bearbeiten.

«Ihre Kollegen hier», sagte er, «die behaupten, Rocker suchen Autorität, Widerstand. Und deshalb müsse man den Rockern Autorität und Widerstand bieten. Wenn es so wäre, wärs einfach. Andere reden davon, daß man den Rockern eine klare Zielvorstellung geben muß. Schon besser. Aber bitte, was für eine klare Zielvorstellung kann die Polizei einem Rocker geben. Sagen Sie mal.»

Katharina sagte nichts. Sie beobachtete die beiden Kinder, die in der Pfütze patschten.

«Rocker brauchen Bezugspunkte. Das ist richtig. Dieser Blödsinn mit Höllenengeln, blutigen Teufeln, Lieblingen Luzifers und so weiter ist aber natürlich genau der falsche Bezugspunkt. Das versuche ich ihnen immer wieder zu erklären. Wenn sie sich so nennen, akzeptieren sie den Platz, den die sogenannte christliche Gesellschaft ihnen zugewiesen hat, den Platz draußen, als Buhmänner, als Verdammte. Dann geben sie denen recht, die sie hassen, gegen die sie blindwütig losschlagen und losstechen. Wenn Sie jetzt fragen, ob ich den Rockern Jesus als Bezugspunkt andrehen will: nicht mal im Traum. Jesus wär das letzte.»

«Was sagt Ihr Pastor dazu?»

«Der hat gerade eine Beschallungsanlage bestellt. Kosten: sechstausend Mark. Für die vierzig Leute, die sonntags in die Kirche kommen. Sollen die sich doch weiter nach vorn setzen. Ich habe pro Jahr nicht mal zweitausend Mark bewilligt bekommen für die Rockerarbeit. Das heißt, ein bißchen saufen, ein bißchen tanzen, ein bißchen Pingpong, ein bißchen Diskutieren, und nichts ändert sich. Aber hier» – Johannsen zeigte mit dem Messer über den Hof –, «das hier können wir kriegen. Der Besitzer hat Pleite gemacht. Ich habe einen Freund, der ist Meister, der hat das Recht, Lehrlinge auszubilden. Der würde das hier übernehmen und einen erstklassigen genossenschaftlichen Kfz-Reparaturbetrieb aufziehen mit einem Dutzend Rocker. Die verstehn doch alle was von Motoren. Die fummeln doch dauernd an ihren heißen Öfen herum. Ich habe von denen überhaupt erst gelernt, wie ein Motor aussieht. Aber bloß so zum Spaß an Motoren basteln, als Freizeitbeschäftigung, das haben wir hinter uns, das gibt nichts, das ist sinnlos. Die brauchen eine richtige Basis. Eben eine anerkannte Lehre. Eine Ausbildung, Umgang mit Leuten, denen sie trauen können.»

«Machen die Rocker da mit?»

«Soll ich zusehn, wie die alle Totschläger, Säufer, Vergewaltiger, Zuhälter, Rauschgifthändler werden? Kann doch sein, nicht wahr, sie werden jetzt nicht zu angepaßten Spießern, sondern sie machen aus ihren Aggressionen politische Aktionen. Kann doch sein. Fürs erste sind sie immerhin bereit, das mal auszuprobieren, wie das so läuft mit einer genossenschaftlichen Werkstatt.»

Johannsen klappte sein Messer zu. «Und dafür brauchen wir Geld. An die hunderttausend Mark für Werkstatteinrichtung, Hebebühne, Lackiererei. Das muß ich zusammenkriegen. Ich kenne einen, der würde zehntausend rausrücken. Dann gibts einen Psychologieprofessor an der Uni, der will bei diesem Experiment mitmachen, auch finanziell. Und einer von der IG Metall ist interessiert. Und wenn ich meine Karre», er schlug auf das Steuerrad, «wieder auf Hochglanz dressiert habe, kriege ich zweifünf dafür.»

«Und die Rocker? Verkaufen die jetzt auch ihre Feuerstühle?»

«Nein», sagte Johannsen, «wie kämen die dazu. Jedenfalls, in drei, vier Monaten könnten wir dann soweit sein. Dann reparieren wir billig die Autos von Studenten und Arbeitern.»

«Sie auch?»

«Ich mach die Buchführung. Als Vikar lernt man Soll und Haben.» Jetzt sah Johannsen die beiden Kinder und verfolgte die Bewegungen der gelben Stiefel in der Pfütze. «Viel Zeit haben wir nicht mehr. Die nächste Rockergeneration wird haariger als die gegenwärtige. Soviel ist sicher. Ganz schön haariger. Da drüben die Kinder, die gehn in die Sonderschule hinter dem Schlachthof. Nicht weil sie milieugeschädigt oder subnormal sind. Sondern bloß weil sie Italiener sind und nicht genug Deutsch können für die deutsche Schule. Und sie können nicht genug Deutsch, weil ihre Eltern in dieser Stadt isoliert leben, weil ...» Johannsen brach ab. «Aber Sie wissen das», sagte er.

«Ja», sagte Katharina.

«Wir brauchen die Mafia nicht zu importieren», sagte Johannsen. «Wir produzieren sie selbst.» Nach einer ziemlich langen Pause, in der er ein paarmal das Messer öffnete und schloß, setzte er hinzu, ohne Katharina anzublicken: «Ich habe mehr gesagt als ich wollte.» Dann sah er Katharina an und rückte an seiner Brille. «Und Sie haben mich reden lassen. Sie haben immer bloß ‹Ja› gesagt.»

«Ja», sagte Katharina.

«Die übliche Bullentour. Laß den nur quatschen.»

«Nein», sagte Katharina. Sie sah in ein sanftes, entschlossenes Gesicht. In Henkes Akte hatte sie den Entwurf eines Briefes von Henke an seinen Rechtsanwalt gefunden: Ich bemühe mich, andere aus der Isolierung zu holen, aber ich fühle mich selbst isoliert. Der Brief war nicht abgeschickt worden.

«Ich bin nicht Ihr Gegner, Herr Johannsen», sagte Katharina und setzte die Strickkappe wieder auf. «Hier, die Schrauben.»

Johannsen nahm die Schrauben in die linke Hand, rückte mit der rechten an der Brille, lächelte. «Ja», murmelte er, «das werden wir ja sehn, nicht wahr», und beugte sich, während Katharina ausstieg, wieder über die Drähte.

Als Katharina um die große Pfütze herum zum Hoftor ging, verschwanden die Kinder. Sie sah sie auch auf der Straße nicht mehr. Die Straße war still. Von fern, von der Elbe hörte sie das Brüllen und Kreischen des Eimerbaggers. Der Nieselregen hatte aufgehört. Der feuchte Dunst stand noch zwischen den verwohnten Häusern. Es roch nach Knoblauch und Abfall.

Sie ging den Weg zurück, den sie gekommen war, fuhr dann mit der S-Bahn bis Altona, nahm eine Taxe, die von einem dunkelhäutigen, sehr weich deutsch sprechenden Fahrer mit melancholischen, langsamen Handbewegungen gesteuert wurde. Nach fünf Minuten stieg sie vor *Schlagemihl's Fährhaus* aus.

Das Restaurant war im friesischen Stil gehalten, weißgekalkte Backsteine, Reetdach. Innen Biedermeierstühle vor gestreiften Tapeten, altfriesische Schränke, persische Teppiche, Kupfernes und Zinnernes an den Wänden, schwere, dunkel gebeizte Balken knapp über Kopfhöhe. Zur Elbe hin eine überdachte, heizbare Terrasse, davor noch eine offene Terrasse, direkt oberhalb der Elbe, wo man im Sommer unter Bäumen sitzen und die einlaufenden und ausfahrenden Schiffe von oben betrachten konnte.

Katharina suchte einen Platz am Fenster der überdachten Terrasse aus. Die Elbe unten war vom Dunst bedeckt. Sehr weit entfernt das Baggergeräusch, sonst hörte sie nur die knirschenden Schuhe des Kellners, der auf dem Perserteppich entlangging. Als sie sich umwendete, sah sie, er trug eine Flasche Wein zu drei entfernt sitzenden dunkel gekleideten Geschäftsleuten. Zugleich sah sie Tante Fenna in der Tür stehen, und sie ging ihr entgegen.

Tante Fenna trug einen alten schwarzen Persianer, einen lila Seidenschal, einen grauen Topfhut mit violett gefärbter Pfauenfeder, und unter dem rechten Arm hielt sie fünf oder sechs schwere, glänzende Modehefte, Vogue und Annabelle. Dadurch stand sie etwas schief und nach rechts eingeknickt vor Katharina. Sie klammerte sich an die Modehefte, als sie Katharina begrüßte: «Mein liebes Kind, wie freue ich mich! Wie wohl du aussiehst!» Und sie behielt sie auch, nachdem ein Kellner ihr den Persianer abgenommen hatte.

«Aber was schleppst du bloß mit dir herum», sagte Katharina und wollte ihr die Modehefte tragen, während sie Tante Fenna zum Tisch begleitete.

Tante Fenna wehrte entschieden ab. «Das ist süß von dir, mein Kind, richtig süß», und das Ü sprach sie ganz kurz und energisch, aber sie hätte doch jetzt häufig Gleichgewichtsstörungen, irgendwas zöge sie nach links, sie sei neulich schon gegen einen Laternenmast gestoßen, hier, noch zu sehn, auch bei Zebrastreifen drohe ihr Gefahr: statt auf der anderen Straßenseite lande sie manchmal mit plötzlichem Linksbogen mitten unter den Autos, sehr ärgerlich, weshalb sie jetzt als Gegengewicht gern etwas unter dem rechten Arm trüge, am liebsten ein dikkes Buch, in dem sie zwischendurch auch lesen könne, aber die Zeit der dicken Bücher sei ja wohl vorbei, jedenfalls für ihre Bedürfnisse schrieben die heutigen Dichter kaum noch, und so müsse sie sich eben häufig mit Modezeitschriften zufriedengeben.

Dabei hatte Tante Fenna schon Platz genommen, die Modehefte auf den Stuhl neben sich gelegt und begonnen, mit scharfem Blick die Speisekarte zu prüfen. Sie trug ein graues, derbes Tweedkostüm mit schwarzer Bluse und einreihiger Perlenkette. Katharina saß ihr gegenüber, überflog ihre Speisekarte und sagte dabei, ohne den Blick zu heben: «Übrigens, wie heißt dieser Zahnarzt eigentlich?»

«Mein Gott», sagte Tante Fenna, «erinnere mich nicht an den. Hab ich dir das denn nicht mitgeteilt? Krogsen, Dr. Walter Krogsen.» Sie knackte mit dem Gebiß. «Aber ich wollte erst nach der Suppe über ihn reden. Jetzt genieße ich die schöne Aussicht. Ach, ich war so lange nicht an der Elbe.» Und sie blickte entzückt auf den Dunst unter dem Terrassenfenster.

«Krogsen? Nicht Krukus?» fragte Katharina.

«Wie kommst du auf Krukus. Was ist das überhaupt für ein Name, Krukus.»

In diesem Augenblick, als Katharina sich eingestehen mußte, daß ihre Kombination von der Krukus-Krogsen-Identität unsinnig gewesen war, näherte sich Onkel Ebilein dem Tisch. Tante Fenna schien es selbstverständlich zu finden. Er war freundlich, etwas verlegen, das fünfmarkstückgroße Einschußloch mit der zarten Hautmembrane an seiner rechten Schläfe vibrierte ein wenig, als er Katharina begrüßte. Seine von schönen weißen Haaren umgebene Stirnglatze glänzte, seine Brille war leicht beschlagen, in seiner grauen Krawatte steckte eine Nadel. Er gewann Sicherheit, als er für die Damen aussuchte und bestellte und ein wenig Konversation über Katharinas beruflichen Werdegang und das Hamburger Wetter machen konnte. Unversehens, noch bevor die Suppe gegessen war, Katharina hatte vor Ärger über ihre Krukus-Krogsen-Dummheit nicht genau auf das plätschernde Gespräch geachtet, geriet Onkel Ebilein ans Thema.

«Hat er nun dein Haus gekauft oder nicht?»

«Ja», sagte Tante Fenna.

«Ja?»

«Nein, natürlich nicht.»

«Also was denn?»

«Ebilein.»

«Kannst du es nicht endlich Katharina und mir erklären.»

Tante Fenna legte den Suppenlöffel betont langsam auf den Unterteller der winzigen Lady-Curzon-Suppentasse. «Deshalb bin ich schließlich hergekommen. Aber ich bitte um eins, geh nicht so aufgeregt mit mir um, sonst kann ich mich nicht konzentrieren.»

«Ich gehe nicht aufgeregt mit dir um», rief Onkel Ebilein und knallte den Suppenlöffel auf den Tisch. Die drei Geschäftsfreunde aus der entfernten Ecke blickten herüber.

«Gut», sagte Tante Fenna, «dann ist es ja gut, wenn du dich nicht aufregst.» Und während Onkel Ebilein jetzt wieder behutsam seine Suppe weiterlöffelte und -schlürfte, erklärte sie, indem sie abwechselnd Katharina und Onkel Ebilein anblickte: «Nachdem ich Klenx und Petrimeier beauftragt hatte, mein Haus für zweihundertachtzigtausend zu verkaufen, und Klenx und Petrimeier gesagt hatten, mehr als zweihundertsechzig brächte es auf keinen Fall, erzählte ich Dr. Krogsen davon. Ein schrecklicher Mensch!»

«Ja doch», sagte Onkel Ebilein.

«Nein, wenn ich an ihn denke, kommt mir, nun, er machte mir ein Angebot. Zweihundertfünfzig, sagte er, und bar, und sofort. Wenn Klenx und Petrimeier für zweihundertsechzig verkaufen, sagte er, kriege ich nach Abzug von Courtage und Steuern höchstens zweihundert.»

«Stimmt nicht», sagte Onkel Ebilein.

«Er hat es mir vorgerechnet.»

«Du hättest Erkundigungen einziehen können.»

«Sicher, wenn auch, jedenfalls sagte er: Courtage fällt sowieso schon aus, und wegen der Steuern schreiben wir einfach in den Vertrag: zweihunderttausend. Einleuchtend, nicht? Oder? Die restlichen fünfzigtausend wollte er mir nach Vertragsabschluß geben. Verstehst du?»

Onkel Ebilein sah hilfesuchend Katharina an. Aber die lächelte bloß und schwieg. «Hör zu, Fenna», sagte Onkel Ebilein vorsichtig.

«Und jetzt sagt dieser Betrüger», fuhr Tante Fenna fort, «er hätte keine Ahnung von den fünfzigtausend! Oh!»

«Du wolltest ja selbst betrügen.»

«Ich?» Tante Fenna sah Onkel Ebilein starr an. «Ich?»

«Den Staat», sagte Onkel Ebilein müde.

Tante Fenna wandte sich aufatmend wieder der Suppe zu. «Ach Gott, ja. Meinst du? Also ich finde, jeder spart schließlich Steuern, wo er kann. Hat man nicht ein Recht dazu? Oder?»

Tante Fenna sah Katharina an. «Redet mir nicht vom Staat», sagte sie.

«Fenna, du bist unmöglich», murmelte Onkel Ebilein.

«Tu mir einen Gefallen, Eberhardt. Sei lieb und rede jetzt nicht wie ein Spießer, ja?»

Onkel Ebilein machte einen neuen Versuch. «Nun hör doch, Fenna. Abgesehen davon, daß Katharina als Kriminalbeamtin verpflichtet wäre, jetzt sofort gegen dich ermittlungsmäßig tätig zu werden...»

«So? Und gegen Dr. Krogsen muß sie nicht ermitteln, wie?»

«Abgesehen also davon», fuhr Onkel Ebilein ruhig fort, «verhält es sich so: Sowie du einen Prozeß anstrengst, hast du sofort ein Verfahren wegen Steuerhinterziehung am Hals. Geht das gefälligst in deinen Kopf? Und ein zweites wegen Betrug von Klenx und Petrimeier.»

«Mein Rechtsanwalt...»

«Jeder Rechtsanwalt dürfte dir dasselbe sagen.»

«Mein Rechtsanwalt hat mir gesagt, wie man erreichen kann, daß der Vertrag für ungültig erklärt wird. Was sagst du jetzt? Ich habe diesem Gangster schon vor einer Woche seine zweihunderttausend Mark zurückgeschickt, gestern hat er sie zwar wieder auf mein Konto gelegt, aber heute liegen sie zum zweitenmal auf seinem, was er mir hinlegt, lege ich ihm zurück. So. Klenx und Petrimeier haben nämlich plötzlich jemand, der zweihundertachtzig zahlen will. Da siehst du's. Auch Gangster. Und wenn ich nun, verstehst du, es gibt da, wie soll ich sagen, eine Möglichkeit.»

Tante Fenna machte eine Pause und wartete, bis der Ober die Lady-Curzon-Tasse weggenommen, Mosel nachgeschenkt und das baldige Erscheinen der Hauptgerichte angekündigt hatte. Katharina beobachtete die Handbewegungen des Obers, die sie an die melancholischen Handbewegungen des dunkelhäutigen Taxifahrers erinnerten, und sie fragte sich, wozu sie nach Hamburg gekommen war. Was würde sie um 15 Uhr von den Kollegen erfahren? Wahrscheinlich nichts, was sie nicht schon wußte. Was hatte sie von Vikar Johannsen erfahren? Nichts, was sie nicht schon wußte. Was erfuhr sie gerade von Tante Fenna und Onkel Ebilein? Eine Geschichte aus der Blomschen Wildnis, nichts weiter.

«Es handelt sich um die einfachste Sache der Welt», begann Tante Fenna wieder. «Dieser Paragraph nämlich. Vielmehr seine Anwendung. Wenn ich, aber ihr müßt jetzt genau zuhören, wenn ich zum Zeitpunkt der Vertragsabschließung...»

«Des Vertragsabschlusses», verbesserte Onkel Ebilein grämlich.

«Wenn ich da», sagte Tante Fenna, «du mußt aber nicht lachen, Katharina, nicht so ganz, nun, anwesend war, im geistigen Sinn. Wenn ich vorübergehend abwesend war, erschöpft, unkonzentriert, zerstreut. Vorübergehend! Das kann ja vorkommen bei alten Menschen, nicht? Oder? Zum Beispiel, ich bin ja schon enorm verkalkt, du aber eigentlich noch mehr, Ebilein, nur anders.»

«Wie meinst du das?» fragte Onkel Ebilein scharf.

«Das wollen wir jetzt nicht erörtern. Kurz, wenn man im Zustand einer vorübergehenden im Grunde ganz unerheblichen wenn auch momentan spürbaren geistigen Absenz, ach, was rede ich drumherum. Ich war einfach nicht zurechnungsfähig, als ich den Vertrag unterschrieb. Und deshalb ist er ungültig. Die Schwierigkeit ist nur, man wird mich untersuchen. Diese Untersuchungen! Wie ich sie hasse! Die Ärzte! Gangster, alle, auch die! Und dann, weißt du, Katharina, wenn der Professor feststellt, ich hätte einen Klaps, dann ist es ja wirklich ziemlich peinlich, findest du nicht? Und wenn er findet, ich hätte keinen Klaps, gehört dem Gangster das Haus für zweihunderttausend. Aber das würde dann doch wohl beweisen, daß ich ja wirklich einen Klaps habe. Nicht wahr? Während die Fähigkeit, mit einem ärztlich beglaubigten Klaps ein schlechtes Geschäft rückgängig machen zu können, beweisen würde, daß ich alles andere als einen Klaps, sondern im Gegenteil einen ziemlich klugen Kopf habe.»

«Fenna», sagte Onkel Ebilein, «das ist haarsträubend.»

«Jawohl. In Logik war ich immer stark. Du lachst, Katharina. Dabei hatte ich gehofft, du würdest mir einen Rat geben. Wo du doch von der Polizei bist. Oder du würdest deine Kollegen hier veranlassen, etwas gegen Dr. Krogsen zu unternehmen. Aber ich sehe, ich muß alles allein machen. Hast du mir den zweiten Band von Schlössers Weltgeschichte mitgebracht, Ebilein?»

Onkel Ebilein, beunruhigt von Tante Fennas Sprunghaftigkeit, wiederholte gedehnt, als höre er zum erstenmal davon: «Schlössers Weltgeschichte?»

«Ja doch», sagte Tante Fenna ungeduldig. «Hast du sie mitgebracht oder nicht?»

«Im Auto», murmelte Onkel Ebilein, «aber ich weiß wirklich nicht, wozu du jetzt ...»

«Wärst du so lieb und holst sie mir?»

«Jetzt?»

«Jetzt. Und nimm für Evilein diese Modehefte mit.» Onkel Ebilein erhob sich unschlüssig. Er schien wieder darauf zu warten, daß Katharina ihm zu Hilfe kam. Aber Katharina sagte nichts. Sie sah in der Fensterscheibe die Spiegelung von Onkel Ebilein auf dem sich langsam auflösenden Dunst über der Elbe und dachte: Geht er oder nicht? Er wird gehn. Und vielleicht heute abend die Modehefte gegen Tante Fennas Haustür schmeißen. Onkel Ebilein griff nach den Modeheften und entfernte sich kopfschüttelnd.

«Wie kommst du auf Schlössers Weltgeschichte?» fragte Katharina und sah auf die treibenden Dunstfetzen, zwischen denen allmählich kleine Flächen mäßig bewegten grauen Wassers zum Vorschein kamen. Nahes Tuten eines Schiffs. Sie wollte das Schiff entdecken, aber es gelang ihr nicht.

«Ich habe sie vor siebenundfünfzig Jahren Onkel Ebilein zum Abitur geschenkt», erklärte Tante Fenna. «Fünf sehr große, schwere Bände. Doppelt so schwer wie Götter, Gräber und Gelehrte. Das war das letzte moderne Buch, mit dem ich was anfangen konnte. Heute morgen fiel mir die Weltgeschichte wieder ein. Da hätte ich nicht nur was fürs Gleichgewicht, sondern auch Bildung. Siehst du. Damals habe ich ja nur den ersten Band gelesen. Die Assyrer, weißt du, Babylon, Alexander, Rom. Ach, es war wohl alles schon mal da. Jedenfalls scheint es so. Ewig dasselbe, ewig dasselbe, oder? Andererseits, so neu und einmalig wie heute alles ist, dieses herrliche Leben, sag nichts, es ist herrlich. Ich habe immer gefühlt, wie herrlich es ist. Du nicht? Ich unbedingt. Früher wenigstens. Jetzt seltener. Nein, eigentlich überhaupt nicht mehr. Im Grunde auch früher kaum. So gut wie nie. Aber ich weiß, daß es herrlich ist, davon versteht ihr jungen Leute nichts, ich weiß es. Und deshalb», Tante Fenna begann, in ihrer pompösen Krokodillederhandtasche zu kramen, die Katharina seit dreißig Jahren kannte, «deshalb soll Ebilein alles erben, weißt du, alles. Dann war mein Leben nicht sinnlos, nein. Ihr seid jung, ihr habt, was ihr braucht. Ihr seid frei, ihr schlaft mit jedem, der euch gefällt, recht so, genießt es, laßt nichts anbrennen. Du sollst auch meinen ganzen Schmuck haben, ich hab's im Testament aufgeschrieben, meinen Schmuck kriegst du. Aber Onkel Ebilein soll alles Geld und das Haus in Friedrichswurth haben, er soll die Holz- und Papierfirma in Friedrichswurth aufkaufen, die sind in Schwierigkeiten, seit Jahren schon, die sind zu dumm, die können sich nicht halten, aber die Nase rümpfen über Ebilein im Juni 49, das konnten sie, und jetzt, verstehst du, jetzt wird er ihnen zeigen, wohin das Naserümpfen führt, wenn kein Kopf hinter der Nase ist. Oh, du kennst sie nicht, deine Verwandten in Friedrichswurth, du kennst sie nicht. Keiner hat Ebilein besucht, als die Nazis ihn eingesperrt hatten, keiner, nur ich.»

Das war neu für Katharina.

«Onkel Ebilein im Gefängnis? Warum?»

«Aus Versehen, natürlich. Ich bin gleich zu diesem SS-Kerl hingeschossen und habe ihm die Meinung gesagt. Er hat immer bloß auf den Schreibtisch getrommelt und mich angestiert und gebrüllt: Wie kommen Sie überhaupt hier rein? Wer hat Sie reingelassen? Aber dann durfte ich Ebilein doch besuchen, und ich habe ihn auch freigekriegt, weil ich mich nicht provozieren ließ. Der arme Ebilein war natürlich sehr herunter und redete ganz wirr, man hatte ihm einen Kommunisten in die Zelle gelegt, und plötzlich flüsterte er mir durchs Gitter zu, ich soll dem Bruder von dem Kommunisten Bescheid sagen, und flüsterte auch die Adresse. Ich sage dir, wenn ich das gemacht hätte, wenn ich da hingegangen wäre, zu dieser Adresse, dann wäre Ebilein nie herausgekommen, es war eine Falle.»

«Und wenn es keine Falle war?»

«Es war eine. Das merkte man doch. Ich habe gesagt, daß der Kommunist, mit dem sie den armen Ebilein eingesperrt hatten, homosexuell sein muß, und daß sie sich dann über den Zustand von dem armen Ebilein nicht wundern dürfen. Das habe ich gesagt.»

«Ist dir klar, was du damit angerichtet hast?» fragte Katharina und betrachtete ihre Großtante plötzlich kühl.

«Natürlich», sagte Tante Fenna, «ich habe den armen Ebilein frei bekommen.» Damit hatte sie fast den ganzen Inhalt der Handtasche neben ihrem Teller ausgebreitet: Lippenstift, Schildpattbrille, Schlüssel, ein Parfümflacon, Puderquaste, Puderdose, drei Medaillons, eine dünne goldene Kette, zwei abgebrochene Bleistifthälften, fünf kleine Underberg-Flaschen, Streichhölzer, eine Stearinkerze, ein vollgeschriebenes zerfleddertes Adressenbuch, Zigaretten, zwei Ansichtskarten mit blauem Himmel und umgestürzten Säulen, eine Packung Traubenzuckertabletten, eine Flasche mit einem Herzstärkungsmittel. Als letztes holte sie aus der Krokotasche einen zerknüllten Zettel, den sie sorgfältig glattstrich.

«So. Deshalb habe ich Ebilein doch hinausgeschickt. Er ist immer so neugierig und besorgt und sabbelt dazwischen. Aber du wirst diesen Verein kennen. Ich komm nicht mehr darauf, wer mir neulich, während dieser langweiligen Kaffee-und-Kuchen-Einladung bei dieser Frau Dings, ich habe den Namen doch tatsächlich ebenfalls vergessen, ich bin da nur Evilein zuliebe mitgegangen, also wer mir da den Namen aufgeschrieben hat. Leider habe ich dann nicht darauf geachtet, daß auch die Adresse dabeisteht. So ist der Zettel nicht so ganz brauchbar, nicht wahr. Aber du wirst mir helfen können. Ein Verein, der Leute unterstützt, die juristische Schwierigkeiten haben. So ungefähr jedenfalls. Ich bin nicht ganz mitgekommen. Ich dachte mir, bevor ich mir einen Klaps bescheinigen lasse, frage ich lieber erst in diesem Verein nach. Hier. Lies mal. Was heißt das eigentlich, Ozel?»

Während Tante Fenna das Wort aussprach, las Katharina es auf dem Zettel: OZEL.

«Wer hat das aufgeschrieben?» fragte Katharina und sprang auf.

«Ich sage dir doch, ich komm nicht mehr drauf.» Tante Fenna stopfte die auf dem Tisch ausgebreiteten Gegenstände wieder in die Handtasche zurück.

«Besinn dich. Ich muß das unbedingt wissen.»

«Das ist mir gleich», sagte Tante Fenna beleidigt, «wieso stehst du so ungemütlich herum. Ich dachte, du wolltest dich um meine Angelegenheiten kümmern», rief sie hinter Katharina her, die, verfolgt von den mißbilligenden Blicken der drei Geschäftsleute, zur Theke lief, nach dem Telefon fragte und in einer Sprechkabine verschwand.

Doris meldete sich.

«Gut, daß Sie anrufen, Ledermacherin», sagte sie schnell, bevor Katharina reden konnte. «Der Gärtner kreuzte heute früh auf und überreichte mit vielen Entschuldigungen ein Päckchen. Als er im Dunkeln den Hinterkopf von Brückner angefaßt habe, sei ihm übel geworden, weil er merkte, er hatte blutige Hände. Und er hätte sich die Hände schnell an einem Stück Stoff abgewischt, das da herumlag. Und dann hätte er Angst gekriegt und hätte das Stück Stoff mit nach Hause genommen. Und nun hätte er immer noch Angst, und deshalb käme er lieber freiwillig her, bevor wir ihn abholten. Wissen Sie, was das für ein Stück Stoff war, an dem er sich die Hände abwischte? Die abgerissene Stammtischstandarte. Und wissen Sie, was drauf steht auf der Standarte?»

«Ozel», sagte Katharina.

Doris war hörbar enttäuscht. «Woher haben Sie das?»

«Erklär ich später. Bitte holt aus Brückners Zimmer sofort sämtliche Akten, vor allem die mit der Aufschrift ...»

«Ozel», sagte Doris zugleich mit Katharina. «In Ordnung.»

«Einer sollte mit der Frau reden, die gegenüber von Brückner wohnt. Ihre recht Hand zittert. Brückner hat für sie Briefe geschrieben. Ob Brückner noch für andere Briefe geschrieben hat, auch außerhalb von Berlin. Ob sie was über Ozel weiß. Fragt sie danach.»

«Ja», sagte Doris.

«Und ruft bitte die Hamburger Kollegen an. Ich komme nicht, wie verabredet, um 15 Uhr ins Präsidium. Sondern ich fliege mit der ersten Maschine, die ich kriegen kann, nach Berlin zurück.»

«Hamburg ist gesperrt wegen Nebel», sagte Doris. «Ihr Flugzeug heute morgen war das einzige, das durchkam.»

«Ist nicht mehr so viel Nebel», sagte Katharina. Durch das kleine viereckige Fenster der Kabine sah sie Onkel Ebilein den Flur entlanggehen. Er hatte für den Weg ans Auto seinen Wintermantel wieder übergezogen und den Kragen hochgeschlagen. Auf dem Kopf trug er, tief in den weißen Haarkranz gedrückt, eine Schippermütze, und Katharina fiel ein, daß er sie früher oft mit ahoi begrüßt hatte, obwohl er nie zur See gefahren war. Unter dem rechten Arm trug Onkel Ebilein den ungefügen zweiten Band von Schlössers Weltgeschichte.

«Noch was», sagte Katharina. «Sehr wichtig. Ich wollte zum ‹Spiegel›. Das schaff ich auch nicht mehr. Einer sollte im ‹Spiegel›-Archiv anrufen und fragen, ob Material über einen Amtsrichter Bockelmann vorliegt.»

«Gut», sagte Doris. «Machen wir. Bis später.»

Katharina zahlte ihr nicht gegessenes Essen, ließ ein Taxe bestellen, versuchte noch einmal, und wieder vergeblich, von Tante Fenna Näheres über die Herkunft des OZEL-Zettels zu erfahren, kündigte an, daß sie auf den Zettel zurückkommen werde, erklärte dann Tante Fenna und Onkel Ebilein, der unbehaglich vor Tante Fenna stand und die Schlössersche Weltgeschichte langsam in seinen Händen drehte, daß sie leider sofort nach Berlin müsse, und ließ die beiden, die nichts begriffen, am Tisch allein, als gerade das tunesische Huhn, der Steinbutt und das Pfeffersteak aufgetragen wurden.

Der Taxifahrer war ein ernsthafter junger Mann, der rund fünfundzwanzig Minuten lang in völligem Schweigen den Flughafen ansteuerte. Dort erfuhr Katharina, daß in vierzig Minuten die nächste Maschine nach Berlin starten werde. Sie erhielt mit einiger Anstrengung den letzten Platz. Bevor sie in die Abflughalle ging, drehte sie noch einmal die Durchwahlnummer ihres Büros. Diesmal war Gerfried am Apparat. Sein Baß knarrte stärker als gewöhnlich. Katharina mußte den Telefonhörer in einigem Abstand von ihrem Ohr halten, um überhaupt etwas zu verstehen.

«Gerade hat Doris angerufen», sagte Gerfried. «Das Siegel an der Tür war unverletzt. Die Ozel-Aktenordner standen mit den andern Ordnern im Regal. Aber die Ozel-Ordner waren leer.»

«Aha», sagte Katharina.

«Ja», sagte Gerfried nach einer Pause. «Ich schlage vor, wir besorgen uns einen Durchsuchungsbefehl und krempeln den ganzen Laden um.»

«Bringt nichts, Gerfried. Außer Ärger mit den alten Leuten. Wir brauchten zehn Beamte und zwei Tage, bis wir uns durch alle Winkel gewühlt haben. Inzwischen sind die Akten längst außer Haus.»

«Wenn Sie meinen», sagte Gerfried.

«Doris sollte prüfen, ob man das Fenster von Brückners Zimmer von außen eindrücken und wieder schließen kann. Das sah da alles sehr wackelig aus. Und ob man übers Dach an das Fenster ran kann.»

«Gebe ich gleich weiter. Obwohl, ich nehme an, sie kommt schon selbst darauf.»

«Und vergeßt den ‹Spiegel› nicht.»

«Das läuft. Die rufen zurück.»

Dann versuchte Katharina noch, Robert zu erreichen. Aber in der Wohnung meldete sich keiner. Erst als sie den Hörer wieder auflegte, fiel ihr ein, daß Robert heute einen langen Tag hatte mit Gewerkschaftssitzung und Abendschule, und daß er spät nach Hause kommen würde.

8

«Fassen wir mal zusammen.»

Meistens kam dieser Satz von Gerfried. Gerfried haßte es, Details zu sammeln, ohne Übersicht zu gewinnen. Katharina ertrug es geduldiger, zeitweise keine Übersicht zu haben. Sie hielt den übersichtslosen Zustand bei einigen Ermittlungen sogar für unvermeidbar. Trotzdem war sie es diesmal, die den üblichen Satz sagte.

Sie saß mit Notizblock und Kugelschreiber auf ihrem Lieblingsplatz auf der Heizung, Doris am Schreibtisch, Zobel auf einem der Besucherstühle, die Beine lässig auf den kleinen Aktentisch neben dem Schreibtisch gelegt, die Daumen in die Hosentaschen gehängt, als umfaßten die Hände locker zwei baumelnde Colts. Neben Doris auf dem Schreibtisch stand die zusammenmontierte OZEL-Standarte auf dem Teakholzaschenbecher. Das mit schmutzigen goldenen Fransen verzierte Stück ehemals blauen Satinstoffes, auf dem grün OZEL eingestickt war, hing steif zusammengeknüllt, blut- und dreckstarrend und im oberen Drittel eingerissen, an dem kleinen eisernen Mast. Im Labor hatte man herausgefunden, daß es sich zweifelsfrei um Brückners Blut handelte. Wie erwartet waren außer den Fingerabdrücken des Gärtners keine anderen zu finden gewesen. Neben der OZEL-Standarte lag eine beschädigte billige Karnevalsmaske aus Plastik. Sie stellte Gesicht, Vorderkopf und Ohren eines Mannes mit weißer Glatze, roten Haaren, enormem Stirnbuckel, Knollennase, Schielaugen und breit grinsendem Mund dar. In Höhe der Nase war sie eingeknickt, was ihr ein zusätzlich gnomenhaftes Aussehen gab, und überall mit bräunlichen Flecken wie mit wucherndem Hautkrebs überzogen. Die Laboruntersuchung hatte ergeben, daß die bräunlichen Flecken getrocknetes Blut des Kassierers waren. Vor dem Papierkorb auf dem Boden lagen Zeitungsblätter mit Fotos von Hermann Brückner.

Nebenan telefonierte Gerfried mit dem «Spiegel»-Archiv. Gelegentlich war durch die angelehnte Tür ein knarrendes «Ja, habe ich» oder «Warten Sie, nicht so schnell» von ihm zu hören. Draußen Finsternis und Autoscheinwerfer. Ein böiger Wind drückte Kälte durch die Fensterritzen. Um diese Tageszeit rennen im Sommer halbnackte Kinder mit Eis über die Straße, dachte Katharina. Sie fühlte nach der Falte über ihrer Nase und konzentrierte sich.

«Fassen wir mal zusammen.»

Zobel fing an, ungewöhnlich umständlich, ohne sein sonst so strahlendes Grinsen: «Also. Vormittags am elften November des vergangenen Jahres tauchen die Maskierten zum erstenmal auf, und zwar an der Kreuzung Leibnizstraße–Kurfürstendamm. Sie sitzen plötzlich in Autos, die sie, wie sich später herausstellt, in der Nacht zuvor gestohlen haben, und rasen mit rhythmischem Gehupe den Kurfürstendamm hinauf. Unterwegs rammen sie parkende und fahrende Autos, fahren über den Bürgersteig. Vier Fußgänger stürzen, verletzten sich. An der Gedächtniskirche verschwinden die Maskierten, das heißt, die Fahrer nehmen einfach die Masken ab, lassen die Autos in Seitenstraßen stehen, tauchen unter in der Menge der Passanten. Ähnliche Aktionen wiederholen sich von da an fast jede Woche in verschiedenen Stadtteilen, tags und nachts. Ab 20. November werden nachts Zigarettenautomaten, Briefkästen und Verkehrsampeln planmäßig beschädigt oder zerstört, Schaufensterscheiben werden durch Schüsse oder Steinwürfe zertrümmert. Am 23. November bildet sich ein dichter Pulk von Autos, die von Maskierten gesteuert werden, rings um die Filiale der Discontobank am Theodor-Heuß-Platz. Aus den Autos kommen rhythmische Hupsignale, gleichzeitig wird in Richtung Kaiserdamm und Theodor-Heuß-Platz geschossen. Sofort sind alle Straßen menschenleer. Bewaffnete Maskierte dringen in die Bank ein, raffen Geld zusammen. Vom Fernsehhochhaus gegenüber beobachten Redakteure und Sekretärinnen den Überfall. Die Maskierten lassen die meisten der von ihnen benutzten und wie immer gestohlenen Autos quer über den Fahrbahnen der Straßen stehen, flüchten mit vier Wagen, kurz bevor die Polizei eintrifft. Auf der Stadtautobahn Nord verliert sich die Spur der Maskierten, die vier Autos werden in Tegel gefunden. Die Geschosse und Patronenhülsen stammen von amerikanischen Maschinenpistolen, die im Zweiten Weltkrieg benutzt wurden. Bei dem Überfall wird zufällig eine fünfundsiebzigjährige Passantin durch einen Schuß ins Gesäß verletzt. Laut Zeugenaussagen soll sie, bevor sie ohnmächtig wurde, geäußert haben: «Dieser verdammte Verein. Wenn das dabei rauskommt.»

Zobel machte eine Pause, überlegte kurz und fuhr fort: «Das gleiche Überfallsystem wurde im Dezember noch einmal angewendet. Kurz vor Weihnachten gab es eine Variante: Autoraserei, Hup- und Schießereiterror in einem Stadtteil, gleichzeitiger Überfall in einem andern. Letztes Beispiel: die offenbar von den Maskierten bevorzugte Discontobank, diesmal in Steglitz, während die Autoraserei in der Moabiter Turmstraße stattfand. Der Kassierer ist übrigens vorübergehend wieder zu sich gekommen. Gerfried war heute morgen da. Die Ärzte halten ihn ab Montag für stabil genug, auf ein paar kurze Fragen zu antworten. Eine Krankenschwester berichtet, der Kassierer habe während seiner Ohnmacht zweimal gemurmelt: Achtung, der Kunde. In der Tat haben sich zwei ältere Kunden der Bank verletzt, als sie sich während des Überfalls zu Boden werfen mußten. Obwohl die Namen dieser Kunden feststehen, hat Gerfried heute den Filialleiter gebeten, uns eine Liste aller Kontoinhaber seiner Filiale zu geben.»

«Gut», sagte Katharina.

«Die Liste sollen wir Montag nachmittag haben. Die Maske, die der Kassierer dem Gangster abgerissen hat, enthält außer den klaren Fingerabdrücken des Kassierers noch andere, die nicht identifiziert werden konnten. Das läßt den Schluß zu, daß zumindest der Bursche, dem die Maske abgerissen wurde, nicht vorbestraft ist. Da während des Überfalls alle Anwesenden, die Angestellten wie die Kunden, mit dem Gesicht auf dem Boden lagen, hat ihn außer dem Kassierer niemand gesehen. Ich halte die Vermutung für erlaubt, daß er siebzehn oder achtzehn Jahre alt ist und einer von Luzifers Lieblingen. Die Lieblinge, deren Fingerabdrücke wir kennen, weil sie bereits erkennungsdienstlich behandelt wurden, könnten die gestohlenen Autos gefahren haben, mit Handschuhen. Und die andern, die noch nicht von uns Erfaßten, könnten die Überfälle übernommen haben.»

Doris drehte sich um und sah Zobel an. Zobel fuhr ruhig fort:

«Das macht ja eben unsere Schwierigkeiten aus, daß wir es mit einer sehr disziplinierten Bande von Profis zu tun haben. Unter Kriminellen konservativer Art ist solche Solidarität von fünfzehn bis zwanzig Mittätern bisher nicht beobachtet worden. Die verschiedenen Banküberfälle mit Geiselnahme der letzten Zeit, Köln, München, auch die politisch motivierten früherer Jahre, wirken demgegenüber dilettantisch. Ein Indiz, meine ich, das auf die Lieblinge weist.»

Zobel sah während des Folgenden Doris an. «Ebenso der pubertäre Krach, der da regelmäßig veranstaltet wird, und der Gebrauch alter amerikanischer Waffen, deren Herkunft wir einstweilen nicht bestimmen konnten. Aber sie passen ideologisch ganz gut zu den Orden und Uniformteilen aus der Zeit des Zweiten Weltkrieges, die von den Lieblingen getragen werden. Eine so kühl operierende Bande hätte sich zweifellos im Bundesgebiet auch moderne Waffen zusammenstehlen können.» Zobel machte eine Pause, rauchte, sah an Regalen mit Aktenordnern entlang, die eine ganze Wand des Zimmers füllten. Vor ihnen, auf dem Boden, waren die Aktenordner aus Brückners Zimmer gestapelt: OZEL, leer, und BEJÄ, pedantisch vollgestopft mit Rechnungen, Quittungen, Einkaufszetteln, Konzertkarten, Belegen jeder Art, selbst für zwei Briefmarken vom Postamt Nikolassee oder für eine Mark Trinkgeld zu Weihnachten an die türkischen Haushilfen. All das war durchgesehen worden, ergebnislos, und die OZEL-Aktenordner waren auf Fingerabdrücke untersucht worden. Aber es hatten sich nur die von Hermann Brückner gefunden. Doris folgte dem Blick von Zobel, betrachtete dann ihre Schuhspitzen und schwieg.

«Was nun Brückner betrifft», sagte Zobel gedehnt, «da habe ich mal provisorisch eine Theorie entwickelt. An zwei Punkten hängt sie aber leider noch durch. Einer davon ist, daß ich dies verdammte Mistding» – er deutete mit seiner Kinnspitze auf die Stammtischstandarte – «in ihr nicht unterbringe. Aber vielleicht gelingt das noch. Ist doch auffallend, was, daß gleich zwei Leute aus demselben Altenheim bei Aktionen der Lieblinge zu Schaden kommen.»

«Der Maskierten», sagte Doris plötzlich mit Nachdruck und wippte ein wenig mit ihrem seidigen Dutt. «Für mich sind die nämlich keinesfalls mit den Lieblingen identisch.»

«Na schön», sagte Zobel und angelte, ohne seine Haltung zu verändern, mit der rechten Hand aus der rechten Hosentasche eine Zigarette, dann Streichhölzer, und zündete sich die Zigarette an, ohne die linke Hand zu Hilfe zu nehmen. «Aber es ist nun mal meine Theorie. Und die lautet: Brückner und die Frau mit dem Schuß im Hintern ...»

«Keber», sagte Katharina. Sie malte Dreiecke und schraffierte Kreise auf den Notizblock.

«Danke. Brückner und Frau Keber haben sich aus irgendwelchen Gründen am Theodor-Heuß-Platz aufgehalten. Sie haben zufällig bemerkt, wer sich in einer Nebenstraße Masken aufsetzte. Und die Lieblinge haben bemerkt, daß sie bemerkt wurden. Frau Keber und Brückner sollten als lästige Zeugen beseitigt werden. Das mißlang. Frau Kebers Ausspruch über den verdammten Verein bezog sich auf die Lieblinge. So ist er ja auch bisher von den ermittelnden Beamten gewertet worden. Aber Brückner zog es vor, über die Angelegenheit zu schweigen, um nicht noch mal in Lebensgefahr zu geraten. Er arrangierte sich mit den Lieblingen. Denen war bei ihrem ersten panischen Mordversuch vielleicht doch etwas mulmig geworden. Diese Unterstellung ist kein Widerspruch zu meiner Behauptung, es handele sich um eine Bande von Profis. Im Gegenteil. Die Lieblinge», Blick auf Doris, «haben sich zwar zu Bankraubprofis entwickelt, aber noch nicht zu Killerprofis. Deshalb kriegte Brückner in Abständen Geld, um weiter zu schweigen. Das würde die goldene Brille und den Kaviar erklären. Vielleicht hat er, auf den Geschmack gekommen, vorgestern zuviel gefordert. Da haben sie ihn eben doch umgebracht. Und da Brückner ein pedantischer Mann war und aufschrieb, was er an Zahlungen erhalten hatte, mußten sie diese Belege eben klauen. Wenn es gelingt, nachzuweisen, daß Brückner im November zur Zeit des Überfalls tatsächlich am Theodor-Heuß-Platz war, hat meine Theorie viel für sich.»

«Wenn», sagte Doris.

«Ja», gab Katharina zu, «und vorausgesetzt, die Lieblinge haben extra, um Brückner damit zu erschlagen, das Dings da angefertigt.» Sie zeigte mit ihrer Kinnspitze, genau wie zuvor Zobel, auf die Stammtischstandarte. «Oder Brückner hat es angefertigt, um es immer bei sich zu tragen, wenn er mit den Lieblingen zusammentraf.»

Zobel kratzte sich den Nacken. Seine Ohren waren roter als gewöhnlich. «Sie haben recht, Ledermacherin. Eben. Also vergessen wir's. Erledigt. Aber irgendwas ist dran», murmelte er. «Und der Wirt vom Charlottenburger Faß weiß auch mehr, als er mir sagt. Den nehm ich mir noch mal vor.»

«Wie wär folgendes», sagte Doris. «Denn an die Identität von Lieblingen und Maskierten glaube ich nun mal nicht, Zobel. Ich gehe im Gegenteil davon aus, daß die Maskierten eine für uns zunächst unbekannte Bande sind. Die Michelsen also wußte, Brückner war ein ordentlicher Mensch. Irgendwann kriegte sie raus, daß Brückner unter dem Stichwort Ozel, was immer das bedeutet, Belege sammelte. Beweise dafür, wie sie sich an den alten Leuten im Heim bereicherte. Gleichzeitig half Brückner offensichtlich Leuten, die durch Michelsen oder andere, nun, Ausnehmer in Schwierigkeiten waren. Er schrieb im Altenheim einen Brief für die Frau, deren rechte Hand zittert. Sie sagte mir, er hat auch für andere Briefe geschrieben. Sicher gehörte dazu jene Dame in Hamburg, durch die Frau Blom etwas von Ozel erfuhr. Möglicherweise hat er auch Frau Keber geholfen oder helfen wollen. Vielleicht war die arme Frau Keber unterwegs zu einer von Brückner empfohlenen Zusammenkunft. Unterwegs geriet sie nun in diese Schießerei und machte, schon etwas tütü, Brückners Verein für ihre Verletzung verantwortlich. Ich halte nun für möglich, daß der Michelsen die Aktivität von Brückner gefährlich vorkam. Sie fürchtete, was in den Ozel-Akten stand, und sie fürchtete, was Brückner mit den Mitgliedern des Ozel-Vereins besprach. Wenn wir uns bemühen, werden wir sicher noch weitere Mitglieder dieses Vereins ausfindig machen. Vielleicht hat sich Brückner seine Tätigkeit außerhalb des Altenheims auch honorieren lassen, sich von diesen Honoraren die Brille und gelegentlich Kaviar geleistet. Was ich sagen wollte: Frau Michelsen mochte jedenfalls nicht, daß ihre Praxis allzu bekannt wurde, bevor sie mit Henry im Jet nach Kanada saß, und so ließ sie Brückner vorsichtshalber durch Henry totschlagen. Durch Henry, ja», wiederholte sie.

«Und am Lietzensee», sagte Zobel, fast ohne Hohn.

«Und damit.» Kinnbewegung zur Stammtischstandarte. «Logisch.»

«Ist es vielleicht logischer, daß die Maskierten ihn damit erschlagen haben?» fragte Doris. Sie spürte den Blick Katharinas auf ihrem Dutt. Das machte sie nervös. «Mit Henry haben wir uns jedenfalls bisher überhaupt nicht beschäftigt», fuhr sie hastig fort, um einer möglichen Bemerkung von Katharina zuvorzukommen, und ihre helle Stimme brach ein klein wenig weg. «Ich schlage vor, daß wir das schleunigst tun. Denn das Auftreten der Maskierten und der Lieblinge auf Motorrädern in der Nähe vom Lietzenseepark halte ich für Zufall. Es ergibt keinen Sinn, die einen oder die andern mit Brückners Tod in Zusammenhang zu bringen. Aber Henry kann Brückner sehr wohl erschlagen haben, jetzt mal abgesehen von Tatwerkzeug und Tatort, ich gebe zu, da gibt es bei mir das gleiche Problem wie in Zobels Theorie. Und Henry kann leicht aus Brückners Zimmer die Ozel-Akten geholt haben, durch das Fenster, das nicht mehr richtig schließt. Und er konnte bequem übers Dach in Michelsens Abstellkammer auf der anderen Seite vom Dachboden gelangen. Oder er konnte die Akten in den Garten in ein Gebüsch werfen und anschließend, beim Rosenschneiden, vom Garten in den Keller. Da schließen auch einige Fenster nicht mehr richtig.»

«Aber warum ließ Henry dann die drei Ozel-Akten zunächst in Brückners Zimmer?» fragte Zobel. «Hätte er sie gleich rausgeholt, wär uns vielleicht gar nicht aufgefallen, daß da was fehlt.»

Doris zwirbelte an einer Strähne ihres Haars, die sich aus dem Dutt gelöst hatte, entgegnete nichts. Katharina begann, auch die Dreiecke zu schraffieren. Zobel und Doris sahen ihr zu, warteten auf eine Äußerung von ihr. Aber sie äußerte sich nicht. Nebenan wurde der Telefonhörer auf den Apparat geworfen, ein Stuhl polterte, und Gerfried erschien mit einem Zettel in der Tür.

«So», sagte er, und sein Adamsapfel bewegte sich ausdrucksvoll unter dem seidenen Rollkragenpullover. Seine Gestalt schien nicht wie sonst leicht gebeugt, und er sah nicht mehr fünfzehn, sondern höchstens fünf Jahre älter aus als er war.

«Das war der Rückruf vom ‹Spiegel›-Archiv. Vor sechzehn Jahren hat's in Lüneburg einen Prozeß gegen den früheren Kriegsgerichtsrat Erwin Bockelmann gegeben. Bockelmann wurde beschuldigt, Ende März 1945 einen Luftwaffenunteroffizier der damaligen deutschen Wehrmacht sowie einen Zahlmeister in einer Zehn-Minuten-Verhandlung voller Formfehler, ohne Anhörung von Zeugen und Verteidigern, wegen Wehrkraftzersetzung zum Tod verurteilt zu haben. Der Unteroffizier wurde auf der Stelle hingerichtet. Der Zahlmeister überlebte, weil eine Minute später das Gerichtsgebäude von englischen Bombern in einen Sturzacker verwandelt wurde. Anschließend ist es dem Zahlmeister gelungen, sich zu verbergen. Zeugen haben ihn noch 1948 gesehen. Zum Zeitpunkt des Lüneburger Prozesses war er allerdings nicht auffindbar. Bockelmann wurde mangels Beweises freigesprochen.»

Gerfried machte eine effektvolle Pause. Dann setzte er hinzu: «Der ehemalige Zahlmeister hieß Hermann Brückner. Ist das was?»

«Vielleicht», sagt Katharina und schraffierte weiter.

Während Gerfried sich setzte, enttäuscht, wieder gealtert, und eine Zigarette anzündete, begann Doris hörbar vor sich hin zu denken: «Brückner lebte seit neun Jahren in Michelsens Altenheim. Bockelmann ist erst seit knapp zwei Jahren da. Das heißt . . .»

«Das heißt», fuhr Zobel fort, «Brückner wird zur Zeit des Prozesses in Santa Monica gewesen sein. Vor neun Jahren ist er zurückgekehrt, er erfährt von dem Prozeß, er hat Beweise gegen Bockelmann, macht Bockelmann ausfindig, zwingt ihn, ebenfalls in das Altenheim zu ziehn.»

«Und erpreßt ihn», sagte Doris. «Vielleicht wußte er, daß Bockelmann irgendwo Geld hat. Wir werden das feststellen. Eine private Wiedergutmachung. Entweder Geld oder neuer Prozeß. Und Brückner führt Buch über die Angelegenheit. Ozel. Ordentliche Zahlungen, erledigt. So etwa.»

Gerfried setzte hinzu: «Und eines Tages wurde es Bockelmann eben zuviel mit den ordentlichen Zahlungen. Ja, das könnte hinkommen.» Er sah zu Katharinas Notizblock hinüber, der mit schraffierten Dreiecken und Kreisen ausgefüllt war. «Bloß», sagte er, «was hat das mit dem Stammtischfetzen zu tun. Und mit den Maskierten.»

Katharina warf Notizblock und Kugelschreiber auf den Schreibtisch. «Mit diesem verdammten Verein, ja», sagte sie. «Ich fahr übers Wochenende nach Bad Nauheim.» Sie stand auf. «Das wär's. Feierabend also.»

Die andern erhoben sich überrascht, Doris schnell, Gerfried zögernd, Zobel ziemlich langsam.

«Moment», sagte Zobel, während er seine Beine vom Aktentisch auf den Boden schwenkte. «Sie nehmen also an, die Frau Keber hat mit dem verdammten Verein die Maskierten gemeint?»

«Ja», sagte Katharina. «Zunächst mal nehme ich das an.»

«Ist es nicht ein bißchen kühn», fragte Doris mit leichter Spitze in der Stimme, «aus der Tatsache, daß Gangster einer alten Frau in den Hintern schießen, zu folgern, die Frau müsse also Verbindung zu den Gangstern haben?»

«Vielleicht irre ich mich ja», sagte Katharina.

«Und Bockelmann wollen Sie auch nicht ausquetschen?» fragte Zobel.

«Noch nicht.»

Im Nebenzimmer schnarrte das Telefon. Gerfried, der gerade etwas hatte sagen wollen, ging rasch hinüber und meldete sich.

«Lohmann will wissen, ob er Brückners Leiche zum Verbrennen freigeben kann», sagte Doris wieder in ihrem sachlichen Ton. «Auf Wunsch der Tochter soll die Urne nach Santa Monica geschickt werden.»

«Kreppel möchte Informationen, und der Chef hat Ärger mit der Pressestelle», sagte Zobel. «Die erwarten endlich Erfolgsmeldungen.»

Nebenan war Gerfrieds Stimme zu hören: «Wann?»

«Ist gut», sagte Katharina. «Ich erledige das alles noch.»

Und sie zog da, wo Zobel zuvor seine Beine hingelegt hatte, die Henke-Akte heraus.

«Könnte nicht auch ein Nauheimer Kollege mit Frau Kerber –», fragte Doris.

«Er müßte sechshundert Seiten Akten lesen, um die richtigen Fragen zu stellen», antwortete Katharina.

«Ich habe den Eindruck», sagte Zobel düster, «wir müßten sechshundert Seiten Akten vergessen, um endlich die richtigen Fragen zu stellen.»

Gerfrieds Stimme: «Nein, das hat wohl Zeit bis Montag. Danke für den Anruf.» Einhängen, Stuhlgeräusch. Gerfried kam zurück.

«Der Kassierer ist tot», sagte er. «Um siebzehn Uhr zwounddreißig gestorben.»

9

Katharina saß in Roberts Schaukelstuhl und wippte gleichmäßig hin und her. Es war Samstag mittag, nach zwei. Sie sah durchs vorhanglose Fenster auf den Turm der Trinitatis-Kirche, hinter dem sich langsam einige groß aufgeworfene, rotgelb beleuchtete Winterwolken bewegten. Unten auf dem Karl-August-Platz wurden die Marktstände abgebaut. In den Straßen kam schon die Dämmerung hoch. Katharina wippte vor sich hin, schaltete kein Licht ein und überdachte die Theorien ihrer Mitarbeiter, die sie gestern abend gehört hatte.

Keiner von ihnen hatte die Richtung angegeben, die ihre Untersuchungen jetzt vernünftigerweise nehmen mußten. Im Gegenteil, sie hatten das Tatwerkzeug nur mit umständlichen Erklärungen oder überhaupt nicht in ihre jeweiligen Theorien einfügen können. Katharina bedachte Tabus und Verhaltensvorstellungen, die es gelegentlich auch Kriminalbeamten erschweren, Folgerungen aus erkennbaren Zusammenhängen zu ziehen. Sie bedachte, daß sie selbst, auch wenn sie bereit war, solche Folgerungen zu ziehen, bis jetzt nicht den geringsten Beweis für ihre Vermutung hatte. Sie dachte an das Altenheim, an Tante Fenna, und sie überlegte, ob es richtig war, in der Unterredung mit Oberstaatsanwalt Kreppel, Staatsanwalt Lohmann, dem Referatsleiter, und Nering, dem Leiter der Presseabteilung, ihre Vermutungen verschwiegen zu haben. Sie kam zu dem Schluß, daß es richtig war. Kreppel, ein sportlicher Endvierziger, im Moment von afrikanischer Sonne gebräunt, und Lohmann, ein schmaler, dunkelhaariger Mensch mit ständig energisch zusammengepreßten Lippen, hätten kein Verständnis für vage Andeutungen gehabt. Sie hatten allerdings auch wenig Verständnis für den aus ihrer Sicht stockenden Verlauf von Katharinas Untersuchungen. Nering war zugetragen worden, daß übers Wochenende in zwei Zeitungen scharfe Angriffe auf die Leitung der Polizei wegen ihrer Haltung in der Rockerfrage erscheinen sollten, Kreppel und Lohmann lag also daran, möglichst bald genügend Material gegen Luzifers Lieblinge zu haben, um losschlagen zu können. Katharina hatte kein Material anzubieten, keinen Beweis, kein begründetes Verdachtsmoment, nichts. Statt dessen warnte sie vor Maßnahmen gegen die Rocker. Die Besprechung war frostig verlaufen. Der Referatsleiter, pfeiferauchend, seinen kahlen Schädel massierend, hatte Katharina verteidigt. Nering, untersetzt, stämmig, mit unentwegt mahlendem, kauendem, schleifendem Gebiß, hatte versprochen, sich «was Realistisches» einfallen zu lassen. Aber die beiden Staatsanwälte waren verärgert davongegangen, nicht ohne mitzuteilen, wie überflüssig sie Katharinas Besuch in Bad Nauheim fanden.

Katharina wippte vor und zurück, von der Kirchturmuhr schlug es halb. Robert war gestern noch später nach Hause gekommen als sie. Er war bei Evchen gewesen. Evchen, seine Tochter, die als einzige den Unfall vor anderthalb Jahren überlebt hatte, als Roberts Frau und ihre zwei kleinen Jungen an einem Baum der Clay-Allee von den Trümmern ihres Autos zermalmt und zerschnitten worden waren. Nur Evchen, ältestes der Kinder, schien unverletzt. Aber sie lag seitdem bewußtlos im Martin-Luther-Krankenhaus, ein zartes Mädchen von sieben Jahren, das mit blondem Wuschelhaar und rosigen Wangen seit Monaten, sanft atmend, in seinem Bett schlief, dabei immer schöner wurde, auch wuchs, und dessen Gehirnstromkurve so gut wie nichts anzeigte, ein Phänomen. Alle zwei, drei Wochen besichtigten Robert oder Katharina das Phänomen, lasen medizinische Tabellen, hörten Erläuterungen, immer die gleichen, nahmen zur Kenntnis. Was sollten sie sonst tun. Zu Evchen war nichts zu sagen. Der Weltrekord auf diesem Gebiet wurde von einer Amerikanerin gehalten, die seit neun Jahren bewußtlos in Salt Lake City lag. Robert hatte sich erkundigt. Sie war schwanger gewesen, als ein Tankwagen auf ihr Auto gekippt war, und inzwischen hatte sie einen Jungen geboren, der jetzt in die Schule ging und gelegentlich ratlos, an der Hand des Vaters, die schlafende Mutter anstarrte, wie Robert ratlos seine schlafende Tochter anstarrte. Als er nach Hause gekommen war, hatte er nur kurz den Besuch bei Evchen erwähnt und sofort voller Freude Hammelkoteletts im Eisschrank entdeckt, die vor drei Tagen sehr preisgünstig von Katharina eingekauft und dann vergessen worden waren. Katharina war mit der Henke-Akte beschäftigt gewesen, und Robert, mit Hammelkoteletts, Pfanne, einer Dose Bohnen und Knoblauch hantierend, hatte sich nach dem Grund ihrer Nachdenklichkeit erkundigt. «Davon wollte ich weg», hatte sie gesagt, auf dem Küchentisch sitzend, ihn betrachtend, die Henke-Akte in der Hand. «Aber ich bin schon wieder drin.» Und sie hatte versucht, ihm das zu erklären.

Katharina schaukelte ruhig vor und zurück, blickte auf ihr bandagiertes rechtes Fußgelenk und fragte sich, ob es ihr gelungen war, Robert das Gefühl der Hilflosigkeit zu beschreiben, das sie schon als Seminaristin befallen hatte. Als sie noch Heimkind war, verlassen, ausgesetzt aus dem Laden an der Donau, den sie geliebt hatte wegen seiner Gerüche und dem vielen vom Keller bis unters Dach gestapelten kriegsüberdauernden Krimskrams, als sie kaum Kontakt zu den gleichaltrigen Kindern fand und schon gar nicht zu den Erzieherinnen, weil es wieder losging mit dem Bettnässen und daher mit neuen Strafen, nichts Süßes aus den Care-Paketen, neuen Demütigungen, alle Strophen von «Befiehl Du Deine Wege» auswendig lernen, was natürlich dazu führte, daß sie vor Angst, den Choral am anderen Morgen nicht fehlerlos aufsagen zu können, abermals ins Bett machte, und daß sie, die so gerne Choräle gesungen hatte, nicht mehr mitsingen mochte – als sie so allein, geängstigt, gequält war und einen langen Sommer hindurch jede Woche zwei- bis dreimal früh um vier aufstand, heimlich, damit die andern Kinder im Schlafsaal nicht wach wurden, das Bettuch in den Waschraum schleppte und leise auswusch und dann zwei Stunden aus dem Fenster in die Morgensonne hielt, damit es schneller trocknete, und als sie meistens doch erwischt wurde, da fühlte sie sich keinen Augenblick hilflos. Da widersetzte sie sich mit jeder gelernten Choralstrophe dem Choral, den Schwestern, den hämischen gleichaltrigen Kindern, dem Heim, und sie wandte sich ganz selbstverständlich den jüngeren Kindern zu, die noch hilfloser waren als sie. Aber sechs, sieben Jahre später, in ihrem ersten praktischen Jahr in einem andern Heim in Süddeutschland, nur wenig älter als die ältesten ihrer Pflegebefohlenen, von ihren erfahrenen Kolleginnen angehalten, sich Autorität zu verschaffen und für Disziplin unter den Kindern zu sorgen, da fühlte sie diese Hilflosigkeit deutlich. «Fräulein», sagten die Kinder und zupften sie am Rock, als sie sich am Tisch der Erzieherinnen zum Essen hinsetzen wollte, «du hast so schöne Sachen an.» Sie trug zum Ärger der älteren Kolleginnen helle bunte Kleider, seit sie anfing, Geld zu verdienen. «Fräulein», sagten die Kinder, verlassene, ausgesetzte, mißhandelte, ungewollte, verlorengegangene Kriegs-, Nachkriegs-, Suchdienstkinder, Bettnässer, Zitterer, Kopfroller, Krämpfer, «Fräulein, warum ißt du am Tisch der Verwachsenen. Iß doch mit uns.»

Wenig später wurde sie entlassen, oder, wie auf ihren Protest hin ins Zeugnis geschrieben wurde, man trennte sich in gegenseitigem Einvernehmen, weil eines Sonntagmorgens in ihrem Zimmer im Bett der nackte Ruedi Scheidt gefunden wurde, der, sehr lang und damals noch sehr dünn, die Heimleiterin, die nach Luft rang, freundlich durch seine Nikkelbrille betrachtete, ihr einen guten Morgen wünschte und sich dabei verlegen am Sack kraulte.

Ein Jahr später, im Schweizer Jura, und acht Jahre später, nach der Scheidung von Ruedi Scheidt, im Siegener Land, wo Katharina in einem Heim als Erzieherin wieder anfing, und abermals Jahre später, in den Jugendabteilungen der Kriminalpolizei, und schließlich jetzt, in der Henke-Akte, immer das gleiche: elternlos herumgeschubste Kinder oder Kinder von Arbeiterinnen, Kellnerinnen, Säuferinnen, Prostituierten, von starrsinnigen Ungeheuern bürgerlicher Wohlanständigkeit, von kaputtgeschufteten Malochern oder Abgesackten, Kinder, die von verzweifelten, ehrgeizigen, erfolgsgierigen, stumpfen, kranken Eltern mit Peitschen, Schürhaken, Spaten, Zangen, angefeuchteten Einkaufsnetzen, Stuhlbeinen, Kleiderbügeln bewußtlos geprügelt wurden, Kinder mit blutigen Striemen über den ganzen Körper, die monatelang nicht heilten, Kinder, die stundenlang nachts auf Holzscheiten hatten knien müssen, Kinder, denen die Väter zur Strafe Arme oder Fußknochen gebrochen hatten, Kinder mit eingeschlagenem Schädel, Kinder, die von ihren Müttern zur Strafe mit kochendem Wasser übergossen, auf heiße Herdplatten gesetzt worden waren, terrorisierte Kinder, die in Kinderheimen weiter terrorisiert wurden, mit Essensentzug, Prügeln, zwangsweisen Kirchgängen, Erziehung zur Anpassung, zur beflissenen Lüge, Kinder, aus denen dann Jugendliche wurden, die in Erziehungsheimen weiter unter Zwang gehalten, geprügelt, deformiert, terrorisiert wurden, deren Arbeitskraft ausgebeutet wurde, die von brutalen, hilflosen Erziehern brutal und hilflos gemacht wurden, Jugendliche, die aus der Trostlosigkeit solcher Anstalten flüchteten und mit polizeilicher Gewalt in die Anstalten zurückgekarrt wurden, Jugendliche, die zu Dieben, Räubern, Schlägern, Betrügern wurden, die mit Psychopathen und Süchtigen zusammengesperrt wurden, Jugendliche, die als Hascher, Fixer, Schießer, Schnüffler vegetierten und im Gefängnis endeten, Jugendliche, die am Ende ihrer Jugend noch nicht angefangen hatten zu leben – vom Schweizer Jura bis Wittenau das gleiche.

Katharina, im Kampf gegen ihre Kollegen und Vorgesetzten, wollte zunächst nicht wahrhaben, was sie doch längst begriffen hatte: Egal was sie unternahm, sie war auf der Seite der Verwachsenen. Nur mit zunehmender Anstrengung hielt sie die Spannung aus, die sich ergab zwischen dem, was sie tat, und dem, was sie erkannt hatte. Um diese Zeit bekam sie Werbebroschüren der weiblichen Kriminalpolizei geschickt, die sich an Fürsorgerinnen und Heimerzieherinnen wendeten. Und ihre Konflikte wurden sehr einfach gelöst. Die Polizei bot mehr Geld und gute Aufstiegschancen. Katharina bewarb sich und bestand die Aufnahmeprüfung. Sie wollte nicht an unlösbaren Problemen leiden, sie wollte weiterkommen und sich mit lösbaren Problemen beschäftigen. Erst später begriff sie, daß unlösbare Probleme ihr tägliches Arbeitspensum bleiben würden. Da war sie schon Kommissarin und in der Tötung, und sie bildete sich nicht mehr ein, ohne Widersprüche leben zu können. Aber das Gefühl der Hilflosigkeit war verschwunden. Und von der Kindergärtnerin und Heimerzieherin waren ihr nur geblieben: eine Bänderschwäche an den Fußgelenken und eine ungeheure Menge tröstreicher Wörter und Verse, die sie von den Kindern gelernt hatte, wie Kackarschmist oder Nüllenquark oder: wenn auf dem Felde sprießt das Korn und der Mama juckt es vorn.

Das alles hatte sie Robert zu erklären versucht, während sie sich am Küchentisch gegenübersaßen, spanischen Wein aus einer großen Korbflasche tranken und Hammelknochen abnagten. Robert hatte ruhig zugehört und dann plötzlich gefragt: «Sag mal. Wie wär das: wir heiraten. Und wir machen ein Kind.»

Katharina, überrascht, hatte angefangen, im Bohnentopf zu rühren. «Heiraten, warum denn, da frag mal erst einen Steuerberater», hatte sie zögernd geantwortet: «Und ein Kind? Ach, weißt du, Dicker, Kriminalkommissarin mit Baby, wozu ist das gut.»

«Lehrer ohne Kinder, wozu ist der gut. Wenn du keins kriegen willst, könnten wir eins adoptieren. Oder zwei.»

«Warum?»

«Warum nicht. Würdest du auf Halbtagsarbeit umsteigen?»

«Halbtagsarbeit? Bei der Kripo? Ich?»

Keine Antwort, Nagegeräusche.

«Leidest du, weil ich so selten Zeit für uns beide habe?» hatte sie gefragt, noch immer in den Bohnenresten rührend.

«Nur wenig. Du brauchst die Kommissarin, was.»

«Ja. Ich brauch sie. Ich weiß nicht, wie lange. Aber ich brauch sie.» Und sie hatte von Bad Nauheim berichtet.

Schnelle Reaktion von Robert: Er muß diesen Samstag nicht in die Schule. Also kann er nach Darmstadt fahren, seinen Vater besuchen. Das wollte er schon lange. Katharina soll mitkommen. Sonntag, auf dem Rückweg, fahren sie über Nauheim. Das Wetter bleibt in Westdeutschland übers Wochenende relativ milde, kein Schnee, nur leichter Frost angesagt, die Autobahnen gut befahrbar.

Später, kurz vor dem Einschlafen, neben seinem warmen Körper, knoblauchausdünstend, behütet, wie sie fand, während ein Besoffener unten vor der Kirche durch die Nacht brüllte und ein kalter Wind den Vorhang vor dem offenen Fenster aufblähte, da war ihr eingefallen, daß sie noch einen Haufen Berichte zu schreiben hatte. Daß sie also erst am Sonntag abreisen könnte.

Robert, eigensinnig, auf seinem Entschluß beharrend, «dann hol ich dich eben in Frankfurt am Flughafen ab», war morgens allein losgefahren. Sie hatte Besorgungen auf dem Markt gemacht. Im Viertel war sie bekannt, auch auf dem Markt. Einige wußten, daß sie bei der Polizei war. Anfangs hatte das Zurückhaltung ergeben oder Beflissenheit. Inzwischen war es den Leuten gleichgültig. Vergeblich hatte sie nach Renate Ausschau gehalten, Renate mit dem schnellen Mundwerk und den schönen Blumen. Der war's wohl zu grau, zu kalt, zu unfreundlich heute gewesen. Dann hatte sie bei Feinkost-Schubert die neuesten Katastrophen hören wollen, die Herr Schubert, ein sanfter Siebziger, zu sammeln und mit Butter, Knüppeln und Joghurt weiterzugeben pflegte. Bei Schubert hatte sie damals von Roberts Unglück gehört und Robert selbst dann einen Tag nach der Beerdigung seiner Frau und seiner beiden kleinen Söhne kennengelernt. Aber heute hatte Katastrophen-Schubert keine Schrecken zu berichten gehabt und sich damit begnügt, die ernste Vermutung auszudrücken, daß auch künftig im Lietzenseepark ältere Herrschaften umgebracht werden würden, weil das Terrain dort für derartige Vorhaben sehr geeignet sei. Erst als Katharina so unvorsichtig gewesen war, von ihren schmerzenden Fußgelenken zu sprechen, hatte Herr Schubert einen diskreten Blick auf ihre Schuhe geworfen und versichert, erst kürzlich sei ganz in der Nähe eine blühende junge Frau, ja etwa in Katharinas Alter, innerhalb weniger Tagen an einem Leiden gestorben, das mit rätselhaften Schmerzen im rechten Fußgelenk begonnen habe. Katharina hatte tatsächlich auf dem Heimweg die Schmerzen in ihrem Fußgelenk sorgfältig registriert, während sie im Slalom um die über Nacht weiter vermehrten Kackhaufen auf dem Bürgersteig der Pestalozzistraße herumging. Sie hatte Johann zugewinkt, dem ehemaligen Radrennmeister, der sich, im Moment des Sieges stürzend, sämtliche Vorderzähne an der Lenkstange seines Rades ausgeschlagen hatte und nun, ein zahnlos lächelnder Veteran von fünfundzwanzig Jahren, Berliner-Weiße-Gläser an- und verkaufte, und sie hatte, um sich abzulenken, noch zu Ewald Demski in der Goethestraße hineingesehen, Kleintransporte aller Art. Demski bewohnte zusammen mit einer Ratte und gelegentlich auch mit einem Wellensittich einen engen Laden. Der Laden war ständig mit Trödel vollgestopft, mit verbogenen Fahrradluftpumpen, halbzerstörten Karbid- und Taschenlampen, auseinanderfallenden Spielzeuglokomotiven, Speichenrädern, ausrangierten Warndreiecken, verbeulten Leuchtern, unbrauchbaren Dampfbügeleisen, rostigen Vogelkäfigen, Mausefallen, Briefwaagen, Lampenschirmen, Tretnähmaschinen, Standuhrteilen, Radioresten, Motorfragmenten, Töpfen und Flaschen jeder Größe. Kaum war noch Platz für ein schmales Lager, einen winzigen Herd und einen Stuhl. Zum Klo mußte er über den Hof. Das Kleintransportmittel, ein Handwagen, stand vor der Tür. Durchs vollgestellte Schaufenster hatte sie Demski sehen können, wie er auf seinem Stuhl vor einem Taschenspiegel saß und sich sorgfältig rasierte, und sie hatte ihn nicht stören wollen. Er war fast achtzig, ziemlich taub, ein würdevoller alter Mann mit Hohenzollernprofil. «Ich stamme aus dem Kaiserhaus», hatte Demski ihr denn auch mal erklärt, ruhig und seiner Sache sicher, da seine Mutter nachweisbar in der kaiserlichen Küche beschäftigt gewesen war. An der Ecke Krumme Straße, gegenüber dem Markt, war Katharina eine Rentnerin aufgefallen, die kopfschüttelnd dastand, mit ihrem Stock aufs Pflaster klopfte und mit hoher Stimme unentwegt wimmerte: «Du lieber Gott. Ach nein, du lieber Gott.» Sie hatte gedacht, der alten Frau ist nicht gut, und sie war über die Straße zu ihr hingegangen, da sich niemand von den Leuten, die vorbeigingen, um sie kümmerte. «Lieber Gott», sagte die Rentnerin mit vor Ekel verzerrtem Fischmund, und blickte an Katharina hinunter und hinauf, «wie kann man nur so rumlaufen.» Katharina hatte rote Cordhosen an, die in knallroten Lackstiefeln steckten, und darüber den offenen Lammfellmantel. Sie war erst verblüfft gewesen, daß das Gewimmer ihr gegolten hatte. Dann hatte sie bloß gesagt: «Wenn ich so einen fetten Arsch hätte wie Sie, würde ich auch keine Hosen anziehn», und dann war sie rasch weitergegangen, während die Alte mit dem Stock nach ihr schlug und schimpfend, unerwartet schnell und beweglich, hinter ihr herhinkte. «Frech sein und nach Knoblauch stinken», hatte die

Alte geschrien, «ja, das könnt ihr!» Die Leute vom Markt hatten gelacht, und Katharina war kurz vor der Haustür in breiige Hundescheiße getreten.

Jetzt saß sie immer noch in Roberts Schaukelstuhl, wippte gleichmäßig hin und her und sah auf Zeitungen und Papiere, die neben dem Schaukelstuhl ausgebreitet auf dem Boden lagen. Sie dachte an Hermann Brückner, an die Lieblinge, an Sophie Michelsen mit dem mehrfachen E und der Farm in Kanada, an die Bewohner des Altenheims und an den Bericht, den sie längst hätte schreiben sollen. Sie dachte an Vikar Johannsen, an Tante Fenna, an den Kassierer. Sie dachte an Doris, die ihr freies Wochenende zweifellos wieder bei ihrer Mutter in Ruhleben verbrachte, an Gerfried, der vielleicht gerade mit seinen altgesichtigen kleinen Zwillingen ernsthafte, pädagogisch wertvolle Gesellschaftsspiele ausprobierte, und an Zobel, der übers Wochenende erreichbar bleiben mußte und deshalb wahrscheinlich komplizierte telefonische Arrangements mit seinen Freundinnen zu treffen hatte.

Sie schaukelte und betrachtete Irinas Baby, das zwei Meter weiter in einer Tragetasche vor Roberts Schreibtisch lag und schlief. Und weiterschlafen würde, hoffte Katharina, bis Irina von der Apotheke zurück war.

Katharina dachte an Irina, die mit ihrem Mann in einer Rasierklingenfabrik am Band arbeitete, mit versetzten Schichten, daß immer einer fürs Baby da war, Irina, melancholisch lächelnd, dauernd erschöpft, «sehn wir uns zwei Stunden in Woche», trotzdem zuverlässige Hilfe in Roberts und Katharinas Wohnungen, nicht mehr in einem Dorf irgendwo in den jugoslawischen Bergen zu Hause, weil ihre Leute gegen die Heirat mit einem Deutschen waren, auch nicht zu Hause in den anderthalb Zimmern im Hinterhaus, von neuem schwanger. Katharina dachte an den alten Schlosser im Hinterhaus, der seine Wohnungstür mit siebzehn Schlössern und Riegeln gesichert hielt und nie ausging, ohne seine gesamte Habe, in Plastiksäcke sauber verpackt, auf seinem Rollwagen mit sich zu ziehen und zu schleppen, mißtrauisch um sich blickend, gekrümmt von Arthritis und Angst und Mißtrauen, sein Eigentum zu verlieren.

Katharina hörte auf zu schaukeln, saß ganz still da und dachte an Robert: Ob er nicht lieber wieder eine Frau hätte, die nur Hausfrau und Mutter ist.

«Kacke Arsch Mist», sang Katharina leise vor sich hin, während sie weiterschaukelte. Kacke Arsch Mist. Kackarschmist.»

Da klingelte das Telefon. Besorgt blickte sie auf das Baby. Aber das Baby schlief weiter. Sie rutschte mit dem Schaukelstuhl ans Telefon heran. Sie dachte, es sei Robert, der von unterwegs anrief. Aber es war Kathinka.

«Hallo, Mami.»

Die kleine, helle Stimme schien von ganz nah zu kommen. Aber Kathinka Scheidt rief von Kirchberg bei Zürich an. Sie wurde im nächsten Juli sechzehn, war vor Weihnachten einen Zentimeter länger als ihre Mutter gewesen, mußte zu ihrem Ärger auch schon Schuhe Größe 39 tragen, was bedeutete, daß sie ihrer Mutter, wenn sie sie besuchte, keine Schuhe mehr abstauben, abschnacken, uusrisse konnte, weil Katharina höchstens $37^1/_2$ trug. Und ihre Stimme war, wie die Erfahrung lehrte, immer dann zart und kindlich, wenn Kathinka was von ihrer Mutter wollte.

«Wie geht's dir, Mamilein?»

«Ganz gut, meine Kleine.»

Meine Kleine. Bei dem Kalb von Tochter, das sie mit Ruedi produziert hatte.

«Bist du deinem Robert noch treu?»

«Ja.»

«Gern?»

«Sehr gern.»

«Ehrlich?»

«Ehrlich.»

«Na ja, zu Seitensprüngen hast du ja auch keine Zeit. Du, ich hab da grade was in der Zeitung gelesen. Bist du an diesem Mann mit eingeschlagenem Schädel dran, den man bei euch an diesem See gefunden hat?»

«Da bin ich dran, ja.»

«Und? Hast du schon raus, wer's war?»

«Ich habe noch keine Beweise. Vielleicht hab ich sie morgen.»

«Das wär kein Beruf für mich. Dauernd mit Leichen und Mördern. Und dafür hast du mich verlassen.»

«Huh», sagte Katharina. «Ein Mühlstein um meinen Hals. Tränträn. Seufz-seufz.»

Kichern am andern Ende. «Weißt du, was er heute morgen gemacht hat? Er hat sich seinen Schnauzbart abrasiert. Und weißt du, warum?»

«Keine Ahnung.»

Seit Katharina Ruedi kannte, trug er einen dichten braunroten Schnauzbart. Der machte, zusammen mit der Nickelbrille und den dunklen, fast schwarzen Haaren, einen wesentlichen Teil des ungefügen Scharms von Ruedi Scheidt aus.

«Ich habe dir doch Weihnachten erzählt, er hat eine Neue, 's Babi. Und jetzt ist doch der überdachte Pool fertig. Den haben wir gestern abend eingeweiht. Da sagt die blöde Kuh, die kann nicht mal schwimmen, und lacht auch noch, als hätte sie wer weiß was rausgekriegt, steht vorm Spiegel, hält den Ruedi fest, der gerade vorbei will, um noch einen Köpfer zu machen, zeigt auf mich, wie ich rauskomm aus dem blöden Wasser, lueg emol, sagt sie, dy Bart hett die glych Farb wiä d'Hoor vom Schnäck vo dr Kathinka. Wiä d'Hoor vom Schnäck vo dr Kathinka! Die Kuh, die blöde. Und er geht hin und rasiert sich den Bart ab. Wie findest du das?»

«Na ja», sagte Katharina. «Es war ihm vielleicht langweilig, immer mit Bart rumzulaufen.»

Pause. «Mami», sagte die kleine Stimme, «mich kotzt das hier ziemlich an.»

«Nun sei mal nicht ungerecht. Dir geht's ziemlich gut.»

«Weiß ich.» Pause. «Aber ich möchte weg. Ich möchte bei euch leben. Geht das? Bitte sag, daß es geht. Flöt-flöt. Zirp-zirp.»

«Erst mal», sagte Katharina, nachdem sie Luft geholt hatte, «müßte Ruedi einverstanden sein.»

«Das kriege ich hin», sagte Kathinka eifrig. «Ich schlage vor, wir machen alles umgekehrt. Statt daß ich bei ihm wohne und euch in den Ferien besuche, wohn ich bei euch und besuche ihn. Kein Problem. Aber du, wärst du einverstanden? Würdest du dich freuen?»

«Natürlich würde ich mich freuen. Und wie.»

Erleichterter Seufzer am anderen Ende. «Oh, Mamilein.»

«Aber du weißt, da sind die Leichen und die Mörder.»

«Macht nichts. Ich kann schon alleine auf den Topf, wirklich.»

«Und ich muß Robert fragen.»

«Kackarschmist. Tut er denn nicht, was du willst?»

«Also, Kackarschmist würde ich in diesem Zusammenhang nicht sagen.»

«Nein?» kam es sanft aus Kirchberg. «Erschiene dir Eierfurz passender?»

«Ich möchte wissen, wo du diese widerwärtigen Ausdrücke her hast.»

Kathinka lachte glucksend und quiekend los, ganz ähnlich wie Robert, und so laut, daß Katharina fürchtete, das Baby werde aufwachen. Aber das Baby sah sie mit groß geöffneten Augen ruhig und ernsthaft an. Sie lächelte ihm zu.

«Mamilein», sagte Kathinka, als sie sich wieder beruhigt hatte, «erklär doch deinem Robert, daß eine unerhört rasante Frau mit schwarzem Haupthaar und rotem Muschihaar auf ihn zuschweben wird. Vielleicht stimmt er dann zu.»

«Ich werd's ihm sagen. Aber wir müssen für die unerhört rasante Frau auch eine Schule finden, in die sie schweben kann.»

«Macht mal. Ihr findet schon eine. Warum nicht Roberts Schule. Dann legen wir einen flotten Dreier hin.»

«Ich fürchte, Robert ist nicht scharf auf Jungfrauen.»

«Na schön», sagte Kathinka, «ich werde inzwischen an mir arbeiten. Lassen», setzte sie hinzu. «Und Ostern komm ich denn.»

«Meine Kleine», sagte Katharina, «nun dreh mal nicht so auf. Sag

Ruedi, ich ruf ihn nächste Woche an.»

«Wenn du die Mörder und die Leichen sortiert hast.»

«Ja. Und gib acht auf dich, Kleine.»

«Keine Sorge, Mami. Wer ick mir vor fremde Herrn anne Punne krauen?»

Das Baby schlief schon wieder, als Irina es abholte. Gleich darauf rief Robert an. Er war gut angekommen, dem Vater ging's einigermaßen. «Ich vermisse dich schon. Bis morgen also. Ich bin pünktlich am Flugplatz.»

Katharina nahm ihre Papiere und verließ Roberts Wohnung, ging durch spärlich erleuchtete Dunkelheit und kalte Regenböen über die Krumme Straße zum Hochhaus in ihr Appartement. Im verstaubten Regal neben dem Schreibtisch hockte zwischen den Büchern Horst, Kathinkas alter Teddy, dem an Bauch und Pfoten das räudige Fell aufgeplatzt war. Jedesmal, wenn Kathinka zu Besuch kam, versprach sie, Horst zu reparieren. Statt dessen benutzte sie ihn, um Staub von Schallplatten zu entfernen. Dabei wurden die Schallplatten nicht sauberer, und Horst verlor immer mehr von dem Zeug, mit dem er ausgestopft war. Schmutzig, faltig, von Besuch zu Besuch dünner und räudiger, außerdem schon lange einäugig, so hockte Horst mit welker, offener Schnauze und heraushängenden Wergfetzen im Regal. Katharina durfte ihn nicht wegschmeißen. Um ihn zu stützen, hatte sie ein Buch gegen ihn gelehnt, «Wie fessele ich einen Mann». Das hatte ihr vor fünf oder sechs Jahren Kathinka zum Geburtstag geschenkt, einen Ratgeber für alleinstehende Mädchen, die gern Ehefrauen würden. Kathinka hatte nur den Titel gelesen und ihn wörtlich genommen. Er war ihr hilfreich erschienen für eine Mutter, die bei der Polizei arbeitete.

Katharina schrieb, schräg vor Horst am Schreibtisch sitzend, bis nach Mitternacht an ihrem Bericht. Dabei trank sie Wodka, von dem sie noch einen Rest im Eisschrank gefunden hatte. Zweimal rief sie zwischendurch in Hamburg bei Tante Fenna an. Aber Tante Fenna meldete sich nicht. Als sie gegen fünf, im Halbschlaf, ins Badezimmer wollte, stieß sie mit der Stirn gegen die Badezimmertür. Sie hatte geglaubt, in Roberts Wohnung zu sein. Danach blieb sie wach. Ihr Flugzeug ging um sieben Uhr fünfundzwanzig.

10

Seit dem Umbau des Rhein-Main-Flughafens war Katharina nur einmal in Frankfurt gelandet. Jetzt, beim zweitenmal, hatte sie den gleichen Eindruck wie zuvor: Sie glaubte, in Alphaville anzukommen. Sie erwartete, daß sofort Eddie Constantine in den riesigen, glitzernden, menschenwimmelnden Hallen und den fast leeren, für ihre ausgedehnten Proportionen bedrohlich niedrig gehaltenen grauen unterirdischen Zwischendecks erscheinen und mit Versen und Faustschlägen aus unübersichtlicher Ordnung übersichtliche Unordnung machen werde. Alphaville war so ungefähr der letzte Film, den sie gesehen hatte. Danach hatte sie keine Zeit mehr gehabt fürs Kino. Vielleicht auch kein Bedürfnis. In der Zeit ihrer Ehe war sie fast jeden Abend im Kino gewesen.

Zu ihrer Erleichterung lief sie, als sie versuchte, sich zu orientieren, genau auf Robert zu. Der hatte wieder die Tweedhose und den rostroten Pullover an. Plötzlich fiel ihr auf, daß er die ganze letzte Zeit, mindestens schon eine Woche, nur mit dieser Hose und diesem Pullover herumgelaufen war. Wenn sie ihn nicht darauf aufmerksam machte, daß er noch andere Hosen und Pullover hatte, trug er seine Sachen, bis sie vor Dreck ihre Farbe veränderten. Bemerkungen von Schülern und Kollegen kümmerten ihn nicht. Ihm langte, daß er jeden Tag duschte und eine frische Unterhose anzog.

Aber Katharina sagte nichts. Sie freute sich, den schmuddeligen rostroten Pullover unter einem schmuddeligen Trenchcoat in Alphaville zu sehen. Robert legte den Arm um ihre Schulter, erzählte von seinem Vater, während sie beide versuchten, den Zeichen zu folgen, die den Weg zum Ausgang anzeigten. Plötzlich spürte sie Heißhunger. Sie hatte zum letztenmal gegessen, bevor Irina gestern mit dem Baby gekommen war. Ihr Kreislauf ließ sie im Stich. Sie merkte schon, was sich ankündigte: Blutleere im Gehirn, absterbende Finger, Ausbreitung von Mißbehagen. Sie hatte noch immer kein neues Mittel von Dr. Martin erbeten. Über ihre Vergeßlichkeit wurde sie so wütend, daß der Blutdruck beinahe wieder anstieg. Trotzdem schob sich das verhaßte Muster vor ihre Augen, wenn sie Robert anblickte, und sie hörte seine Stimme manchmal ferner, manchmal näher, obwohl er ruhig neben ihr ging und sein Arm auf ihrer Schulter ihr wohltat. Als sie in der Cafeteria der großen Halle gierig zwei Kaffee und eine Viertelflasche Sekt getrunken und ein Schinkenbrot verschlungen hatte, ging's ihr, nach leichtem Schweißausbruch, besser. Zufrieden kauerte sie neben Robert im Auto, während er auf der Autobahn an Frankfurt vorbei in Richtung Bad Nauheim fuhr.

Es war ein düsterer grauer Tag, der auch nur wenig heller wurde, als sie sich Nauheim näherten. Über dem Taunus ballten sich tiefliegende Wolken. In Roberts altem VW-Kabrio zog es, aber die Heizung funktionierte, und Katharina döste ein, als sie den Punkt gefunden hatte, wo ihr kein kalter Luftzug in den Nacken fuhr und wohlige Wärme von den Füßen nach oben stieg. Sie sah noch, zusammengerutscht auf dem Sitz, von schräg unten Roberts Profil mit qualmendem Zigarillo vor rauschend überholenden Autos, und sie dachte noch: er fährt Auto wie er Deutschaufsätze korrigiert. Und sie dachte: er hat nichts mehr in der Wohnung, was an Helga und die drei Kinder erinnert. Alles verschenkt und verkauft. Auch alle Sachen von Evchen. Er glaubt nicht mehr, daß sie gesund wird. Und er hat sich keinen neuen Rekord angeschafft, sondern diese alte Ratterkiste. Keine Verbindung mehr zu früher. Aber er redet von Kindern. Wird er Kathinka mögen, wenn sie nicht bloß für eine Woche, sondern für ein paar Jahre kommt?

Katharina wachte auf, als Robert vor dem Nauheimer Kurhaus bremste und nach der Straße fragte, in der das Pflegeheim liegen sollte. Die Straße begann drei Ecken weiter. Als sie vor dem Pflegeheim hielten, wollte Robert im Auto auf Katharina warten. Aber sie fand, männliche Begleitung sei in diesem Fall nicht schlecht. Ihr Plan war, sich nur dann als Kriminalbeamtin zu erkennen zu geben, wenn sie anders nicht vorgelassen würde zu Frau Keber.

Das Pflegeheim unterschied sich nicht von den andern Häusern dieser Straße: um die Jahrhundertwende gebaute Villen und Doppelhäuser, die dicht nebeneinander standen und kleine, geharkte Vorgärten mit schmiedeeisernen Gittern hatten. Im Vorgarten des Pflegeheims stak ein überdachtes Holzschild wie ein Grabkreuz: *Dr. von Mester'sche Pflege- und Altenheim Verwaltung.* Vor der glasüberdachten Eingangstür war ein weiteres Gitter angebracht. Kurz nachdem Katharina geklingelt hatte, öffnete es sich klickend zugleich mit der Haustür.

Sie befanden sich auf einem kleinen neonbeleuchteten Vorplatz, von dem aus eine Treppe nach oben und ein paar Stufen nach unten ins Souterrain führten. Die Stufen waren teppichbelegt. Sie endeten vor einem verglasten Pförtnergehäuse, in dem eine hagere Schwester saß und die Eintretenden von unten durchs Glas musterte, ohne ihren Platz zu verlassen. Sie öffnete eine kleine Sprechklappe im Glas. «Ja?» sagte die Schwester sachlich, nicht unfreundlich.

Katharina ging ein paar Stufen hinunter zum Glaskasten. Neben der Klappe hing eine Tafel mit den Besuchszeiten. Im Moment war keine Besuchszeit.

«Wir kommen von außerhalb», sagte Katharina. «Wir möchten zu Frau Gertrud Keber.»

Die Schwester nickte. «Sie wollen anwesend sein, ich versteh.» Während Katharina überlegte, was die Schwester gemeint haben könnte, fuhr die schon fort: «Erster Stock, Zimmer sieben», nickte noch einmal, schloß die Klappe und wendete sich einem dicken Buch mit Eintragungen zu.

Katharina ging mit Robert die teppichbelegte Treppe hinauf in den ersten Stock und durch einen ebenfalls mit dicken Teppichen ausgelegten Flur an einigen Zimmertüren und an Wänden vorbei, die mit verblichener roter Seidentapete bespannt und mit elektrischen Lampen in Form tropfender Kerzen sparsam beleuchtet waren. Hinter der Nummer sieben war lautes, rasselndes Stöhnen zu hören. Katharina klopfte kurz an und trat gleich darauf mit Robert ein.

Das kalkweiß gestrichene, mit verblichenen Läufern ausgelegte Zimmer war überheizt und roch scharf nach Urin und Weihrauch. Es enthielt zwei Krankenhausbetten, zwei Schränke, eine Frisierkommode mit Spiegel und einen Tisch vor dem Fenster mit drei Polsterstühlen. Auf dem Bett gleich neben der Tür lag eine bleiche alte Frau mit wirren grauen Haaren und weit aufgerissenem Mund, aus dem das rasselnde Atmen kam. Sie schien gelähmt, nichts bewegte sich an ihr, nicht einmal die Bettdecke auf ihrer Brust, wenn sie ein- und ausatmete. Aber die Augen wendeten sich, so weit sie konnten, den Eintretenden entgegen, blickten skeptisch und klar, als hätten sie nichts zu tun mit dem qualvoll Luft einsaugenden vertrockneten Mund. Neben der Sterbenden saß eine etwa fünfzigjährige, hart und verbraucht aussehende Frau, die in Abständen, wie mechanisch, immer dieselben Worte sagte: «Gleich, Tante Gertrud, gleich kommt der Leib des Herrn.»

An der Frisierkommode stand, mit dem Rücken zur Tür, ein Priester im schwarzen Anzug mit umgelegter Stola, ein schwerer, kahlköpfiger alter Mann. Er hatte eine Kerze angezündet und kleine Dosen und Töpfe mit Essenzen und Öl bereitgestellt. Als er sich umwendete und die Eingetretenen mit stummem Nicken begrüßte, sah Katharina, daß er zitterte und schweißüberströmt war und daß er tiefe Schatten unter den Augen hatte.

Am Tisch, der mit drei Teetassen, Zucker und Gebäck gedeckt war, saß eine mumienhaft dürre alte Dame mit schütteren, strähnigen weißen Haaren. Sie war in eine Art Kimono mit weiten Ärmeln gehüllt. Auch diese Greisin hatte aufmerksame Augen, die sich groß und dunkel auf Katharina und Robert richteten. Mit dünnen knochigen Fingern winkte sie Katharina und Robert. Sie sollten näher treten. Der eingefallene gebißlose Mund verzog sich zu dem, was früher, als die Kiefer noch nicht deformiert und die Zähne noch vorhanden waren, ein Lächeln gewesen war.

«Da seid ihr ja, Kinder», sagte die Greisin leise, aber überraschend deutlich zu verstehen, und eine sanfte Röte breitete sich auf den Wangenknochen aus, «nun kommt schon. Wir können gleich Tee trinken.»

Katharina und Robert sahen sich an. Sie wollten das Zimmer verlassen. Aber der Rückweg war ihnen jetzt durch den Priester versperrt, der vor der Tür stand und sich über die Sterbende beugte, sie schwitzend, zitternd betupfte und bestrich, und Lateinisches und Deutsches murmelte. Wenn sie die Letzte Ölung nicht stören wollten, mußten sie warten. Zögernd ergriffen Katharina und Robert die ausgestreckten kühlen Hände der Greisin und setzten sich an den Tisch. Die Greisin hielt Roberts Hand fest.

«Du siehst wohl aus, Jochen», sagte sie. «Und auch du hast dich gut herausgemacht, Karin», setzte sie hinzu und sah beide abwechselnd liebevoll an. Dann sprach sie eine Weile nichts, sah nur hinüber zu der Sterbenden, aufmerksam registrierend, was mit der geschah. Der Priester hatte ein schwarzes Buch aufgeschlagen neben die Sterbende aufs Bett gelegt. Während er murmelte, sah er immer wieder hinein. Er war unsicher, fing deutsch an und fuhr lateinisch fort, und dann sah er ins Buch und korrigierte sich. Katharina sah an der Stirn der neben ihr sitzenden Greisin blutige Schrammen. Auf dem Läufer, der zum Waschbecken führte, waren Blutflecken. Das scharfe Rasseln aus dem Mund der Sterbenden nahm an Lautstärke zu. Der Priester legte eine Hostie in den Mund. Mit einer schrecklichen Steigerung des Rasselns fiel die Hostie wieder aus dem Mund. «Aber Mutter», flüsterte der Priester, «ihr wollt doch den Leib des Herrn, nicht wahr, ihr wollt ihn doch.»

«Ja», bestätigte hastig die Frau an der Seite der Sterbenden, «Tante Gertrud hat es immer gewünscht, sie hat es mir ausdrücklich gesagt.»

«Also Mutter», sagte der Priester, «gebt acht.» Und er schob die Hostie noch einmal vorsichtig in den rasselnden Mund, und noch einmal fiel sie heraus.

«So ist das», stellte die Greisin neben Katharina fest.

Die Sterbende richtete ihren Blick auf Katharina. Katharina begriff, daß sie zu Hilfe gerufen wurde. Aber sie konnte nicht helfen. Zum drittenmal legte der Priester die Hostie in den Mund, half behutsam mit einem kleinen Löffel nach. Die Sterbende verschluckte sich, hustete krampfartig. Nach röhrendem Würgen und Krächzen fuhr sie mit dem normalen Rasseln fort, die Hostie kam nicht mehr zum Vorschein.

Plötzlich verfärbte sich die Greisin neben Katharina, ihre Haut wurde grau, die eben noch aufmerksamen Augen trübten sich, und die Hand, mit der sie Roberts Handgelenk umklammert hielt, zitterte. Zugleich hörte Katharina es tropfen und plätschern. Die Blase der Greisin entleerte sich in den Polsterstuhl. Unter dem Stuhl bildete sich eine Pfütze.

Robert nahm die Hand der Greisin in seine Hand, und er streichelte sie. «Das macht nichts, Mama», sagte er etwas hilflos, «das vergeht.»

Die Greisin zog ihre Hand aus Roberts Hand, verbarg ihre Hände in den Kimonoärmeln, blickte vor sich hin und schüttelte langsam, aber entschieden den ausgemergelten Kopf. Dann blieb sie stumm, ohne jede Regung, am Tisch sitzen.

Da der Priester sich wieder an den Friesiertisch begeben hatte, um seine Flaschen und Töpfe einzupacken, konnten Robert und Katharina rasch den Raum verlassen. Die Sterbende blickte Katharina nicht mehr an. Sie blickte zur kalkweißen, von einer weißen Porzellanlampe grell beschienenen Zimmerdecke.

Auf dem Flur und auf der Treppe begegnete ihnen keine Pflegerin. Also gingen sie hinunter bis zum Glaskasten. Die hagere Schwester sah vom Eintragungsbuch auf und öffnete die Sprechklappe.

«Schon zu Ende?» fragte sie.

«Noch nicht», sagte Katharina.

«Das hätte mich auch gewundert», sagte die Schwester.

«Der Herr Pfarrer braucht immer sehr lange. Wenn er den Kaplan schickt, geht's schneller. Hoffentlich hat Sie die Frau Müller nicht gestört. Die spinnt ein bißchen. Jeden Sonntag vor dem Mittagessen deckt sie den Tisch zum Teetrinken für ihren Sohn und ihre Schwiegertochter. Aber von denen hat sich schon seit Jahren keiner mehr sehn lassen.»

«Nein», sagte Katharina, «die Frau Müller hat uns nicht gestört. Aber Sie müssen mal jemand zu ihr schicken.»

«Danke», sagte die Schwester. «Entweder sie fällt aus dem Bett, oder sie macht ins Zimmer.» Und sie drückte einen Klingelknopf, während Katharina und Robert die Stufen zum Eingang hoch gingen. Sie drückte einen weiteren Knopf für Haustür und Eingangsgitter. Beide ließen sich mit der Hand weder von außen noch von innen öffnen.

Schweigend fuhren Katharina und Robert aus Bad Nauheim hinaus und auf die Autobahn in Richtung Kassel. Erst als sie hinter Gießen waren, sagte Katharina:

«Kreppel und Lohmann hatten recht. Es war überflüssig, nach Nauheim zu fahren. Aber sie wußten nicht, warum es überflüssig war.»

Nach zehn Kilometern setzte sie hinzu: «Der verdammte Verein. Sie hätte mir gesagt, was mit dem Verein los ist, die Tante Gertrud. Mir hätte sie's gesagt. Mir schon.»

«Ich würde jetzt gern was essen», sagte Robert.

Im gleichen Augenblick tauchten sie in eine tiefliegende Nebelbank ein. Die Scheiben beschlugen, zementgraue Düsternis umgab sie. Robert fuhr sofort langsam, hielt sich etwas rechts von der eben noch erkennbaren weißen Mittellinie. Beide kurbelten die Fensterscheiben herunter. Kalte Feuchtigkeit drang ins Auto. Schnelle Wagen mit grellen Nebelleuchten überholten sie, blendeten sie mit gleißend-roten Nebelrückleuchten, verschwanden wenige Meter vor ihnen, als hätte es sie nie gegeben. So fuhren sie mehr als anderthalb Stunden. Als der Nebel durchlässig wurde und sich in Schwaden auflöste, die in den Wäldern links und rechts der Bahn zwischen den kahlen Laubbäumen am Berg hingen, war vor ihnen eine endlose Kette roter Bremslichter zu sehen. Die Dämmerung begann, und auf der Autobahn standen einige hundert Autos, fuhren zehn Meter, standen, schoben sich schließlich langsam in zwei Kolonnen nebeneinander weiter. Auch das ging so über eine Stunde. Irgendwo weit vorn bei Kassel mußte es einen Unfall gegeben haben. «Einer der Herren, die uns überholt haben, vermutlich», sagte Robert. Katharina sah in den dunklen Autos neben sich ums Steuerrad gekrampfte Hände, weiße Gesichter mit zusammengepreßten Lippen, hektische Bewegungen. Sie sah, wie die Fahrer ihre Wagen lospreschen ließen, um Zentimetervorteile zu haben. Sie sah Robert an. Auch sein Gesicht wirkte jetzt angespannt, müde. Er schaltete falsch, trat zu hart auf die Bremse.

«Laß uns bei der nächsten Ausfahrt rausfahren und hier übernachten, oder?» sagte sie.

Wenig später war die erste Ausfahrt von Kassel angezeigt. Als sie sie endlich erreichten, war in der Dunkelheit vor ihnen der Verlauf der Autobahn markiert durch eine Kette von unbeweglich strahlenden Schlußlichtern. Nur wenige Autos verließen mit ihnen die Autobahn.

Kurz vor Kassel fiel ihnen ein großes neues Hotel auf. Sie fuhren heran. «Sieht teuer aus», sagte Robert. «Egal», murmelte Katharina und zuckte die Schultern.

In der Eingangshalle Marmor, weicher dicker Teppich, Tüll, Plüsch, riesige Topfpflanzen, Softmusik aus unsichtbaren Lautsprechern, leise, höfliche Empfangsdamen mit Stewardessenlächeln. Das Zimmer geräumig, mit Bad, Fernseher und zwei breiten Betten. Katharina fühlte sich unbehaglich. Im Restaurant war die Musik lauter. Vier junge Männer in rosa Hemden und blauen Hosen hantierten mit unbeteiligtem Gesichtsausdruck an Gitarre, Schlagzeug, Klavier und Klarinette. Vor ihnen am Mikrofon ruderte mit dünnen nackten Armen rhythmisch ein mageres, blondgefärbtes Mädchen in langem Kleid und sang dazu starr lächelnd: «In Spanien scheint die Sonne Tag und Nacht, man fragt sich, wie sie das wohl macht, evviva Espagna.» Auf einer marmornen Tanzfläche bewegten rosige, dickliche, gutgekleidete Herren mittleren Alters rosige, dickliche Damen mit nackten weißen, gewellten Oberarmen zum Sonntagsnachmittagstee.

Zwischen Plüsch und Marmor, vor einer mächtigen holzverkleideten Säule sitzend, warteten Katharina und Robert darauf, daß sich einer der Kellner im weinroten Jackett oder eine Kellnerin im weinroten Dirndl um sie kümmerte. Inzwischen las Katharina aus der Speisekarte vor, und Robert las vor, was in der «Welt am Sonntag» über die Arbeit der Westberliner Polizei berichtet wurde. Als Katharina bei «Seelachs à la Carteret» angekommen war und Robert bei «der Frage, ob hier bloß Nachlässigkeit vorliegt oder ob die Polizei ihr Selbstverständnis neu durchdenken muß», wurde ihnen von der Kellnerin im Dirndl mitgeteilt, daß es, wie ja auch in der Speisekarte vermerkt sei, erst ab achtzehn Uhr warme Speisen gäbe.

Robert sah auf die Uhr. «Noch eine halbe Stunde», sagte er. «Wollen wir nicht weiterfahren?»

Zehn Minuten später waren sie, schokolade- und kekskauend, wieder auf dem Weg zur Autobahn. Die lag jetzt fast leer vor ihnen in der Dunkelheit, kein Stau, kein Nebel, kein Unfall. Zunächst schlief Katharina. Nach Braunschweig fing sie an, Robert einiges über ihre Untersuchung zu erzählen. Er hörte aufmerksam zu, ohne sie zu unterbrechen. Dann äußerte er sich: Er war sicher, daß sich hinter den Masken nur die Rocker verbergen konnten.

«Warum?»

«Die Masken, Karikaturen bürgerlicher Typen, zeigen die uneingestandene Sehnsucht nach dem bürgerlichen Leben.»

«Aha», sagte Katharina.

«Du wirst sehn, ich habe recht.»

«Was die Sehnsucht nach dem bürgerlichen Leben anlangt, sicher. Aber die können auch andere Leute haben.»

«Wer zum Beispiel?»

Katharina gab keine Antwort. Statt dessen begann sie, etwas unvermittelt, über ihr Gespräch mit Robert am Freitagabend bei Lammkotelett und Bohnen zu reden, und welche Folgerungen vernünftigerweise daraus zu ziehen wären. Robert fand, vernünftig sei, sich jetzt um die rasante Frau von fünfzehn Jahren zu kümmern. Und sie überlegten, wie sie Kathinka in ihr Zusammenleben einbeziehen könnten.

Kurz vor der Kontrolle an der DDR-Grenze begann es zu schneien. Aber der Schnee war naß, blieb nicht liegen. In der Höhe von Magdeburg regnete es. Von da an fuhr Katharina. Robert schlief anderthalb Stunden. Bei der Einfahrt nach Westberlin war es kalt und klar, mit fast rundem Vollmond über der Stadt.

Auf der Avus, nach der Ausfahrt Nikolassee, sah Katharina im Rückspiegel einige schwankende starke Scheinwerfer sich mit großer Geschwindigkeit nähern. Ein fernes Donnern schwoll rasch zum ohrenbetäubenden Knattern und Dröhnen an.

«Die Lieblinge», sagte sie. Da wurden sie schon überholt. In Doppelreihen rasten schwarze Gestalten, zu zweit tief geduckt auf schwarze Motorräder und scharf von den hinter ihnen Fahrenden angestrahlt, an ihnen vorbei. In wenigen Sekunden waren nur noch, weit vor ihnen, schwache rote Schlußlichter zu sehen. Robert sah auf die Leuchtziffer seiner Uhr: kurz nach elf.

«Was war das?» fragte Robert. «Geplante Aktion? Oder Zufall?»

«Nach den Zeugenaussagen, die wir in den Akten haben», erläuterte Katharine langsam und geradezu umständlich, «gehört es zu den Gewohnheiten von Luzifers Lieblingen, einzeln, auf Umwegen, zu ihrem Sammelplatz, gegenüber vom Rasthaus Grunewald an der Ecke Kronprinzessinnenweg, zu fahren, und zwar meistens sonntags. Bei gutem

Wetter geht das schon nachmittags los. Da rasen sie bis nachts eben ein paarmal über die Avus. Wegen Geschwindigkeitsüberschreitung sind fast alle schon polizeilich verwarnt worden. Vorigen Sonntag sind sie im Anschluß an ihre Avus-Raserei zum erstenmal in der Nähe vom Lietzensee erschienen. Vorigen Mittwoch zum zweitenmal. Ich würde mich nicht wundern, wenn sie jetzt wieder in der Lietzensee-Gegend loslegen würden.»

«Warum gerade in der Lietzensee-Gegend?»

«Um zu provozieren.»

«Wen?»

«Ich vermute, die Maskierten.»

Nach einer Pause erkundigte sich Robert: «An welchen Wochentagen sind die denn beobachtet worden?»

«An allen außer sonntags und mittwochs.»

Katharina fühlte den Blick Roberts. «Sag mal», fragte er, «findest du das logisch, was du da vermutest? Wenn die Maskierten nur sonntags und mittwochs nicht beobachtet werden, die Lieblinge sich aber fast ausschließlich an genau diesen beiden Tagen bemerkbar machen, liegt doch wohl der Schluß näher, daß Aktionen der Maskierten sonntags oder mittwochs deshalb nicht stattfinden, weil sie an diesen beiden Tagen ohne Maske als Luzifers Lieblinge herumkurven. Nein? Und wieso nimmst du an, die Maskierten sind in der Lietzensee-Gegend zu erreichen? Nur weil sie da den Buchhalter umgebracht haben?»

«Ich kann mich ja irren», murmelte Katharina. Sie waren am hellbeleuchteten Messedamm vor dem Funkturm angelangt. Sie hielt an der Ecke Masurenallee vor einer Telefonzelle. «Eine Minute», sagte Katharina. Sie öffnete die Autotür einen Spalt, blickte nach hinten, lauschte einen Moment, wobei sie in Richtung Neue Kantstraße–Lietzenseebrükke blickte, hörte und sah aber nichts außer dem normalen Spätabendverkehr. Sie öffnete die Tür ganz und war mit ein paar Sprüngen drüben an der Telefonzelle, kramte ihr Notizbuch aus der Handtasche, drehte die Nummer des Altenheims. «Michelsen.» Sophie Michelsen brachte es fertig, ihren eigenen Namen mit tadelndem Unterton auszusprechen.

«Ledermacher, Kriminalpolizei. Entschuldigen Sie den späten Anruf. Aber ich müßte Herrn Bockelmann sprechen. Würden Sie ihn mir freundlicherweise an den Apparat holen lassen?»

«Herr Bockelmann ist mit einigen unserer Herrschaften in der Philharmonie», sagte Frau Michelsen kühl. «Wäre etwas auszurichten?»

«Danke. Ich rufe morgen noch mal an.»

Katharina kam sehr zufrieden zum Auto zurück. Inzwischen saß Robert am Steuer.

«Wer weiß», sagte er, während sie losfuhren und in die Neue Kantstraße einbogen, «ob du nicht gleich dienstlich tätig werden mußt.»

Kaum hatten sie die Lietzenseebrücke mit den beiden dunklen Parkhälften hinter sich gelassen, sahen sie, daß vorn beim Amtsgericht der Verkehr stockte und durch Polizisten mit leuchtenden Stoppkellen links und rechts in die Suarezstraße gewunken wurde. Als sie hinter einem Bus, der ihnen zweitweise die Sicht genommen hatte, langsam herangekommen waren, eingekeilt zwischen anderen Autos und quer über die Straße drängenden Fußgängern, begriffen sie die Situation. Auf der Kreuzung Kantstraße–Suarezstraße standen mitten auf dem Fahrdamm lässig Luzifers Lieblinge zwischen ihren Motorrädern. Sie hatten noch die schwarzen Helme auf. Einige von ihnen waren Mädchen. Im Kreis um sie herum Polizisten auf Motorrädern, bei laufenden Motoren bereit, sofort loszufahren. Um diese Polizisten wiederum standen in größerem Abstand weitere Beamte mit Schlagstöcken, die die Einmündung der Suarezstraße und der Witzlebenstraße sicherten und die Neugierigen zurückdrängten. Und auf dem dunklen Platz vor dem Amtsgericht waren Mannschaftswagen, Wasserwerfer und Notdienstwagen aufgefahren. Das Licht der Straßenlampen, der Auto- und Motorradscheinwerfer, die erleuchteten Schaufenster im Hintergrund, die Neugierigen, der hinter Wolken diffuse Mondschein, die düstere Fläche des Platzes vor dem Amtsgericht, die in scharfen Lichtkegeln ruhig verharrenden Lieblinge, die im Helldunkel sich bewegenden Polizisten, die Geräusche der laufenden Motoren, die Zurufe der Neugierigen, all das machte den Eindruck des dramatisch Arrangierten, als handele es sich um Nachtaufnahmen für einen Film.

Katharina erkannte Mölling vor einem Mannschaftswagen. Er machte gerade eine weitausholende Armbewegung. Aus den Schatten der Mannschaftswagen lösten sich zehn, fünfzehn Beamte und gingen auf Luzifers Lieblinge zu. Es schien, Möllings mobiler Eingreifsreserve war eine perfekte Falle geglückt.

Robert hielt. Neben ihnen auf dem Bürgersteig standen drei alte Männer und zwei jüngere und diskutierten. «Geschieht denen recht – mußte ja mal durchgegriffen werden – die haben hier vielleicht rumgehupt, wie die Affen, sage ich, wie die Affen, und immer im selben Rhythmus.» Ein dicker Mann mit Fellmütze versuchte den Rhythmus wiederzugeben: «Da, da, dada . . .»

«Weiter», rief ein Beamter vor Roberts Auto und winkte sie mit Stoppkelle und Leuchtstab rechts in die Suarezstraße. «Nicht anhalten. Weiterfahren.»

Mehrere Wagen rollten an ihnen vorbei und bogen in die Suarezstraße ein.

«Laß mich aussteigen», sagte Katharina, während Robert schon anfuhr. Er bremste wieder.

«Weiter, habe ich gesagt», brüllte der Beamte, als Katharina die Tür öffnete.

In diesem Augenblick berührte einer der Polizisten, die jetzt die Lieblinge in den grellen Lichtkegeln der Motorradscheinwerfer erreicht hatten, die Schulter eines der Jungen. Der schüttelte die Hand unwirsch ab. Sofort wurde er von zwei Polizisten gepackt. Er stieß sie zurück. Ein dritter Polizist schlug ihn mit dem Schlagstock auf Hände und Unterarme. Der Junge reagierte mit Boxhieben. Als sich weitere Polizisten mit Schlagstöcken auf ihn stürzen wollten, warfen sich andere Lieblinge mit wirbelnden Fahrradketten dazwischen. Eine kurze Schlägerei entstand. Katharina sah, daß viele der Polizisten vor Aufregung schwitzten und ungezielt, dafür überaus hart mit den Schlagstöcken zuschlugen. Der Polizist, der sie zum Weiterfahren aufgefordert hatte, drehte sich um, beobachtete unschlüssig den Kampf, zog schließlich den Schlagstock, drehte ihn nervös in der Hand. Aber da waren fast alle Lieblinge Luzifers schon zu Boden gegangen. Zwar bewahrten die Helme sie vor Schlägen auf den Kopf, aber sie mußten versuchen, Brust und Unterleib zu schützen. Katharina sah, wie erregte Polizeibeamte einem Mädchen, das den Helm verloren hatte und neben einem Motorrad lag, mit dem Schlagstock über den Kopf schlugen und es in den Bauch traten. Für einen Moment glaubte Katharina, den jungen Polizisten aus Baumanns Büro wiederzuerkennen, der nicht hatte Schweißer werden wollen. Ihr fiel eine Stelle aus dem Brief Henkes an seinen Rechtsanwalt ein: ich hasse Waffen, ich würde niemals einen Menschen töten können, aber seit mein unbewaffneter Freund unter bis heute nicht geklärten Umständen auf offener Straße von Polizisten in Zivil erschossen wurde, habe ich ständig Angst gehabt und mir deshalb auch eine Pistole verschafft, was blöde war, denn geschossen hätte ich ja nie.

Nach wenigen Minuten war alles vorbei. Kein Schlag eines Polizeibeamten hatte auch nur versehentlich ein Motorrad getroffen. Luzifers Lieblinge wurden in Gefangenenwagen geschleppt, ihre Motorräder auf Lastwagen gerollt. Mölling hatte an alles gedacht. Die Beamten gaben die Straße frei und bestiegen ihre Mannschaftswagen. Die Motorradstreifen ratterten los, die Mannschafts- und Gefangenenwagen samt Wasserwerfer hinterher. Zurück blieben Gruppen diskutierender Passanten: «Richtig so, sage ich, jetzt wissen die auch mal, wie's ist, wenn man zusammengeschlagen wird.» Und ein alter Mann schob mit der Spitze seines Stocks eine Fahrradkette, die vor der Ampel der Einmündung Suarezstraße auf dem Fahrdamm liegengeblieben war, an den Rinnstein, vorsichtig, als sei sie eine giftige, noch nicht ganz tote Schlange.

«Die Reise nach Bad Nauheim hat sich gelohnt», sagte Katharina, als Robert langsam weiterfuhr, und sie summte «da, da, dada» vor sich hin, in dem Rhythmus, den sie von dem dicken Mann mit Fellmütze gehört hatte.

11

Montagfrüh um halb acht begann Katharina mit der Befragung der Lieblinge Luzifers. Eine Stunde später rief Staatsanwalt Lohmann an.

«Ich höre, Sie haben dem Vernehmungsrichter gegenüber Ihre Absicht geäußert, alle gestern festgenommenen Rocker wieder freizulassen.»

«Ja.»

«Das ist mir unverständlich.»

«Die Ausweise sind in Ordnung, die angegebenen Adressen überprüft, die Eltern oder Erziehungsberechtigten der fünf minderjährigen Mädchen benachrichtigt. Falls unter Luzifers Lieblingen Jugendliche ohne festen Wohnsitz sind, so befinden sich die jedenfalls nicht unter den Festgenommenen. Und die Gründe, die gestern abend zu einer Festnahme der Lieblinge führten, reichen nicht aus, sie weiterhin eingesperrt zu halten.»

«Da bin ich aber anderer Ansicht. Zum Beispiel haben wir Widerstand gegen die Staatsgewalt.»

«Darüber muß der Vernehmungsrichter entscheiden. Falls es zum Prozeß kommt, habe ich angeboten, als Zeuge auszusagen. Ich habe die Vorgänge beobachtet. Die Lieblinge verhielten sich so lange ruhig, bis ein Beamter entgegen den Vorschriften Hand an sie legte.»

Pause. Dann: «Sagen Sie, Frau Ledermacher, ist Ihnen nicht aufgefallen, daß wir die Lieblinge eingesammelt haben, damit Sie endlich die Verantwortlichen für den Tod Hermann Brückners herausfinden können?»

«Ich bin dabei, die Verantwortlichen für den Tod Hermann Brückners herauszufinden.»

«Aber ich höre, von Hermann Brückner ist bei Ihnen nicht die Rede.»

«Allerdings nicht.»

«Sondern Sie versuchen, die Lieblinge zur Wiedergabe des Rhythmus der Hupgeräusche zu veranlassen.»

«Ja. Wenn auch ohne Ergebnis. Die Lieblinge verweigern jegliche Aussage. Ich habe mich darum an einige Beamte gewendet, die gestern abend eingesetzt waren. Die haben mir bereitwillig und im Ergebnis übereinstimmend den Rhythmus der Hupgeräusche wiedergegeben, mit denen die Lieblinge durch die Neue Kantstraße gefahren sind. Da ich weiter nichts erfahren wollte, sehe ich keinen Grund, die Lieblinge noch länger hierzubehalten.»

«Ist das Ihr Ernst? Sie wollten nur den Rhythmus der Hupgeräusche erfahren?»

«So verhält es sich, Herr Lohmann.»

«Und wer Hermann Brückner umgebracht hat, wollen Sie nicht erfahren?»

«Aber doch.»

«Wo suchen Sie dann, wenn man fragen darf, den Täter?»

«Nicht unter den Lieblingen.»

«Ach. Vielleicht in Bad Nauheim, ja? Oder wo?»

Katharina blieb sachlich. «Darüber möchte ich heute nachmittag mit Ihnen sprechen.

«Gut. Nur fürchte ich – aber gut. Heute nachmittag.»

Wenig später rief Zobel im Vernehmungszimmer vom Gefängnistrakt an. Er hatte von Mölling erfahren, daß der Wirt vom *Charlottenburger Faß* gestern abend um Polizeischutz gebeten hatte, weil er einen Rockerüberfall befürchtete. Katharina war allein im Zimmer. Die Lieblinge, die einer nach dem andern von ihr verhört worden waren, versammelten sich jetzt auf dem Flur und warteten, daß ihnen die Ausweise zurückgegeben würden. Katharina hörte draußen ihre Schritte, kurze mürrische Bemerkungen, müdes Hinplumpsen auf die Holzbänke.

«Zobel», sagte Katharina, «keiner der Lieblinge ist doch gestern abend im ‹Charlottenburger Faß› erschienen, oder?»

«Keiner.»

«Das heißt also, der Wirt hat sie erwartet, hat sie vielleicht – nein, sicher – auch schon gehört und sofort die Polizei benachrichtigt.»

«Und dann saß er da und zitterte und wartete auf die Lieblinge, die zur gleichen Zeit vor dem Amtsgericht zwei Straßen weiter hochgenommen wurden.»

«Ja. Frage: Warum hat er gezittert? Wieso glaubte er, daß die Lieblinge ausgerechnet zu ihm wollten. Zobel, Sie haben doch schon die ganze Zeit den Eindruck, daß mit dem ‹Charlottenburger Faß› was nicht stimmt. Gehen Sie mit Doris hin, klopfen Sie mal auf das Faß. Und wenn das Faß noch nicht geöffnet hat, geht zum Wirt in die Wohnung.»

«Mit Vergnügen, Ledermacherin. Übrigens, Lohmann hat Kreppel vorgeschlagen, daß die Staatsanwaltschaft das Verfahren in Sachen Ledermachers Lieblinge, so nannte er das, an sich zieht. Aber Kreppel will nicht. Und der Chef ist auch dagegen.»

«Na ja», sagte Katharina, «Kreppels Lieblinge hört sich auch wesentlich uninteressanter an.»

Als Katharina den Flur betrat, nahm keiner der Jungen und Mädchen von ihr Notiz. Sie lungerten in verdrecktem schwarzem Leder auf den Bänken, auf dem Boden, blaß, die meisten mit dem Gesichtsausdruck unausgeschlafener Kinder. Aber einige hatten längst kein kindliches Gesicht mehr. Zum Beispiel der Junge, den Katharina schon vorige Woche vernommen hatte. Sein haßerfülltes Gesicht erschreckte sie. Eins der Mädchen hatte entzündete, geschwollene Augen. Ein anderes Mädchen war noch gestern vom Notarzt untersucht worden. Es hatte über Schmerzen im Unterleib geklagt. Der Arzt hatte nichts festgestellt. Das Mädchen hockte gekrümmt auf dem Boden, die Arme um den Leib gepreßt.

«Sie werden jetzt entlassen», sagte Katharina. «Sie haben Verfahren zu erwarten wegen Verkehrsgefährdung, ruhestörendem Lärm und Widerstand gegen die Staatsgewalt. Wenn Sie heute abend ein Bier im ‹Charlottenburger Faß› trinken wollen, können Sie's tun, obwohl das ja nicht eigentlich ein Rockerlokal ist.»

Niemand rührte sich. Die Anspielung schien keinen zu treffen. Katharina fuhr fort: «Auf Erpressung stehen übrigens harte Strafen. Auch für Jugendliche.» Das war ins Blaue geschossen. Aber es traf. Ein paar Lieblinge hoben den Kopf und sahen Katharina an, betont gleichgültig, aber sie sahen sie an. «Und das Lokal steht unter Polizeischutz.» Das traf nicht, gelangweilt starrten die Lieblinge wieder vor sich hin. «Einige von Ihnen werden unten am Tor von Eltern oder Erziehungsberechtigten erwartet. Die anderen bitte ich, umgehend nach Hause oder in den jeweiligen Betrieb zu fahren.» Katharina fiel auf, daß nur fünf der Jungen und zwei Mädchen die Buchstaben ADW aufgenäht am Ärmel trugen. Aber sie fragte nicht danach. Sie wußte, sie würde auch jetzt keine Antwort erhalten.

Am späten Vormittag lag das Kundenverzeichnis der Steglitzer Disconto-Bank auf dem Schreibtisch in Katharinas Büro. Gerfried stand neben ihr, als sie das Schreiben öffnete. Zobel und Doris waren zum *Charlottenburger Faß* unterwegs. Schon auf der ersten Seite des Verzeichnisses fanden Katharina und Gerfried gleichzeitig den Namen Hermann Brückner.

Gerfried schien durch diese Tatsache zugleich befeuert und irritiert. «Die Namen der Leute, die während des Überfalls in der Bank anwesend gewesen sind, stehen fest. Brückner war nicht unter ihnen.»

«Unter denen? Nein», sagte Katharina zufrieden.

«Diese Leute, die während des Überfalls zufällig in der Bank waren, könnte man natürlich als Kunden der Bank bezeichnen. Wir haben das ja auch gemacht. Sie wollten Geld wechseln oder einzahlen. Aber keiner von ihnen hatte ein Konto bei der Bank. Würde ein Angestellter der Bank sie als Kunden ansehen?»

«Wahrscheinlich nicht», sagte Katharina.

«Wenn der Kassierer also in dem Moment, wo er einem der Bankräuber die Maske heruntergerissen hat, ausruft: Achtung, der Kunde, dann müssen wir doch annehmen, daß er ...» Gerfried unterbrach sich und murmelte: «Das ist ein Ding. Das ist ein Hammer.»

«Dann müssen wir annehmen», setzte Katharina seinen Satz ruhig fort, «daß der Kassierer einen wirklichen Kunden seiner Bank gesehen hat. Ja. Und deshalb werden wir jetzt das Labor bitten, schleunigst die

Fingerabdrücke auf der Maske mit den Fingern von Hermann Brückner zu vergleichen.»

«Sieh an», sagte Gerfried. «Der alte Brückner. Goldbrille schlägt zu. Aber wenn er doch alles so ordentlich abheftete, warum haben wir unter ‹Belege, jährlich›, keinen einzigen Kontoauszug gefunden?»

«Weil er die Kontoauszüge unter Ozel ablegte, vermutlich», antwortete Katharina und drehte die Nummer des Labors.

Anderthalb Stunden später wußten sie: Die bisher nicht identifizierten Fingerabdrücke auf der Maske stammten von Hermann Brückner. Zwischendurch hatte Bockelmann angerufen. Er stünde gern zur Verfügung, worum immer es sich handele. Katharina dankte und teilte ihm mit, es habe sich schon erledigt. Dann rief Doris an: Zobel und sie hätten das ganze Lokal sorgfältig in Augenschein genommen. Der Wirt sei sehr ängstlich und sehr gefällig gewesen. Er hätte von sich aus alle Schränke und Kommoden geöffnet, um zu zeigen, daß er nichts verbergen müsse. Er hätte aber keine klare Auskunft darüber gegeben, warum er gestern abend Angst vor Rockern gehabt habe. Und dann sei Zobel absichtlich gegen einen kleinen Eckschrank gestoßen, den der Wirt zu öffnen vergessen hatte. Die Tür sei aufgesprungen, und drinnen hätte unter Gerümpel ein Teakholzaschenbecher gelegen, mit einem frisch gebohrten Loch in der Mitte, geeignet für einen kleinen Eisenmast. Der Wirt hätte sich nicht erklären können, wie dieser Aschenbecher in diesen Schrank geraten sei. Aber das sei offensichtlich eine Lüge gewesen. Es sei nicht klar auszumachen, ob der Wirt mehr Angst vor den Rokkern, den Ozel-Leuten oder vor der Polizei habe.

Katharina bat sie, mit Zobel im Lokal zu warten. Sie werde sofort einen Durchsuchungsbefehl ausstellen lassen und Gerfried mit einigen weiteren Beamten losschicken.

«Wenn ich also die bisherigen Ergebnisse richtig kombiniere», sagte abermals eine Stunde später Staatsanwalt Lohmann, «so kommen wir zu folgenden Schlüssen. Erstens.» Er machte eine Pause, dachte nach. Seine Zuhörer: der Referatsleiter, der Leiter der Pressestelle und Katharina, alle eingehüllt in den Qualm der Pfeife des Referatsleiters. Lohmann hustete. «Hermann Brückner muß als Mitglied einer Bande angesehen werden, die unter dem Namen Ozel ihr Stammquartier im *Charlottenburger Faß* hatte oder hat und auf Bankraub spezialisiert ist. Zweitens. Brückner ist offenbar einem internen Gericht dieser Bande zum Opfer gefallen. Vielleicht, weil man ihm übelnahm, bei einem Überfall eine Maske verloren zu haben. Drittens. Alle uns bisher bekannten Tatsachen sprechen dafür, daß die Ozel-Bande identisch mit Luzifers Lieblingen ist. Wir haben die Lieblinge gestern nacht in Ihre Arme getrieben, Frau Ledermacher. Leider haben Sie Ihre Arme heute früh weit geöffnet und die Lieblinge entfliehen lassen. Ich möchte hier ausdrücklich erklären, wie bedenklich ich eine solche Verhaltensweise finde und daß ich Herrn Oberstaatsanwalt Kreppel vorgeschlagen habe, die Ermittlungen an sich zu ziehen. Ich sage das, Frau Ledermacher, damit Sie es nicht von anderer Seite zugetragen bekommen. Ich schätze Sie, aber hier ist Ihnen nach meinem Dafürhalten ein schwerwiegender Fehler unterlaufen. Nun, wie immer, Herr Oberstaatsanwalt Kreppel mochte sich vorerst nicht zu den von mir vorgeschlagenen Konsequenzen entschließen. Er wies auf das traditionell gute Einvernehmen zwischen der Staatsanwaltschaft und der Tötung hin. Ich stelle also meine Kritik einstweilen zurück, erwarte aber, daß jetzt unverzüglich Maßnahmen zur Wiederergreifung der Lieblinge eingeleitet werden.»

«Dann müssen Sie die Ermittlungen an sich ziehen, Herr Lohmann», sagte Katharina, «denn ich halte die Lieblinge und die Ozel-Bande nicht für identisch. Ich glaube zum Beispiel nicht, daß die Lieblinge gemeinsame Sache mit einem pensionierten Buchhalter machen. Wenn ich aber in diesem Fall weiter ermitteln soll, würde mir an einer ständigen Beobachtung des Altenheims Michelsen liegen. Dafür brauche ich weitere Beamte.»

«So überflüssig wie Ihre Nauheimer Reise», erwiderte Lohmann. «Ich verkenne nicht, daß im Zusammenhang mit dem Verschwinden der Ozel-Akten im Altenheim noch einiges geklärt werden muß. Aber das wird ja wohl auch ohne eine derart aufwendige Maßnahme möglich sein.»

«Dann», sagte Katharina und stand auf, «werde ich jetzt mal zur Hochschule für Musik fahren.»

Der Referatsleiter zündete zum zweitenmal seine Pfeife an, ohne sich anmerken zu lassen, was er von der Bemerkung Katharinas hielt. Der Leiter der Presseabteilung und der Staatsanwalt sahen einigermaßen überrascht aus.

«Verstehe ich Sie also recht» fragte Lohmann. «Sie wollen, um zu rekapitulieren, nicht davon ausgehen, daß die Ozel-Bande und Luzifers Lieblinge identisch sind?»

«Nein», sagte Katharina.

«Und Sie wollen jetzt, dienstlich, wie ich doch annehmen darf, zur Hochschule für Musik fahren?»

«Dienstlich, ja», sagte Katharina. «Denn die musikalische Ausbildung von Kriminalbeamten ist leider mangelhaft. Da muß man gelegentlich Wissenslücken auffüllen. Anschließend fahre ich zu Professor Kreuzner, einem international angesehenen Gerontologen. Vielleicht kann er uns helfen, die Frage zu beantworten, wieso ein siebzigjähriger ehemaliger Buchhhalter Bankräuber wird.»

Lohmann war nicht auf Kollision aus. «Nun ja», sagte er gedehnt, «ich verstehe das alles zwar nicht. Und die geforderte weitgehende Observierung des Altenheims muß ich nach wie vor ablehnen. Wir haben wirklich zu wenig Beamte. Aber wenn Sie meinen, all das, was Sie sonst vorhaben, sei nützlich, nun ja.»

«Es ist so überflüssig wie mein Besuch in Nauheim und die Beobachtung des Altenheims», sagte Katharina. «Inzwischen wird Gerfried zurückkehren und Sie vom Ergebnis der Durchsuchung der Kneipe informieren. Und ich werde mich, gleichgültig, ob weitere Beweisstücke gefunden sein sollten oder nicht, morgen früh um acht mit dem Wirt unterhalten.»

Es folgte eine jener Pausen, die immer dann entstanden, wenn die Mehrzahl der anwesenden Männer Katharinas Verhalten oder ihre Argumente oder beides mißbilligte, ohne sachliche Einwände erheben zu können. Der Leiter der Presseabteilung fing wieder an zu kauen und zu mahlen, schließlich raffte er sich zu einer Art Vermittlung auf. «Und Frau Michelsen?» sagte er. «Haben wir schon nachgeforscht, wo sie ihr Geld für die Farm in Kanada wirklich her hat?»

«Ziehn Sie doch die Ermittlungen an sich, Nering», sagte Katharina und fühlte geradezu die steile Falte zwischen ihren Augen, «dann werden wir's wissen.»

Abends, als sie ihren Bericht schrieb, bei Glühwein und am Küchentisch, weil sie in der Küche das beste Licht hatte und das Verhältnis von Stuhl zu Tisch angenehm war für sie, da bedauerte sie die Schärfe ihrer Antwort. Nering hatte nur einen Scherz machen wollen. Aber sie hatte ihren Ärger über Lohmann an ihm ausgelassen.

«Scheißweiber, zickige», murmelte sie, während sie ein Blatt aus der Maschine riß und zusammenknüllte.

«Auf wen schimpfst du», fragte Robert aus dem Arbeitszimmer, ohne aufzusehen und ohne den Zigarillo aus dem Mund zu nehmen. Er las den Bericht des Ausschusses für Kleinschreibung. Wie immer waren alle Türen in der Wohnung weit geöffnet und alle Räume hell erleuchtet.

«Auf dich», sagte Katharina, spannte einen neuen Bogen ein und warf einen Blick auf den Topf mit brodelnder Kalbsknochenbrühe auf dem Herd, «du hast zwanzigtausend Jahre lang mein Gehirn falsch trainiert. Deins allerdings auch.»

«Ich denke», sagte Robert ruhig und sah noch immer nicht auf, «wir sind gerade dabei, das zu ändern.»

Bevor Katharina antworten oder von neuem in die Maschine hacken konnte, klingelte das Telefon. Robert nahm ab, sagte seinen Namen, rief dann: «Für dich», und als Katharina das Arbeitszimmer betrat, las er schon wieder. Der Hörer lag neben ihm auf dem Schreibtisch. Katharina setzte sich auf den Schreibtisch zwischen die schon gelesenen Blätter des Kleinschreibausschusses, nahm den Telefonhörer und hörte eine weiche, etwas besorgte Stimme: «Katharina? Hier ist Ludwig.» Sie kannte keinen Ludwig. «Dein Vetter.» Der Pastor. Katharina erinnerte sich an einen untersetzten Mann in den Fünfzigern mit dichtem weißblondem Haar und stets besorgt blickenden, leicht hervorquellenden Augen im rötlichen Gesicht. Unter seinesgleichen galt er als fortschrittlich. Er hatte vor zehn Jahren versucht, seine Frau zu verlassen und mit einer jüngeren zu leben. Das hatte einen Riesenskandal gegeben. Er war dann aber nach vier Tagen wieder zu seiner Frau zurückgekehrt, weil, wie er sagte, Blut dicker als Wasser sei. Was immer das bedeuten mochte. Und hatte ein anderes Pastorat erhalten.

«Ludwig», sagte Katharina, «ja, Ludwig. Wie geht's denn.»

«Entschuldige, daß ich hier anrufe. Ich habe dich in deiner Wohnung nicht erreicht. Seit gestern früh versuche ich es schon.» Eine milde, vorwurfsvolle Pause. Hüsteln. Der Fortschrittliche. Peinlich berührt davon, in der Wohnung des Freundes seiner Kusine anrufen zu müssen. Noch ein Hüsteln. Dann: «Tante Fenna ist tot.» Pause. «Hörst du noch?»

«Ja, ich höre. Erzähl.»

«Du warst ja wohl kürzlich in Hamburg.»

«Freitag, ja.»

«Schade, daß du keine Zeit gefunden hast, uns aufzusuchen. Sonst hätte ich dir, nun, es hat sich ja wohl schon angekündigt. Sie wird dir vom Prozeß gegen den Zahnarzt erzählt haben. Nun, es scheint, sie war dem ganzen wohl doch nicht mehr gewachsen. Am Samstagabend hat sie eine Überdosis Schlafmittel genommen.»

«Da habe ich zweimal versucht, mit Tante Fenna zu telefonieren.»

«Vielleicht wollte sie ja wirklich bloß ausschlafen, bei den Sorgen, die sie hatte. Offiziell nehmen wir das an. Deine Hamburger Kollegen folgen uns darin, glücklicherweise. Aber ich fürchte, in Wirklichkeit hat sie nicht mehr leben wollen.»

Katharina sah Tante Fennas Gesicht vor sich, als sie ihr in Schlagemihl's Restaurant erklärte, sie müsse sofort zurück nach Berlin. Ein faltiges, graues Gesicht, auf dem der Puder in Krümeln lag, müde, resignierte Augen, darüber die albern wippende violette Pfauenfeder. Katharina empfand, etwas unklar, eine Mischung aus Schuldgefühl und Unbehagen.

«Wer hat sie gefunden?»

«Onkel Ebilein.»

«Natürlich.»

«Auf dem Plattenspieler lief noch ihre Lieblingsplatte. Sah ein Knab' ein Röslein stehn, gesungen von Richard Tauber. So eine Schellackplatte, weißt du, vierzig Jahre alt. Und sie war hängengeblieben auf Röslein ro, Röslein ro.»

«Grauenhaft.»

«Wie bitte?»

«So zu sterben. Mit Röslein ro.»

«Nun, vielleicht fand sie es ja schön.» Hüsteln. «Nur, da ist eine

Peinlichkeit. Dir ist bekannt, es gibt ein Testament von ihr, demzufolge soll Onkel Ebilein Alleinerbe sein. Aber dann gibt es noch ein Testament, ein jüngeres, demzufolge sollst du den ganzen Schmuck von Tante Fenna erben und Onkel Ebilein das Geld. Sie hat es mir erzählt. Auch, daß du es weißt. Und sie hat mir beschrieben, wo sie das neue Testament ...» Hüsteln, Verlegenheit. Ludwig hatte keinen Kalauer machen wollen. Aber Katharina lachte nicht. Ludwig fuhr fort: «Wo das also von ihr aufbewahrt wurde. Um es kurz zu machen, es fand sich nur das ältere Testament. Das andere war verschwunden, überhaupt machte das Zimmer einen unaufgeräumten, um nicht zu sagen durchwühlten Eindruck. Schranktüren standen offen, Schubladen waren herausgezogen. Du weißt, wie ordentlich Fenna immer war. Und als ich Onkel Ebilein und Tante Evilein wegen der Beerdigungsmodalitäten besuchte, da trug Evilein schon den Schmuck, den du erben solltest. Ich mußte es dir sagen.» Pause. «Was gedenkst du zu tun?»

«Nichts.»

Ludwig schien erleichtert. «Nichts? Wirklich?»

«Was soll ich mit Schmuck. Ich hätte ihn weitergeschenkt, an deine Frau zum Beispiel. Ich mach mir nichts aus Schmuck.»

Ludwig wurde der Hörer aus der Hand genommen, Ludwigs Frau erzählte die Geschichte von Tante Fennas Tod noch einmal, und auch, daß nach ihrer Meinung Onkel Ebilein Tante Fenna vergiftet habe.

«Vielleicht», sagte Katharina, «warum nicht», und Ludwigs Frau lachte schallend los, während Katharina zugleich ein entsetztes «Aber Marga!» von Ludwig hörte. Und sie sagte, daß sie zur Beerdigung nicht kommen könne. Marga lud Katharina ein, das nächstemal, wenn Katharina in Hamburg zu tun hätte, ganz gewiß vorbeizukommen. Katharina versprach es. Einen Augenblick bedauerte sie, so wenig Verbindung zu ihrer Familie zu haben. Sie mochte Marga und ihr hartes, trockenes Lachen. Aber sie wußte, daß aus dem Besuch nichts werden würde.

«Ja», wiederholte sie, «ich komme bestimmt.»

Und besprach noch mit Ludwig Beerdigungsmodalitäten.

«Du wirst es schon angemessen machen», sagte sie, «du weißt doch da Bescheid, Choräle, Bibelspruch, erledige du das nur.» Dann Grüße unbekannterweise auch an Herrn Tillmann, und weiterhin alles Gute. Einhängen.

Nachdenklich blieb Katharina auf dem Schreibtisch sitzen.

«Schlimm?» fragte Robert an seinem Zigarillo entlang.

«Weiß noch nicht», sagte Katharina. «Tante Fenna war eine Säule meiner Theorie. Mal sehn, ob die Theorie jetzt noch hält.»

12

Katharina war doch zum Kommissarsstammtisch gegangen. Den ganzen Tag hatte sie mit dem Wirt vom *Charlottenburger Faß* geredet, einem fast zwei Meter großen, ungeheuer dicken Menschen, der mit kleinen, ängstlichen Augen über seine Fleischmassen hinweg Katharina flehend anblickte und sieben Stunden hintereinander beteuerte, von nichts etwas zu wissen. Katharina hatte gewußt, daß er log, und er hatte gewußt, daß Katharina es wußte, aber er hatte sie immer wieder beschworen, ihm trotzdem zu glauben. Weder Katharina, noch Gerfried, noch Zobel, noch Doris war es gelungen, ihm beizukommen. Schwitzend vor Angst, mit gequältem Gesichtsausdruck, hatte er ihnen widerstanden. Immer die gleiche Erklärung: keine Ahnung, wie dieser Teakholzaschenbecher in seinen Eckschrank geraten konnte. Da weitere Beweisstücke nicht zu finden gewesen waren, hatten sie sich auf Zermürbung des Wirts einrichten müssen und ihn für den nächsten Morgen wieder ins Büro bestellt. Außerdem saßen jetzt, während Katharina vor einer Butzenscheibe am verqualmten Kommissarsstammtisch mit Betrug und Einbruch Skat spielte, Zobel und Doris unter den Gästen im *Charlottenburger Faß*.

Katharina war um sieben Uhr abends, zwischen U-Bahnhof und Pestalozzistraße gegen eisigen Ostwind und durch die Dunkelheit fliegende Zweige und Zeitungsblätter ankämpfend, nach Hause gekommen und hatte Roberts Auto zwar vor der Tür, in der Wohnung aber nur einen Zettel gefunden: Bin zur Abendschule, Karl hat mich abgeholt. Darauf war sie um die Ecke ins *Wum* gegangen, wo man für sechsfünfzig ein gutes Steak mit viel Salat bekam. Als sie zwischen einem hageren Studenten und einem bärtigen Fliesenleger und neben einigen friedlich vor sich hin flippernden Dämmerschoten an ihrem Steak kaute, war ihr eingefallen, daß es wegen der Spannung zwischen ihr und Lohmann vielleicht nicht gut wäre, heute dem Stammtisch fernzubleiben. Das würde diese Spannung zu wichtig machen. Es würde demonstrativ aussehen. Seufzend hatte sie also das *Wum* verlassen, hatte zu Hause nach Roberts Autoschlüsseln gesucht und ebenfalls einen Zettel hingelegt: Bin zum Stammtisch.

Katharina war gefürchtet als Skatspielerin. Sie überreizte häufig. Das zeigte, daß sie weder das Spiel noch den Ärger ihrer Kollegen ernst nahm. Und es ließ vermuten, daß sie möglicherweise auch ihren Beruf nicht so ganz ernst nahm, nach dem in der Kommissarsrunde oft zitierten Ausspruch eines Skatmeisters: man spielt so Skat, wie man arbeitet. Andererseits, wenn sie einen guten Tag hatte, dann sagte sie richtig an, drosch die Trümpfe nur so herunter und kippte hineinander vier Malteser.

Das war den Männern auch nicht recht. Vor zwei Jahren hatte jemand eine Liste zusammengestellt, die fing so an: Was sagt die Ledermacherin, wenn sie etwas nicht glaubt oder wenn eine Situation ziemlich brenzlig wird? «Aha.» Was sagt sie, wenn sie etwas ganz genau weiß? «Ich kann mich ja irren.» Mit welchem Auto fährt sie? «Nicht mit ihrem eigenen.» Wie spielt sie Skat? «Gegen alle.» Und so weiter. Auf einem Betriebsfest war das dann vorgelesen worden. Aber hinterher hatten die Kollegen ihre Eheprobleme mit Katharina diskutiert.

Katharina hatte gerade beim Einsammeln eines Stichs den kleinen Stammtischwimpel umgeworfen, da sah sie, wie Luigi ihr zuwinkte: Telefon.

Er machte ein bestimmtes Zeichen dazu. Das bedeutete: dienstlich.

Ein Kommissar, der während der Stammtischrunde dienstlich ans Telefon gerufen wurde, kehrte selten bald zurück. Außerdem wußte jeder, daß Katharina in einem schwierigen Fall steckte. Sie verabschiedete sich, überließ Karten und Platz dem Kollegen Mohrmann, der immer noch sorgenvoll über den beiden von Katharina übernommenen Leichen Wankum und Engelhard brütete, und ging durchs Lokal zur Flurtür. Als sie neben der Flurtür ihren Mantel vom Haken nahm, sah sie, wie die schweren Vorhänge vor der Eingangstür zur Seite geschlagen wurden. Die beiden jungen Männer, die eintraten, kannte sie: Reporter. Die Reporter blickten sich suchend um. Katharina verließ die Kneipe durch die Flurtür.

Es war kühl im Flur, das Licht trüb, durch die angelehnte Tür hörte sie die Kneipengeräusche. Der Telefonapparat hing an der Wand, der Hörer lag auf einem kleinen Regal daneben. Zwei Männer, die zum Pissoir wollten, gingen dicht an ihr vorbei, eine Spur kalten Zigarrenrauchs hinterlassend. «Na», sagte einer zu Katharina, «kommt er nicht, Mädchen?»

«So leid es mir tut . . .» Diese Stimme an ihrem Ohr hatte sie erwartet.

«Was gibt's Neues, Chef?»

«Gleich wird Gerfried Sie abholen», sagte die Stimme des Referatsleiters. «Sie müssen sich darum kümmern, wieso ein Dr. Klemm tot in seiner Wohnung liegt. In der Zehlendorfer Sophie-Charlotte-Straße. Es scheint, eine Nachbarin hat einen jungen Mann in schwarzer Lederkleidung das Haus verlassen sehen.»

«Ach. Deshalb muß ich hin. Wegen der schwarzen Lederkleidung.»

«Ja, deshalb.»

«Ich bin skeptisch gegenüber Nachbarinnen, die Leute in schwarzem Leder gesehen haben wollen. Der Mann, der in der Nacht, als Brückner erschlagen wurde, seinen Hund ausführte, hatte zuerst ebenfalls behauptet, die Leute, die da quer über die Kantstraße gezogen seien, hätten nicht nur Masken aufgehabt, sondern wären auch alle in schwarzem Leder rumgelaufen. Als Zobel ihn gestern noch mal in die Mangel nahm, gab er zu, es müsse nicht unbedingt Leder gewesen sein. Dunkle Kleidungsstücke hielt er ebenfalls für möglich.»

«Da ist aber noch ein zweiter Punkt, Ledermacherin. Dr. Klemm hat eine Tochter.»

«Gisela?» fragte Katharina plötzlich.

«Ja», sagte die Stimme des Referatsleiters, «Gisela.»

Katharina erinnerte sich an das magere Mädchen mit den entzündeten Augen, das gestern morgen zwischen den Lieblingen auf dem Flur vor dem Vernehmungszimmer gehockt hatte. Leidenschaftlicher Mund, eine charakteristische Kopfbewegung, mit der sie ihr lang hängendes dichtes blondes Haar herumwarf. Vielleicht hatte sie geweint, oder die Zugluft auf dem Rücksitz des Motorrads war ihr nicht bekommen. Ihre schwarze Lederkleidung hatte sich von der Lederkleidung der anderen unterschieden. Und sie hatte keinen schwarzen Helm bei sich gehabt, sondern einen modischen schwarzen Lederhut, der mit einem schwarzen Seidentuch auf dem Kopf festgebunden werden konnte. Sie war dann von einer Haushälterin abgeholt worden.

«Außerdem», sagte der Referatsleiter, «wurde Klemm ähnlich getötet wie Brückner. Schlag mit einem schweren Gegenstand auf den Hinterkopf.»

«Na ja», sagte Katharina, «hoffentlich hat man Teakholzaschenbecher und Ozelstandarte gut sichtbar für uns hinterlassen.»

«Ich fürchte, man hat sich was Neues einfallen lassen», sagte der Referatsleiter.

Als sie wenig später auf die Straße trat, um auf Gerfried zu warten, fror sie im eiskalten Wind. Sie stellte sich in den Windschatten neben die Eingangstür und hoffte, Nerling habe nicht noch weitere Reporter zum Kommissarsstammtisch gebeten. Gerfried fuhr in einer Taxe vor. Indem er ausstieg, erklärte er: «Leider ist mein Wagen in der Inspektion.» Er blickte Katharina dabei ausdrucksvoll an, als sei sie nicht unschuldig daran, daß sein Auto zur Inspektion mußte. Katharina übersah den Blick, öffnete die Tür von Roberts Auto: «Dann steigen Sie hier ein.» Und während sie anfuhr: «Wissen Sie Näheres?»

«Nur, was vom Streifenwagen durchgegeben wurde. Es ist nichts berührt und angefaßt worden.»

«Ja», sagte Katharina. «Und nachher sind alle identifizierbaren Fingerabdrücke von der Polizei.»

«Neben dem Toten soll eine Statue liegen. Möglicherweise das Tatwerkzeug. Ich würde jetzt rechts einbiegen.»

«Wenn Sie meinen. Und die Tochter?»

«Die Tochter ist verschwunden.»

«Die Haushälterin?»

«Hat heute Ausgang. Hier hätten Sie sich rechtzeitig links einordnen müssen.»

«Ich versuch's noch.»

«Zu spät. Das war vorauszusehen. Vielleicht die nächste. Eine Nachbarin namens Rosen will Röcheln gehört haben. Die hat dann auch angerufen.»

«Wir sollten Dr. Martin fragen, ob ein Mensch, der totgeschlagen wird, so laut röcheln kann, daß man es im Nachbarhaus hört.»

«Dr. Martin ist auf einem Kongreß», sagte Gerfried. Dann erzählte er, welche Fortschritte die Zwillinge machten.

Sie fuhren die Clay-Allee hinunter, bis Katharina rechts einbog. Die Villen und Zwei- bis Dreifamilienhäuser in der Sophie-Charlotte-Straße schienen denen von Bad Nauheim zu ähneln. Ein Haus, etwas erhöht gelegen, von der Straße über eine Treppe durch den Vorgarten zu erreichen, war hell beleuchtet. Davor das Übliche: Streifenwagen, Feuerwehr, rotierendes Blaulicht, Beamte, neugierige Nachbarn.

Im Haus Marmor, dicke weiche Teppiche, Samt, Tüll, Chintz, riesige Topfpflanzen, Gobelins, gestickt nach Motiven abstrakter Maler. Katharina fühlte sich an das Hotel bei Kassel erinnert. Der Tote lag im großen Wohnraum vor dem Kamin. Ein paar Scheite glühten noch. Gegenüber vom Kamin war ein mannshoher Spiegel an der Wand angebracht, und vor dem Spiegel stand ein Rauchtisch. Dr. Klemm lag auf dem Rücken, ein Arm ausgestreckt, der andere abgewinkelt, vom Körper bedeckt. Er war untersetzt, kaum füllig, sein rundes Gesicht blaß. Er trug einen dunklen Anzug mit Weste. Seine Augen starrten, halb unter die Lider verdreht, nach oben. Unter seinem Hinterkopf hatte sich eine Blutlache auf dem kurzgeschorenen Fell ausgebreitet, das vor dem Kamin lag. Neben Klemm, in zwei ausgezackte Teile zerbrochen, eine ursprünglich etwa siebzig Zentimeter hohe wurmzerfressene gotische Madonna.

Um den Toten herum waren drei Männer beschäftigt: der Fotograf, den Katharina schon kannte, ein schweigsam und schnell umherhuschender Kollege vom Erkennungsdienst mit seinen Pülverchen, Folien und Pinseln, und ein junger Arzt in Vertretung von Dr. Martin.

«Der Gärtner war's nicht», brummte der Fotograf, als er Katharina sah, und legte einen neuen Film ein. Der junge Mann glich Staatsanwalt Lohmann. Allerdings preßte er nicht fortwährend energisch die Lippen aufeinander, sondern neigte, während er sprach, lächelnd, wie ein liebenswürdiger alter Herr, den Kopf.

«Klemm ging in Richtung Spiegel», sagte der Arzt, «vermutlich, um sich eine Zigarre oder Zigarette vom Rauchtisch zu holen. Da erhielt er von hinten einen wuchtigen Schlag mit der Madonna. Die stand wohl hier auf dem Sims neben dem Kamin. Er ist dann aber nicht nach vorn gegen den Spiegel gestürzt, sondern in den Knien eingebrochen und rückwärts vor den Kamin gefallen. In dem Schlag mit der Madonna muß ziemlich viel Kraft gesteckt haben.»

«Oder Wut», sagte Katharina.

Der Arzt sah sie nachdenklich an. «Oder Wut, ja. Das kommt auf dasselbe heraus.»

«Man muß ziemlich weit ausholen, um so viel Gewalt in den Schlag zu kriegen, oder?» fragte Katharina.

«Ich glaube schon», sagte der Arzt.

«Offensichtlich hat Klemm nichts bemerkt», meinte Gerfried. «Aber so, wie er liegt, hätte er eigentlich im Spiegel sehen können, daß jemand dabei war, ihm von hinten den Schädel einzuschlagen.»

«Vielleicht hatte Klemm vor dem, den er im Spiegel sah, keine Angst», sagte Katharina und betrachtete sich selbst, den Toten, Gerfried, den Arzt, den Fotografen und den Kamin mit dem leeren Sims im Spiegel. «Es sieht ja auch nicht so aus, als sei jemand gewaltsam ins Haus eingedrungen.»

«Ich hätte die Madonna nicht neben dem Kamin aufgestellt», bemerkte der Fotograf, «die muß da ja spröde werden, bei der Hitze. Kein Wunder, daß sie bei ernsthafter Belastung zerbricht.»

Ein Beamter trat auf Katharina zu. «Nebenan wartet Frau Rosen», sagte er.

«Danke. Dann wollen wir hören, was Frau Rosen sagt.»

Der Raum nebenan war eine Art Salon, mit leichten hellen Möbeln und einem kleinen Lüster. Gerfried und sie wurden beim Eintreten von einer zierlichen alten Dame mit Spitzenkragen und schlohweißen Haaren begrüßt. Sie wandte sich sofort an Gerfried.

«Herr Kommissar, ich möchte gleich richtigstellen: in Wirklichkeit habe ich natürlich kein Röcheln gehört. Ich wohne da im Haus nebenan, und das einzige, was ich von Klemms je gehört habe, ist Giselas Plattenspieler, wenn sie das Ding bei offenem Fenster laufen läßt.»

«Gisela ist die Tochter?» fragte Gerfried.

«Ja, Herr Kommissar.»

«Warum haben Sie der Polizei am Telefon gesagt, Sie hätten ein Röcheln gehört?» fragte Katharina.

Die alte Dame lächelte Gerfried an. «Wenn ich sage, ich habe was gesehen, dann kommt keiner, garantiert. Alte Leute, die allein leben, bilden sich viel ein. Röcheln ist einfach konkreter, auch wenn es unglaubhaft ist. Sie müssen zugeben, es hat gewirkt.»

«Was haben Sie denn gesehen, Frau Rosen?»

«Alles.»

«Was heißt: alles, Frau Rosen?»

Die alte Dame seufzte, setzte sich und wartete, bis auch Katharina und Gerfried Platz genommen hatte. Dann wendete sie sich wieder an Gerfried: «Herr Kommissar, ich kann einfach nicht reden, wenn ich dauernd gefragt werde. Würden Sie ihrer jungen Dame vielleicht nahelegen, mich einmal nicht zu unterbrechen?»

«Geht leider nicht», sagte Gerfried, «sie ist meine Vorgesetzte.»

Die alte Dame blickte von Gerfried zu Katharina und nickte. «So», sagte sie schließlich, «Ihre Vorgesetzte. Nun, mich wundert nichts mehr. In einer Welt, in der eine sechzehnjährige Tochter ihren Vater erschlägt, ist nichts unmöglich.»

«Liebe Frau Rosen», versuchte es Katharina von neuem. Aber die alte Dame unterbrach sie: «Der Mann muß der erste sein, so war es immer und so war es auch gut. Er muß kommandieren können, glauben Sie's mir, junge Frau. Und weil fast alle Männer Dummköpfe sind, verzeihen Sie, Herr Kommissar, die sich fortwährend gegenseitig für irgendwelche Ideale zugrunde richten wollen, müssen die Frauen sie eben aus dem Hintergrund leiten. Aus dem Hintergrund! Während die Männer vorn kommandieren.»

«Ihre These hat einiges für sich», sagte Katharina. «Allerdings ...»

«Allerdings wissen die Männer heutzutage gar nicht mehr, was sie eigentlich kommandieren sollen, ja», sagte Frau Rosen. «Da haben Sie recht, junge Frau. Und das ist das Elend. Sehen Sie, drüben in meinem Wohnzimmer sitze ich jeden Abend vorm Fernseher, und wenn's mir zu dumm ist, was ich da sehe, blicke ich aus meinem Blumenfenster direkt ins Wohnzimmer von Dr. Klemm. Wir können nachher rübergehen, damit Sie sich überzeugen, daß das stimmt. Und wenn ich Glück habe, hat die Haushälterin hier Ausgang. Dann wird bei Klemms abends nicht die Gardine vorgezogen. Dann sehe ich Herrn Klemm, wie er hin und her geht, Zigarre raucht und über seine Geschäfte nachdenkt. Es ist sehr lehrreich, einen Grundstücksmakler zu beobachten, der über seine Geschäfte nachdenkt. Oder er spielt mit Gisela Schach. In letzter Zeit kam das sehr selten vor», setzte Frau Rosen hinzu. «In letzter Zeit ist Herr Klemm fast dauernd auf Reisen gewesen.» Dann fuhr sie fort: «Oder ich sehe Gisela, wenn Herr Klemm auf Reisen ist. Manchmal gibt sie dann Parties für ihre Freunde. Die jungen Leute sind ja heute sehr ungezwungen. Das ist eine Bereicherung für alte Menchen. Aus diesem Grunde habe ich schon daran gedacht, ein junges Paar als Untermieter aufzunehmen. Aber ich glaube, ich möchte doch lieber allein wohnen. Übrigens hat Gisela Orgasmusschwierigkeiten mit ihrem Freund.»

Gerfried räusperte sich. Frau Rosen lächelte Katharina zu. «Es ist merkwürdig, nicht wahr, junge Frau, daß Männer sofort Unbehagen zeigen, wenn von dieser Art Schwierigkeiten die Rede ist. Gisela hat mit ihrem Vater natürlich nicht darüber geredet. Sie vertraute sich mir an. Diese jungen Männer von heute sind ja auch nicht phantasievoller oder zartfühlender als ihre Großväter. Wenn sie auch schwarze

Lederjacken mit schönen Aufschriften tragen. Was sagen Sie, junge Frau?»

«Ich sage: darf ich jetzt wieder eine Frage stellen, Frau Rosen?»

«Überflüssig», entgegnete Frau Rosen. «Ich antworte schon. Gisela liebte ihren Vater. Sie war sehr unglücklich, daß sie so oft allein mit der Haushälterin in diesem großen Haus leben mußte. Ihre Mutter ist vor zehn Jahren gestorben. Und eine andere Frau als die Haushälterin habe ich hier nie gesehen. Klemm schrieb, wenn er unterwegs war, seiner Tochter jede Woche einen Brief. Aber der Gisela war das wohl zu wenig. Das arme Ding. Die ganze letzte Woche lief sie richtig verstört herum. Ich wußte, Klemm sollte heute zurückkommen. Als ich kurz nach einundzwanzig Uhr vom Fernseher durchs Blumenfenster hinübersehe, da holt Gisela gerade mit irgendwas aus, das sie mit beiden Händen festhält, und schlägt es Herrn Dr. Klemm auf den Kopf. Er fiel hin, sie rannte aus dem Zimmer und nach draußen auf die Straße. Während ich aufstand, um die Polizei anzurufen, kam Giselas Freund, der mit der schwarzen Lederjacke, auf seinem schwarzen Motorrad vorgefahren. Die Dinger machen leider erheblichen Krach, bei aller Schönheit, die sie zweifellos haben. Gisela stieg auf, und die beiden donnerten davon. Und ich rief das Revier an. Haben Sie noch eine Frage, Herr Kommissar?»

«Ja», sagte Gerfried. «Erkannten Sie Gisela ohne jeden Zweifel, Frau Rosen?»

«Ohne jeden Zweifel, Herr Kommissar. Und Sie, junge Frau? Keine Frage mehr?»

«Warum haben Sie gleich die Polizei angerufen?» fragte Katharina. «Warum haben Sie nicht versucht, mit Gisela zu reden?»

Frau Rosen schien indigniert. «Junge Leute antworten auf Fragen bekanntlich nur, wenn es ihnen gefällt. Und ich war durchaus nicht sicher, ob es einem Mädchen, das gerade ihren geliebten Vater erschlagen hatte, gefallen würde, darüber einer Nachbarin Rede und Antwort zu stehen. Mit anderen Worten, ich beabsichtige, noch einige Jahre zu leben. Wär's das, junge Frau?»

«Im Moment wohl ja», sagte Katharina und stand auf. Auch Gerfried erhob sich. «Wir danken Ihnen. Wenn es Ihnen recht ist, kommen wir in ein paar Minuten und schauen kurz aus Ihrem Blumenfenster.»

«Lassen Sie es nicht zu spät werden», sagte Frau Rosen. «Dies war ein ereignisreicher Abend, und ich glaube, ich bin bald müde.»

Damit stand sie auf, ging mit zierlichen Schritten und einem freundlichen Kopfnicken an Katharina und Gerfried vorbei in die Diele und verließ das Haus.

«Die spinnt doch», sagte Gerfried, während sie langsam hinterhergingen.

«Ja», sagte Katharina, «aber mit der Wahrheit. Ich glaube ihr jedes Wort.»

In der Diele begegneten sie dem Kollegen vom Erkennungsdienst. «Ich wäre dann fertig soweit», sagte er. Einer der Beamten näherte sich. «Kann der Tote abtransportiert werden?»

«Ja. Falls Dr. Heller ihn nicht mehr braucht.»

«Nein», sagte der Arzt, der gerade aus dem Wohnraum kam. «Für mich gibt es hier nichts mehr zu tun. Die Todesursache ist eindeutig.»

«Vielen Dank, Dr. Heller.»

Der Arzt hob, ähnlich wie Dr. Martin, ein wenig seine dunkle Tasche, grüßte und verließ das Haus mit den schnellen Schritten, die Katharina von Staatsanwalt Lohmann kannte. Also, dachte sie, man lernt, wenn man ein gewisses Alter erreicht und eine gewisse Anzahl Menschen gesehen und auch was von ihnen begriffen hat, kaum noch völlig neue Leute kennen. Das würde bedeuten, daß Erinnerungen lebensfeindlich sind. Eine Sekunde beunruhigte sie dieser Gedanke. Dann fiel ihr zu ihrer Erleichterung ein, wie vergeßlich sie war. Sie ging mit Gerfried auf die Treppe zu, drehte sich auf der ersten Stufe zu dem Beamten um und sagte: «Einer von Ihnen müßte im Haus bleiben und warten, bis die Haushälterin zurückkehrt.»

«Jawohl, Frau Ledermacher.»

«Und die Haushälterin möchte bitte morgen früh zur Verfügung stehen. Ich komm dann noch mal her. Sie soll nichts verändern inzwischen.»

«Wird ausgerichtet, Frau Ledermacher.»

Der Fotograf erschien in der Diele. «Weitere Daguerrotypien gewünscht?»

«Vielleicht.» Sie wendete sich auch an den Kollegen vom Erkennungsdienst. «Ich möchte Sie beide bitten, noch einen Moment zu warten.»

Katharina ging mit Gerfried die dick gepolsterte Treppe hinauf und oben auf den Flur entlang. Sie schob eine halb geöffnete Tür zur Seite und blickte hinein. Klemms Schlafzimmer war karg, aber anspruchsvoll ausgestattet. Es wirkte sachlich, teuer, kühl. Über dem Stuhl am Bett lag ein gebrauchtes Oberhemd. Katharina und Gerfried gingen am Bad vorbei auf ein weiteres Zimmer zu, dessen Tür weit offenstand. Sie blieben in der Tür stehen. Es war ohne Zweifel Giselas Zimmer. Kissen und Decke auf dem Bett waren zerwühlt, die Türen des Schleiflackschranks sperrangelweit geöffnet, herausgerissen, Briefe sowie schmutzige und saubere Wäsche über Fußboden und Bett verstreut. Auf dem mit Asche und Zigarettenresten bestreuten Läufer vor dem Bett lagen ein umgestülpter Aschenbecher und die umgestürzte Nachttischlampe. Um den Plattenspieler herum Schallplatten ohne Hüllen, Puder- und Schminksachen verstreut auf dem Schreibtisch. «Oh», meinte Gerfried, «das deutet wohl auf überstürzte Flucht hin.»

«Warum», sagte Katharina. «Was Sie hier sehn, ist der Normalzustand eines Zimmers, das von einem sechzehnjährigen Mädchen aus bürgerlicher Familie bewohnt wird.»

«Na», sagte Gerfried, «ich weiß nicht.»

«Aber ich.» Katharina dachte daran, wie ihre Wohnung aussah, wenn Kathinka sie besuchte.

Gerfried machte vorsichtig zwei Schritte über das Chaos. «Meine Töchter würden was erleben, wenn's bei denen so aussähe mit fünfzehn. Da würde ich durchgreifen.» Er nahm vorsichtig, um keine Fingerabdrücke zu gefährden, die Briefe hoch.

«Warten Sie ab, Gerfried», sagte Katharina milde und sah sich um.

«Alles Briefe von ihrem Vater», sagte Gerfried. «Der hier ist nicht mal geöffnet.» Er reichte ihn Katharina, die ihn mit Roberts Autoschlüssel behutsam aufriß. «Stempel von gestern. Offenbar der letzte.»

Gerfried stand hinter ihr und sah ihr über die Schulter. Der Brief war mit Füllhalter und in großen, energischen Schriftzügen geschrieben: ‹Liebe Tochter, ich habe Dir schon vor Wochen strikt verboten, weiterhin Umgang zu haben mit dieser Bande von Halbstarken oder Rockern oder wie sie sich nennen, mit diesen «Luzifers Lieblingen», alberner Name übrigens. Ich habe Dir strikt untersagt, die Lokale zu betreten, in denen Luzifers Lieblinge zu verkehren pflegen, und ganz besonders habe ich Dich vor dem Lokal «Schwarze Treppe» gewarnt. Von Frau Simon und Frau Rosen weiß ich, daß Dich die Möchtegern-Luzifers weiterhin abholen, daß Du sie zu Parties einlädst, daß Du Dich, mit anderen Worten, an meine ausdrücklichen Verbote nicht hältst. Ich ziehe daraus die Konsequenz. Verbote, die nicht befolgt werden, sind lächerlich. Ich hebe sie hiermit auf. Da ich meine geschäftlichen Reisen nicht absagen kann, mich andererseits dringend mit Dir verständigen muß, möchte ich Dich auf meine nächste dreiwöchige Reise mitnehmen, die übermorgen beginnt und uns nach Spanien, Irland und Italien führen wird. Ich komme morgen nur nach Hause, um Dich abzuholen. In der Schule bist Du schon schlecht genug, da werden drei Wochen kaum noch was verschlimmern. Vielleicht aber verbessern sie das Verhältnis zwischen uns beiden. Dein Vater.›

«Da wäre wohl einiges anders gelaufen», sagte Gerfried, «wenn sie diesen Brief gelesen hätte.»

«Wahrscheinlich», murmelte Katharina. «Bitte, nehmen Sie alle Briefe mit.»

Während sie die Treppe wieder hinuntergingen, sagte sie: «Ich schlage vor, wir gehn jetzt rüber zu Frau Rosen, überzeugen uns, was sie durch ihr Blumenfenster sehen kann. Anschließend kämmen Sie die Lokale durch, in denen sich Luzifers Lieblinge gewöhnlich treffen.»

«In Ordnung, Ledermacherin.»

«Ich werfe einen Blick in die ‹Schwarze Treppe›. Wir beide sollten uns gegen Mitternacht im Büro treffen, mit oder ohne Gisela.»

«Ich vermute ohne.»

«Ich auch.»

Unten entließ Katharina den Fotografen und den Kollegen vom Erkennungsdienst, dem Gerfried noch die Briefe übergab. Sie sah keinen Anlaß, Fotos von den Schlafzimmern machen zu lassen. Auch die Polizeibeamten entfernten sich bis auf einen. Die Leiche Klemms wurde samt halbierter Madonna hinaustransportiert, die Haustür, durch die es die ganze Zeit kalt hereingeweht hatte, geschlossen.

«Wo habe ich ein Telefon gesehen?» fragte Katharina.

Gerfried antwortete: «Neben dem Kamin.»

Katharina ging zurück ins Wohnzimmer. Die Umrisse der Leiche waren mit abwaschbarer Farbe markiert worden. Auf einem kleinen Beistelltisch neben einem großen bequemen Sessel stand ein Tastentelefon. Sie setzte sich in den Sessel, betrachtete den Blutfleck im Bärenfell und tippte Roberts Nummer. Robert meldete sich sofort.

«Hallo, Dicker, du arbeitest wohl noch?»

«Na?» sagte Robert. «Und du?»

«Ich bin nicht mehr beim Stammtisch. Ich suche ein unglückliches kleines Mädchen, das seinen Vater totgeschlagen hat. Und ich habe keine Ahnung, wann ich dir dein Auto wieder zurückbringen kann.»

«Für Verfolgungsjagden ist es eigentlich weniger geeignet.»

«Verfolgungsjagden werden da kaum vorkommen.»

«Besser, du gibst beim Runterschalten öfter Zwischengas, das schont das marode Synchrongetriebe.»

«Ich werde öfter Zwischengas geben.»

«Hat dein Mädchen mit der Ozel-Sache zu tun?»

«Mit Ozel?» Katharina dachte nach, sah zu Gerfried hinüber, der in diskreter Entfernung einige Gobelins betrachtete. «Das kommt auf die Perspektive an», sagte Katharina.

«Fang dein Mädchen bald, komm bald nach Haus.»

«Wenn's spät wird, stell ich dir das Auto vor die Tür, werf den Schlüssel in den Briefkasten und geh rüber in meine Wohnung.»

«Komm, auch wenn's spät wird.»

«Mal sehn. Kennst du ein Lokal ‹Schwarze Treppe›?»

«Einige meiner sehr welterfahrenen Schüler verkehren dort. Nach ihren Schilderungen muß es sich um ein ziemlich finsteres Loch in Schöneberg handeln. Wenn du dahin willst, sei vorsichtig.»

Katharina lächelte Gerfried zu, der ihr seinen Revolver in die Handtasche schob.

«Keine Sorge», sagte sie. «Gerfried paßt schon auf. Woran arbeitest du denn noch?»

«Ich habe morgen in der dreizehnten Klasse eine Diskussion im Zusammenhang mit dem Aufsatz. Es geht um Bodenspekulation im Aus-

dehnungsraum von Großstädten und ob und wie nach Artikel 14, Absatz 2 des Grundgesetzes und nach Artikel 15 eine Enteignung und Vergesellschaftung von Grund- und Bodenbesitz vorgenommen werden kann. Da muß ich mich vorbereiten.»
«Also bis später, Dicker. Oder bis morgen. Mach's gut.»
«Du auch, Katja. Und wirklich, komm. Egal wieviel Uhr es ist.»

13

Die *Schwarze Treppe* war eine Bruchbude in einer Sackgasse am Fuß eines unbenutzten düsteren Bahndamms. Als Katharina ankam und das Auto wendete, sah sie im Schein der einzigen schwachen Straßenlampe die schwarzverrußte enge Treppe, die am Bahndamm hinauf zu den Gleisen führte. Sie war für Bahnpersonal angelegt und jetzt mit Stacheldraht unpassierbar gemacht worden. Katharina sah kein schweres Motorrad vor dem Lokal. Während sie eintrat, überlegte sie, ob sie eingetreten wäre, wenn draußen zehn Motorräder geparkt hätten. Aber dann sah sie am Tresen einen angetrunkenen Kerl hocken, der mit dem Zeigefinger in einer Bierlache herummalte. Sie kannte den Kerl. Es war der Pater.

Das Lokal sah nicht aus, als träfen sich hier Rocker. Holztische und Stühle standen durcheinander, aus einem uralten Lautsprecher quäkte Unterhaltungsmusik der fünfziger Jahre. Der Wirt lehnte träge am Regal hinterm Tresen, beobachtete Katharina scharf. Drei ältere Betrunkene warfen sich gegenseitig den Hut eines vierten älteren Betrunkenen zu, der vergeblich durch polternd zur Seite geschobene Stühle hinter dem Hut herstolperte. Es schien, die drei waren dabei recht fröhlich.

Katharina setzte sich neben den Pater. Der blickte kurz auf, zog aber vor, sie nicht zu kennen. Katharina spürte, daß was in der trüben, verräucherten Luft lag. Der Wirt wandte seine gespannte Aufmerksamkeit jetzt auch von Katharina ab und dem Hutspiel zu. Es fiel ihm nicht ein, Katharina nach ihren Wünschen zu fragen. Andere Gäste gab es nicht. Katharina störte, das war ihr klar. Ebenfalls war ihr klar, daß es um mehr ging als den Hut. Aber ihr war nicht klar, um was.

Offensichtlich störte der Pater nicht. Der schien zum Inventar zu gehören. Sie flüsterte ihm schnell zu: «Die Lieblinge. Wo sind die jetzt?»

Der Pater rülpste, malte mit dem Bleistiftstummel des Wirts auf einen Bierdeckel. Katharina las: Adam Nitze – aber da kritzelte der Pater schon wieder alles durch und malte Strichmännchen mit Blumen. Der Wirt hatte ihn angeblickt.

«Bier gibt's hier wohl selten, was», sagte Katharina zum Wirt und ging mitten durch die stummen, fröhlichen, unermüdlichen Hutschmeißer und an dem immer verzweifelter zwischen ihnen hin und her torkelnden vierten Mann hinaus. Der Wirt rührte sich nicht, als Katharina die Tür hinter sich zuschlug.

Draußen schien der Vollmond durch tief hängende Wolken auf den Bahndamm. Der Wind hatte sich gelegt. Es war weniger kalt und es roch nach Schnee. Katharina hockte im Auto und suchte mit einer kleinen Taschenlampe auf dem Stadtplan nach der Adam-Nitze-Straße. Sie fand sie in Kreuzberg, nahe der Mauer. Zwei frierende Mädchen in Mini und Pelzjacke klapperten handtaschenschwingend auf hohen Absätzen heran, blickten mißtrauisch ins Auto, verschwanden in der *Schwarzen Treppe*. Da war das Hutspiel vielleicht schon entschieden. Katharina würde morgen vom Pater hören, ob Geld oder Morphium im Hut versteckt war.

Während sie losfuhr, sah sie auf die von Robert extra eingebaute Uhr. Es war nach Mitternacht. Sie dachte daran, Gerfried anzurufen. Während sie weiterfuhr und nach einer Telefonzelle suchte, merkte sie, daß sich zwei schwere Motorräder hinter ihr hielten. Da vergaß sie Gerfried. Am Mariannenplatz bog sie in die Muskauer Straße ein. Hier waren die Häuser alt, verwohnt, düster. Im Vorbeifahren sah sie gegenüber unter einer Laterne eine Gruppe von Ausländern diskutieren. Sie sprachen gedämpft, bedrückt, mit emporgereckten Händen und eingezogenen Schultern. Katharina fuhr langsamer, die Motorräder blieben im gleichen Abstand hinter ihr. Sie fragte sich, woher die Rocker wußten, daß sie unterwegs in die Adam-Nitze-Straße war.

Als sie in die Straße einbog, bogen auch ihre Verfolger ein, überholten sie, rollten ein Stück vor, bremsten. Scheinwerfer und Schlußlichter der Motorräder erloschen. Katharina fuhr langsam heran. Die Lieblinge rollten mit den unbeleuchteten Motorrädern auf eine Toreinfahrt zu, verschwanden in ihr. Das Geräusch der Motoren verstummte. Im Mondlicht sah Katharina drei oder vier Rocker in der Toreinfahrt stehen. Der Mond spiegelte sich nicht in den Fensterscheiben des Hauses. Die waren zerschlagen, die Fensterrahmen hingen zerbrochen aus den Mauerlöchern. In dem Haus wohnte niemand mehr. Die aus Backsteinen gemauerte Einfahrt war halb eingerissen, der Zugang abgesperrt. Die Nachbarhäuser schienen ebenfalls unbewohnbar zu sein. Eine Gegend, die Revierbeamte nur zu zweit und nur im Auto durchquerten.

Katharina stieg aus, ging um die Absperrung herum zu den schwarzen Figuren in der Toreinfahrt. Die bewegten sich nicht, ließen sie herankommen.

«Guten Abend», sagte Katharina. Sie mochte den Ton nicht, in dem sie das sagte. Aber einen anderen fand sie nicht. «Ich such ein Mädchen, das heißt Gisela Klemm. Habt ihr sie gesehn?»

Niemand antwortete. Die Rocker rührten sich nicht. Schließlich hörte Katharina ein paar gemurmelte Worte, die sie nicht verstand.

«Zigarette?» sagte schließlich einer aus der Dunkelheit, langsam und in einem merkwürdigen bedrohlichen Singsang.

«Danke», sagte sie.

«Laß sie», hörte sie von einem anderen aus der Dunkelheit. «Vielleicht will sie später rauchen.»

Auch das war überdeutlich gesprochen worden, in einer Art manieriertem Kreuzberger Hochdeutsch. Und der nächste sprach genauso, indem er einen Schritt vortrat und in die dunkle Toreinfahrt hinein auf die andern Rocker zeigte: «Das ist Achim. Heinz. Tschikko. Ich bin Mack.» Katharina versuchte, im Dunklen die Gesichter zu erkennen. Mack fuhr fort: «Im Hinterhaus ist unser Clubraum. Den haben wir vor zwei Tagen gemietet.» Er sah Katharina an. Im Mondlicht konnte sie sein Grinsen erkennen. «Morgen wird das Haus abgerissen. Oder übermorgen.» Das Grinsen war verschwunden. Aber die Überdeutlichkeit der Aussprache blieb. «Also. Die Gisela ist da drin. Mit Bert.»

Luzifers Lieblinge rührten sich immer noch nicht, versperrten schwarz und schweigsam den Weg in den Hof. Endlich fragte einer von ihnen wie ein neugieriger zehnjähriger Junge:

«Wird Gisela jetzt verhaftet?»

«Ich werde sie mitnehmen müssen», sagte Katharina ruhig.

«Auch wenn's ihr schlechtgeht?»

«Ja», sagte ein anderer, «was dann?»

«Ich will sie sehn», sagte Katharina.

Einer der Lieblinge seufzte tief auf. «Ja», sagte er, «wenn sie die Gisela sehn will.» Langsam wichen die Lieblinge in der Toreinfahrt zur Seite. Katharina ging, rechts und links von schweigsamen schwarzen Figuren flankiert, auf den Hof zu. Der war übersät mit Kisten, Möbelstücken, Matratzenteilen, Stoffetzen, Scherben, verrosteten Sprungfedern, zerbeulten Töpfen, ausgelatschten Schuhen, aufgeweichten Pappkartons, Zeitungspapier. An der mondbeschienenen Wand, dort, wo früher die Mülltonnen standen, hing schief ein Schild: *Pflicht der Mieter ist es, den Hof sauberzuhalten.* Katharina wurde zum schwarzen Eingangsloch des Hinterhauses geführt, aus dem ebenfalls Gerümpel quoll. Als sie anfingen, tastend eine Steintreppe hinunterzugehen, blitzte einer mit einer Taschenlampe. Katharina fand gefährlich, worauf sie sich einließ. Aber in gefährlichen Situationen war ihre Neugier immer größer als ihre Angst. Sie empfand das nicht als Tugend. Oft hätte sie lieber mehr Angst gehabt, um sich schneller in Sicherheit bringen zu können.

Die Treppe endete vor einem relativ geräumigen, mit Matratzen ausgelegten Kellerraum. Es roch muffig und feucht. Das zuckende Taschenlampenlicht erlaubte Katharina nicht, sich genauer zu orientieren.

«Wo ist sie?» fragte sie.

Feuerzeuge wurden vor ihr angeknipst und geschwenkt. Das fortwährend aufblitzende und wieder verlöschende Licht vor ihren Augen schmerzte sie.

«Ja, wo ist die Gisela denn», hörte sie einen dicht neben sich. Ein anderer sagte: «Komm, Gisela, komm, piep, piep.» Und sie dachte, es wäre besser gewesen, wenn sie rechtzeitig mehr Angst hätte haben können.

Sie hörte wieder fast unverständliche Bemerkungen der Jungen untereinander. Sie stand an eine kalte Mauer gelehnt. Neben sie, auf einen

Kellervorsprung, wurde eine flackernde Kerze gestellt. Die vier Lieblinge standen um sie herum. Die Gesichter von dreien konnte sie nicht erkennen. Aber sie wußte, sie hatte sie schon in der Gothaer Straße gesehen. Nur ein Gesicht erkannte sie deutlich. Es war das Gesicht, das sie vom ersten Verhör her kannte und dessen angespannter Haß sie gestern erschreckt hatte. Sie versuchte, sich an den Namen zu erinnern. Rolf oder Wolf hatte im Ausweis gestanden. Sie hatte den Eindruck, daß er derjenige war, der hier Tschikko genannt wurde.

Der Junge, der sich als Mack vorgestellt hatte, sagte: «Reingefallen, was, Mutter?»

Katharina antwortete nicht.

«Wie lange bist du schon bei der Kripo?» sagte Mack. «Fällt auf den ältesten Trick rein.»

«Jetzt wirst du schon ein bißchen bei uns bleiben müssen, Mutter», sagte einer der anderen. Mit einem harten Klicken schnellten aus den Fäusten der Lieblinge Messerklingen.

«Inzwischen hätten wir 'n paar Fragen», sagte Tschikko. Es war das erste Mal, daß er sich äußerte.

«Erst mal Handtasche», sagte Achim oder Heinz. Tschikko und Mack rissen den Riemen der Handtasche von Katharinas Schulter und öffneten die Tasche, holten den Revolver heraus. Tschikko entsicherte ihn und fragte: «Wer hat dir den Tip gegeben, in die Nitze zu fahren?»

«Jemand aus der ‹Schwarzen Treppe›, stimmt's», sagte Mack.

«Wär schon gut, wir hörten mal was von dir, Mutter», sagte einer der beiden anderen, der entweder Heinz oder Achim war.

«Ja», antwortete Katharina. «Ihr habt mich also reingelegt. Aber warum? Was soll die Show?»

«Wir fragen, nicht du», sagte Tschikko leise. Pause. Ein Revolver und drei Messer waren auf Katharina gerichtet. Sie fand es lächerlich, vor diesen Messern und vor ihrem eigenen Revolver in einem eiskalten Keller auf stinkenden Matratzen und vor einer flackernden Kerze zu stehen. Sie dachte an ihre Freundin Hannelore, Krankenschwester und Stripperin, im Moment irgendwo in den Alpen zum Skilaufen, die mit tiefer, rauher Stimme immer den gleichen Satz sagte, wenn sie sich über einen Mann ärgerte: Geh, hoast an Krumma, gell. Katharina fragte sich, ob Hannelore das in dieser Situation ebenfalls sagen würde. Langsam fühlte sie ihre Angst so groß wie ihre Neugier werden.

«Hör mal, Mutter», fing Tschikko wieder an, immer noch leise, «wir können dir auch ein bißchen Fleisch aus dem Gesicht schneiden.»

«Mieser Film, aus dem ihr das habt», sagte Katharina.

Ein Messer fuhr auf ihr Gesicht zu, sie warf unwillkürlich den Kopf zurück und schlug mit dem Hinterkopf gegen die Mauer. Ein scharfer Schmerz betäubte sie fast.

Die Lieblinge lachten.

«Schiß hat sie», meinte Heinz oder Achim.

«Ja», murmelte Katharina. «Wie ihr ja auch.»

«Ach», sagte Tschikko, legte langsam den Revolver in die linke Hand und schlug Katharina heftig ins Gesicht, daß ihr Kopf herumflog und wieder gegen die Mauer schlug. Sein knochiger Handrücken oder die Ringe auf seinen Fingern rissen die Haut über ihrem rechten Jochbein auf.

Diesmal lachte keiner.

«Laß das», sagte Mack.

Die Lieblinge beobachteten Katharina gespannt. Sie sah Tschikko an und fühlte nach ihrer Wange.

«Gut», sagte sie. «Damit hat Tschikko also bewiesen, daß er keine Angst hat. Denn die Folgen sind klar. Das kostet ihn ein paar Jahre.» Sie sah, wie Tschikko den Revolver wieder in die rechte Hand nahm. «Um das zu verhindern», sagte Katharina, «kann er mich abknallen. Das kostet ihn dann zwanzig Jahre. Und euch zehn wegen Beihilfe. Es gibt aber noch eine andere Möglichkeit.» Sie machte eine Pause, befühlte weiter ihre Wange. Die Lieblinge rührten sich nicht. «Nämlich», sagte Katharina, «ich vergesse die Ohrfeige.»

Die Lieblinge schwiegen, starrten sie regungslos an.

«Das ist ein Vorschlag», sagte Katharina. «Wenn ihr nicht quatscht, von mir erfährt's niemand. In Ordnung?»

«Und was willst du dafür, Mutter?» fragte nach einer langen Pause Mack. «Gisela, was?»

«Ja», sagte Katharina.

«Dann ist Bert dran.»

«Wieso?»

«Wenn wir dich abknallen würden, Mutter, mit deiner eigenen Kanone, hätten wir Ruhe.»

«Sicher, zwanzig Jahre, wie gesagt. Vielleicht auch länger.»

«O.k. Gib ihr den Revolver zurück. Steckt die Messer weg.»

Das war schnell und überraschend gekommen. Tschikko blickte Mack an, dann die beiden andern. Mack und die beiden andern ließen die Messer zurückschnappen.

Tschikko zögerte. Er sagte etwas für Katharina völlig Unverständliches zu Mack.

«Mach schon», sagte Mack. Tschikko zögerte noch, dann warf er plötzlich Katharina den Revolver zu. Sie fing ihn auf, sicherte ihn und steckte ihn in die Handtasche. Sie spürte den Schmerz am Hinterkopf und auf der Wange. Sie sah Macks Gesicht vor sich. Die andren hockten sich an die Kellerwand.

«Was ist mit Gisela?» fragte Katharina.

«Westend-Krankenhaus», sagte Mack. «Hoffentlich», setzte er hinzu.

«Mal von Anfang an», sagte Katharina.

«Sie wollte zu uns gehören. Vor 'n paar Monaten hat sie Bert kennengelernt, im Eiscafé vor ihrer Schule. Bei uns ist das so: Mädchen, die zur Gruppe gehören wollen, müssen mit jedem von uns mal gebumst haben.»

«Wieviel seid ihr?»

«Siebzehn. Und elf Pfannen.»

«Pfannen?»

«Mädchen.»

«Wißt ihr, wie alt Gisela ist?»

«Ja doch. Sie wollte ja auch erst nicht. Sie mochte bloß den Bert. Aber sie wollte unbedingt dazu gehören. Da hat sie's vor zwei Wochen gemacht.»

«Alle auf einmal?»

«An drei Abenden.»

«Und?»

«Was und. Sie wollte so sein wie Bert. Aber sie ist nicht wie Bert. Wir haben ihr das gestern noch klargemacht. In der Gothaer.»

«Obwohl sie jetzt dazu gehört?»

«Bert ist ADW», sagte Mack, als sei damit alles geklärt. Katharina sah auf die drei Buchstaben an seinem Ärmel.

«Wie du», sagte sie. «Und wie Heinz, Tschikko und Achim.»

«Ja», sagte Mack. Katharina wendete sich an Tschikko. «Ich hab dich schon mal gefragt. Würdet ihr mir jetzt sagen, was das heißt: «ADW?»

Tschikko schwieg. Die anderen schwiegen.

«Das tragen die, die aus Wittenau sind», sagte Mack. «Aus der Witte. Wo man nur hinkommt, wenn man schon mit zwölf eine echte Meise hat. Sieben von uns sind ADW. Und drei Mädchen. Damit du klarsiehst: bei uns gilt nur der richtig, der keinen Vater und keine Mutter hat, der in Erziehungsheimen groß geworden ist. Der ist was hier bei uns. Die andern sind bloß so Mitmacher. Und die sind ja auch jünger. Wir sind alle über 21.»

«Gisela hat also ...»

«Bert war mit der Gisela heute verabredet», sagte Mack. «Sie wollte nachts mit ihm um den Schlachtensee laufen. Romantisch, Vollmond, so was. Die wollten heute allein machen. Danach wollten sie zu Bert auf die Bude. Er sitzt schon auf dem Ofen, sie steigt gerade hoch, da sagt sie, ich hab meinen Alten umgelegt. Kurz bevor du kamst, sagt sie, hab ich ihn hingemacht, jetzt bin ich auch wie ihr. Sagt sie so zu Bert. Und der Bert ist durchgedreht, der hat sie runtergeschmissen vom Ofen und hat sie angebrüllt, wie sie sich das gefälligst denkt, wo er doch selber noch unter Aufsicht ist. Da hat sie gesagt, dann komm ich eben ins Erziehungsheim, und wenn du nicht mehr unter Aufsicht bist, brech ich da aus, dann bin ich ADW und komm zu dir. So ungefähr. Aber der Bert war sauer, hat ihr 'n Stoß gegeben, wie sie wieder aufsteigen wollte, und wollte weg von ihr. Aber da hat er gesehn, daß sie hingeschlagen ist und so komisch liegenblieb, mit verdrehtem Kopf. Und da hat er gesehn, sie hat sich das Genick gebrochen.»

«Warum verpfeifst du jetzt den Bert», sagte Tschikko. «Und uns.»

«Ist dir noch nicht aufgefallen», fuhr Mack ihn an. «daß wir in der Scheiße sitzen? Wir alle, nicht bloß Bert. Nur die kann uns da noch rausholn.»

«Ach», sagte Tschikko. «Auf einmal.»

«Wenn's euch nicht paßt, legt sie um», sagte Mack.

Tschikko und die beiden andern ließen die Messer wieder herausschnappen.

«War 'n Fehler, ihr den Revolver zurückzugeben», sagte Tschikko.

«Da hast du meinen Revolver», sagte Katharina und warf ihm ihre Handtasche zu. Er fing die Tasche nicht auf, ließ sie neben sich gegen die Kellerwand klatschen und auf die Matratze fallen. Nach einer Pause schnappten erst die Messer von Heinz und Achim zurück, dann Tschikkos Messer.

«Dem Bert brennt also die Sicherung durch», sagte Mack, «er holt sich den ersten BMW, der da vor so 'ner Villa steht, lädt sich Gisela hinten rein, läßt seinen Ofen stehn und rast mit dem BMW und der Gisela hierher.»

«Hierher?»

«Ja. Das Loch hier hatten wir ausgemacht als Treffpunkt für heute. Wir haben jeden Tag einen anderen Treffpunkt. Wir also sauer bis dahin, und er soll bloß abhaun mit seinem toten Görl und sie meinetwegen in den Schlachtensee schmeißen, bloß weg von hier. Da hat er gesagt, o. k, ich leg sie dahin, wo sie hingefallen ist, genau dahin. Da merken wir, die rührt sich, die stöhnt. Also ist er los mit ihr, und der Kees, der war auch hier dabei, ist mit seinem Ofen hinterher. Der Bert wollte den BMW mit der Gisela vors Westend stellen, Alarm klingeln und mit dem Kees zurück zum Schlachtensee, um seinen Ofen da wieder wegzuholn, wer läßt schon seinen Feuerstuhl so rumstehn, der war völlig bescheuert, der Bert. So war das.»

«Wann war er mit der Gisela hier?»

«Paar Minuten, bevor du hier langkamst, sind der Bert, der Kees und die halbtote Pfanne abgehaun. Und die andern von uns sind in die Lokale, wo man immer Rocker trifft, um die Bullen abzulenken, denn wir dachten uns, jetzt geht's los, wenn die den toten Alten finden, suchen sie gleich nach Gisela, und da werden sie bei uns anfangen. Und der Tschikko, der Heinz, der Achim und ich sind hiergeblieben, falls jemand von den Bullen hier langkommt, um den irgendwie festzuhalten oder abzulenken.»

«Ist euch ja auch gelungen», sagte Katharina. «Und jetzt hört mal zu. Wie gesagt, ich vergesse, was hier passiert ist. Ich vergesse auch, daß ich Messer gesehn habe, die verboten sind. Und wenn alles stimmt, was du gesagt hast, Mack, will ich versuchen, für den Bert was zu tun. Aber ich will euch was sagen. Ihr sitzt nämlich wirklich in der Scheiße. Und zwar, weil ihr euch Luzifers Lieblinge nennt, weil ihr die bösen Waisenkinder spielt. Es wäre besser, ihr kommt auch mit der andern Sache rüber. Mit den Maskierten.»

Pause. Keine Bewegung bei den Lieblingen.

«Na schön», sagte Katharina. «Dann werde ich euch die Geschichte erzählen. Also. Vielleicht habt ihr euch schon lange für die Maskierten interessiert, vielleicht war's auch bloß Zufall, jedenfalls, vor so ungefähr zwei Wochen seid ihr dahintergekommen, daß sich sonntags und mittwochs im *Charlottenburger Faß* die Maskierten treffen. Seitdem kurvt ihr an diesen Tagen in der Gegend rum und versucht, über den Wirt an die Maskierten ranzukommen. Ihr wollt Geld rausschlagen. Vielleicht habt ihr vorigen Mittwoch sogar gesehn, wie die Maskierten nachts mit Brückner über die Kantstraße gezogen sind. Jedenfalls hat Tschikko eine der Masken gefunden. Und zwar wo, Tschikko?»

Tschikko schwieg.

«Auf dem Weg runter zum Lietzensee», sagte Mack.

«Ihr habt dann dem Wirt vom *Charlottenburger Faß* erklärt, daß Ihr Geld haben wollt. Und daß ihr seinen Laden hochgehen laßt, wenn er nicht zahlt. Stimmt's?»

Schweigen.

«Und weil er nicht zahlte, wolltet ihr vorgestern vor seinem Lokal hupen, wie die Maskierten immer hupen. Wenn Mölling euch nicht festgenommen hätte, hättet ihr das *Charlottenburger Faß* umgekrempelt.»

«Ja», sagte Mack.

«Und dasselbe habt ihr vorgehabt für morgen. So lange, bis der Wirt Geld rausgerückt hätte. Denn an die Maskierten direkt wolltet ihr euch nicht ranmachen. Über den Wirt, das schien euch leichter.»

«Ja.»

«Der Wirt hält nicht mehr lange durch bei unsern Verhören. Irgendwann wird er erzählen, was ich euch eben erzählt habe. Dann seid ihr wegen versuchter Erpressung dran. Ich habe euch gestern gewarnt. Aber vielleicht wißt ihr was, mit dem ihr rauskommen könntet aus der Scheiße. Etwas, was auch uns weiterhilft.»

«Das ist 'n Geschäft, ja?» fragte Mack.

«Wir und den Bullen helfen», sagte Heinz oder Achim.

«Ganz schön clever, die Mutter», sagte Tschikko.

«Wenn ich clever wäre», sagte Katharina, «wär ich jetzt nicht hier. Und ihr auch nicht. Ihr wärt noch in der Gothaer nämlich.»

«Hinter dem Faß ist ein Hof mit Garagen», sagte Mack. «Und in einer der Garagen muß innen drin noch eine Tür sein. Langt das?»

«Ja», sagte Katharina. «Das wär's dann wohl. Jetzt möchte ich telefonieren. Ich will wissen, was aus Gisela geworden ist.»

Mack nahm, ohne zu antworten, die Kerze, ging vor Katharina die Treppe hinauf. Die andern folgten. Draußen schneite es inzwischen. Der Schnee fiel ziemlich dicht und bedeckte gleichmäßig das Gerümpel im Hinterhof. Katharina war durch und durch kalt geworden und hatte nasse Füße, als sie sich ins Auto setzte. Die Lieblinge fegten den Schnee von ihren Öfen und fuhren hinter ihr her. Die Straßen waren völlig ausgestorben. Im Kegel der Straßenlaternen kam der Schnee senkrecht wie ein Vorhang herunter. Die parkenden Autos an den Straßenrändern waren zu weißen idyllischen Hügeln geworden.

Das Auto schlingerte beim Fahren. Katharina hielt vor einer Telefonzelle. Sie ließ sich nur mit Mühe öffnen.

«Mack kann mit rein», sagte Katharina.

In der Zelle, deren Beleuchtung nicht funktionierte, drehte Katharina die Nummer von ihrem Büro. Mack lehnte neben ihr. Eine Straßenlaterne gab etwas Licht. Katharina sah, daß die andern Lieblinge sich wie von ungefähr außen gegen die Tür der Telefonzelle lehnten. Mack beobachtete Katharina mit angespanntem, starrem Lächeln, schob den Unterkörper leicht vor und zur Seite. Das schwache Licht von außen genügte, um Katharina erkennen zu lassen, daß Mack unter der straff anliegenden schwarzen Lederhose einen Ständer hatte.

Sie war überrascht über die unmittelbare Reaktion ihres Körpers. Das Angebot eines jungen männlichen Körpers in einer eiskalten Telefonzelle genügte, und animalische Mechanik setzte ein. «Laß man», sagte sie mürrisch in das graue Gesicht neben ihr, «heb das für dein Mädchen auf.» Mack sah sie an, bewegte sich nicht mehr. Sie konnte den Ausdruck seines Gesichts nicht erkennen. Im gleichen Augenblick meldete sich Gerfried:

«Ledermacherin? Na endlich. Ich hatte schon Sorge. Wir haben Gisela.»

«Und?»

Katharina hielt den Hörer so, daß Mack Gerfrieds durchdringend knarrende Stimme ebenfalls verstehen konnte.

«Schädelbasisbruch. Wir wissen noch nicht, wie er zustande kam. Das Mädchen lag in einem gestohlenen Auto vor dem Westendkrankenhaus. Jemand hat geklingelt und ist weggelaufen.»

«Was sagen die Ärzte?»

«Endgültige Diagnose morgen. Es sieht nicht gut aus. Fraglich, ob sie durchkommt.»

«Neues von Zobel und Doris?»

«Ja. Sie haben im Hof vom *Charlottenburger Faß* eine Garage gefunden und in der Garage eine Tür . . .»

«Sehr schön», sagte Katharina. «Da werden wir uns in einer Viertelstunde treffen.»

«Noch was.» Gerfrieds spröde Stimme steigerte sich und schmerzte in Katharinas Ohren. «Frau Michelsen hat angerufen. Neun Herren und fünf Damen aus dem Altenheim sind heute früh aus dem Haus gegangen und nicht zurückgekehrt. Frau Michelsen ist außer sich.»

«Glaube ich», sagte Katharina.

«Und aus Tempelhof wurden wir benachrichtigt, daß ein Herr Bokkelmann in Begleitung einiger weiterer Herrschaften heute abend nach Düsseldorf geflogen ist. Da eine offizielle Sperre nicht angeordnet war, hat man die Leute passieren lassen.»

«Natürlich. Ich hatte ja auch nur um Benachrichtigung gebeten.»

«Respekt, Ledermacherin», sagte Gerfried mit seiner schrecklichsten Stimme, und Katharina hing schnell ein. Die Lieblinge draußen rückten zur Seite, als Katharina und Mack die Zelle verließen. Es schneite noch dichter.

«Mack hat mitgehört», sagte Katharina, «er kann's euch erzählen. Sieht so aus, als könntet ihr was tun. Gisela ist doch Gruppenmitglied, nicht? Zwar nicht ADW, aber immerhin siebzehnmal geprüft, oder? Die hat euch nötig.»

«Kein Humanschmalz, Mutter, ja?» sagte Mack. Die andern schwiegen.

«Und nicht nur jetzt hat sie euch nötig», sagte Katharina eigensinnig.

«Schon kapiert», schrie Mack plötzlich, drehte sich um, rannte durch den Schnee zu seinem Motorrad. Etwas langsamer folgten die andern. Keiner achtete mehr auf Katharina. Die stand im Schnee neben der Telefonzelle und sah zu, wie die Lieblinge schneefontänenschleudernd durch die Nacht davondonnerten.

14

In der Garage stand ein alter Ford, und hinter dem Ford war die kleine Tür. Von dort führte eine enge Treppe hinunter in eine Art Souterrainwohnung, deren Fenster bis auf kleine Luftlöcher zugemauert waren. Zwei überraschend große Räume, einer als Wohnzimmer eingerichtet mit einem riesigen Tisch, vielen Sesseln, Stühlen, weichen Bänken. Der andere als Schlafzimmer mit einer sehr breiten weichen Couch und viel rotem Samt. Dazu eine kleine, sehr modern eingerichtete Küche. Vorräte im Eisschrank: Lachs, Kaviar, Champagner. Neben dem Herd Gewürze aller Art. Überall an den Wänden Farbfotos von Mittelmeerlandschaften, Meer, Sonne, Zypressen, Weinberge, Zitronenbäume, Ölbäume. Hinter dem Foto einer Spanierin ein Tresor. Es war Gerfried gelungen, einen Spezialisten aus dem Bett zu holen, und der Spezialist hatte den Tresor gegen zwei Uhr morgens geöffnet. Der Tresor enthielt einige hundert sorgfältig verpackte Karnevalsmasken, sonst nichts. Der große dicke Wirt hatte für all das keine Erklärung gehabt. Er hatte seine Arme ausgebreitet und tief bekümmert erklärt, er sei so überrascht wie die Polizei. Trotz seiner verzweifelten Beteuerungen war er festgenommen und abtransportiert worden.

Katharina, mit einem Pflaster auf der Wange, ging nachdenklich durch die Räume. «Erzähl ich später», hatte sie auf besorgte Fragen nach der Wunde geantwortet.

«Also», sagte Zobel, «hier haben sie gesessen, um zu fressen und zu saufen.»

«Und zu kochen», sagte Doris.

«Und hier», murmelte Gerfried, der vor der breiten Couch stand, «was haben sie hier gemacht?»

«Na», meinte Doris, «das ist wohl eine Art Chambre separée gewesen, was?»

«Ja», sagte Zobel, «und während des Fressens und Saufens verschwand eben gelegentlich ein Paar von knackigen Mittsiebzigern hierhin und ...»

«Ich weiß nicht», sagte Gerfried, «ich finde das doch reichlich degoutant.»

Katharina war auf ihrer Wanderung gerade vor Gerfried angelangt. «Besser», sagte sie, «wir warten mit unserm Urteil, bis wir ebenfalls siebzig sind. Und vielleicht haben sie auch bloß hier gesessen, um unbeobachtet Händchen zu halten.»

Mit Mühe war es Katharina noch gelungen, das Auto durch den Schnee zu fahren und in die Pestalozzistraße zu stellen. Frierend, naß, gegen

Übelkeit ankämpfend, war sie dann durch den Schnee in ihre eigene Wohnung gegangen, hatte sich ein heißes Bad einlaufen lassen, in dem sie beinahe eingeschlafen wäre, und war dann, endlich im Bett, lange schlaflos geblieben.

Um sieben wurde sie von dröhnenden Glocken geweckt und zehn Minuten später zum zweitenmal von Robert, der anrief, um mitzuteilen, daß die Glocken repariert seien, und außerdem um zu wissen, wie es ihr ging, und der beruhigt erfuhr, daß sie im Bett lag und sein Auto einer der Schneehaufen vor der Haustür war. Sie stand auf, trank Kamillentee, packte ein paar Toilettensachen ein und fuhr mit dem Fahrstuhl hinunter. Diesmal hätte sie die Treppe nicht vor dem Fahrstuhl geschafft.

Es hatte aufgehört zu schneien. Durch Dunkelheit und Schneemassen pflügte sich mühsam der Morgenverkehr. Der Schnee dämpfte alle Geräusche. Aber ein etwa sechzigjähriger Mann mit Aktentasche, der aussah wie Hermann Brückner, rannte vor dem U-Bahnhof laut schreiend hin und her durch den Schnee. «Ihr Schweine», schrie er, «was habt ihr in dieser Stadt zu suchen, ihr Schweine, ihr rücksichtslosen Autofahrer, ihr Nichtskönner, Auschwitz, ja, das habt ihr verstanden, Maidanek, ja, ihr Schweine, bloß raus hier, raus mit euch aus dieser Stadt, raus, raus, diese Stadt ist von der Roten Armee befreit worden, da habt ihr nichts zu suchen, raus, ihr Schweine.»

Niemand kümmerte sich um den Mann, kein Fußgänger, kein Autofahrer reagierte. Der Mann schrie und schrie und rannte auf und ab. Katharina kannte ihn. Er schrie immer bei Vollmond. Ein Arbeiter, der das Gitter vor dem U-Bahn-Eingang auseinanderschweißte, rief ihm schließlich zu: «Na, dann geh doch rüber zu deiner Roten Armee, geh doch rüber», aber der Schreier hörte ihn nicht, lief schreiend an ihm vorbei.

In ihrem Büro fand Katharina als erstes die Meldung, daß die Rockerbande *Luzifers Lieblinge* in der vergangenen Nacht ein Lokal in Kreuzberg überfallen, sämtliche Einrichtungsgegenstände zerstört und die Gäste zusammengeschlagen hatte. Sie beauftragte Zobel, Verbindung zum zuständigen Referat zu halten. Anschließend verbrachte sie einige Stunden mit Telefongesprächen. Zunächst hatte sie Frau Michelsen zuzuhören, die aufgeregt und völlig unhamburgisch auf sie einredete. Nach zwei Minuten legte Katharina einfach auf. Dann stellte sie in einem Gespräch mit Düsseldorf fest, daß Bockelmann mit seiner Reisegruppe nach Mallorca geflogen war. Sie rief das Bundeskriminalamt in Wiesbaden an, schließlich sprach sie mit Hilfe von Doris, die etwas Spanisch konnte, auch mit Kollegen in Barcelona und Palma de Mallorca. Zwischendurch erschien Staatsanwalt Lohmann im Büro, um sich mit energisch zusammengepreßten Lippen zu entschuldigen. Dann wieder lange Gespräche mit Fluggesellschaften und Reisebüros. Sie erfuhr, daß sie nicht direkt nach Mallorca fliegen konnte, nur in Etappen. Alle Direktflüge waren ausgebucht. Ein Bericht beim Referatsleiter, ein Besuch bei Nering. Am Nachmittag letzte Anweisungen an Gerfried, der sich heute abend als alter Mann in die Souterrainwohnung setzen sollte, umgeben von versteckten Kriminalbeamten. Gerfried, der, wenn er nicht auf sich achtete, ja durchaus wie sechzig aussehen konnte, straffte sich vor Bereitschaft, einen Sechzigjährigen darzustellen, so daß er sofort wieder jünger wirkte. Kurz bevor Katharina durch Schneematsch zum Flugplatz fuhr, rief sie Robert an. Und während sie Robert erklärte, daß sie nach Mallorca fliegen müsse, stand Dr. Martin neben ihr, betastete ihren Hinterkopf mit behutsamen Fingern, sah unter das Pflaster auf der Wange und fand nichts, was ihn beunruhigte. Er ließ ein Kreislaufmittel auf Katharinas Schreibtisch zurück und weitere Tabletten gegen Schmerzen und Erkältung, denn Katharina nieste ein paarmal heftig. Roberts warme, ruhige Stimme tat ihr wie immer wohl. Als er sagte: «Dann mach's gut, meine Schöne», und sie antwortete: «Du auch, Dicker», da freute sie sich, ihn bald wiederzusehen, und flog mit dem Gefühl nach Frankfurt, dieser Flug sei schon die erste Etappe ihrer Rückkehr zu Robert.

Gegen Mitternacht rief Gerfried im Frankfurter Hotel an und berichtete. Zum Mittwochabend-Ozel-Stammtisch waren acht Männer und zwei Frauen erschienen, alle um die siebzig und aus städtischen Altenheimen und Obdachlosenasylen. Erste Verhöre ohne Ergebnis, die Alten verweigerten die Aussage. Katharina hatte nichts anderes erwartet. Sie dankte Gerfried, bat ihn, die andern zu grüßen.

«Sie haben es gut», sagte Gerfried, «Sie fliegen in den Frühling.»

«Ja», sagte Katharina, «in Bockelmanns Frühling.»

Über dem Mittelmeer war Sturm. Fast schien es, als werde das Flugzeug nicht auf der Insel landen, sondern an ihr zerschellen. Als sie das Flugzeug verließ, jagten Wolken über einen blauen Himmel, die Luft war frisch, aber die Sonne wärmte ihr Gesicht. Geduldig saß sie auch im Bus unter den blassen alten Leuten, mit denen sie geflogen war und die sich über die alleinreisende junge Frau wunderten, hörte die Erklärungen des Reiseführers an, während sie durch Palma fuhren, zwischen dem Meer und dem hochgelegenen bräunlich schimmernden Dom die Küste entlang und aus der Stadt hinaus in einen kleinen Ort inmitten von Gärten und Feldern, wo zwischen Felsen weicher Strand war, Frieden, Ruhe und wohltuend selbst der Krach der Betonmischmaschinen vor den vielen kleinen neuen Villen oberhalb des Meeres auf den Klippen.

Der Bus hielt am Eingang des Hotels El Madrileno, dessen Vorderfront dem Ort und dem Meer zugekehrt war. Braungebrannte alte Leute saßen in der Nachmittagssonne auf den Balkons vor ihren Zimmern und blickten neugierig auf die Neuankömmlinge herab. Katharina schob sich unten langsam an den erwartungsvollen blassen alten Leuten vorbei, die Gepäckstücke aus dem Bus in Empfang nahmen und darauf warteten, daß sie ihre Zimmerschlüssel erhielten. Sie fragte an der Rezeption auf englisch nach Dr. Bockelmann und erhielt auf deutsch die Antwort, der Herr sei auf seinem Zimmer. Wie einfach, dachte sie, ich geh rauf, und er ist in seinem Zimmer. So endet das dann. Aber sie wußte, es würde vermutlich noch lange nicht enden.

Sie beachtete den Fahrstuhl nicht, lief locker hinauf in den vierten Stock, kam zu ihrer Enttäuschung außer Atem an, wartete einen Moment, ging dann vor die Zimmertür, klopfte. Sie klopfte den Rhythmus, den Luzifers Lieblinge gehupt hatten. Zunächst geschah nichts. Dann hörte sie leichte Schritte, die Tür wurde geöffnet. Vor ihr stand Bockelmann, entspannt, ohne Stock, lächelnd, ein schöner alter Mann mit wehenden weißen Haaren, in offenem Hemd und kurzer Hose, barfuß.

«Ja?» sagte Bockelmann freundlich.

«Das war der Rhythmus des Hornthemas aus dem langsamen Satz der vierten Symphonie von Brahms, nicht wahr», sagte Katharina. «Es könnte auch ein Rhythmus aus dem Klavierkonzert von Schumann sein. Aber sie haben die Brahmssymphonie gespielt, als ich Frau Michelsen besuchte.»

«So ist es», bestätigte Bockelmann. «Aber treten Sie doch näher, mein Kind. Mein Gott, Sie sind ja blessiert. Doch nichts Ernstes, will ich hoffen.»

«Ich mache Sie darauf aufmerksam», sagte Katharina, «daß alles, was Sie jetzt sagen ...»

«Jaja», meinte Bockelmann, «Sie vergessen wohl, ich war Richter. Und außerdem haben Sie im Ausland keine Befugnis, jemand festzunehmen. Kommen Sie doch, es ist so schön warm und windgeschützt auf dem Balkon. Hören Sie sich an, was ich zu sagen habe. Ich habe alles auf Tonband gesprochen. Bitte, mein Kind.»

Bockelmann komplimentierte Katharina mit der umständlichen Höflichkeit eines Kavaliers alter Schule auf einen Liegestuhl, rückte ihn ihr zurecht, half ihr die Kostümjacke abzulegen, bot Cognac an, schenkte zwei Gläser ein und stellte neben Katharina einen kleinen Tisch mit einem Tonbandgerät. Seufzend vor Zufriedenheit ließ er sich in einen zweiten Liegestuhl gleiten. Katharina lag in der Sonne, sah über die Straße vor dem Hotel, sah über das Meer und fühlte sich wohl.

Bockelmann hob sein Glas. «Willkommen also», sagte er. «Sie haben sich wirklich beeilt.»

Katharina trank den Cognac aus, ließ sich vom aufmerksamen Bockelmann das Glas noch einmal füllen, streckte sich. «Eine Frage zuvor», sagte sie. «Was heißt Ozel? Das haben wir nicht herausbekommen.»

«Organisation zur Erhöhung des Lebensgefühls», sagte Bockelmann.

«Und ich kann Ihnen versichern, mein Kind, wir haben unser Lebensgefühl erhöht.»

Damit schaltete er das Tonband ein. Nach einigem Knacken und Schnarren kam seine angenehme Stimme etwas gequetscht, aber gut verständlich aus dem Apparat.

«In der Erwartung, daß die generelle Unfähigkeit und Phantasielosigkeit der Kriminalpolizei keine hundertprozentige Gewähr dagegen bietet, daß nicht doch der eine oder andere Beamte sich für die Organisation zur Erhöhung des Lebensgefühls zu interessieren beginnt...»

Bockelmann stoppte das Band und erläuterte: «Als ich das sprach, wußte ich noch nicht, daß eine Dame die Ozel-Untersuchungen verantwortlich leiten würde. Tatsächlich fing ich mit diesem Tonband in der Nacht des plötzlichen Todes von Hermann Brückner an. Sie werden also gütigst einige allgemeine Ausfälle gegen die Kriminalpolizei nicht auf sich beziehen, liebes Kind.»

Bockelmann schaltete wieder ein, und seine Stimme auf dem Tonband fuhr fort:

«... hier einige Erklärungen und Hinweise zu unserer Tätigkeit und zum Tod von Hermann Brückner. Zu Beginn möchte ich feststellen, auch wenn das motivsuchende Kriminalbeamte schockieren sollte, daß es tatsächlich nicht der allerbanalste Zufall war, der Hermann Brückner und mich ausgerechnet im selben Altersheim wieder zusammenbrachte. Ja, meine Herren, solche Zufälle gibt's eben, trotz aller Wahrscheinlichkeitstheorien. Ich konnte Hermann Brückner sehr bald überzeugen, daß ich ihn im März 45 – ich erwähne das, weil es ohne Zweifel ausgegraben und als Motiv mißbraucht werden wird –, daß ich ihn im März 45 so übereilt und formlos zum Tod verurteilt hatte, um sein Leben zu retten. Das gleiche galt für den mitangeklagten Unteroffizier. Weil ich alliierte Sender abgehört hatte, wußte ich, ein Luftangriff stand unmittelbar bevor. Im Fall von Hermann Brückner ging meine Rechnung auf. Im Fall des Unteroffiziers leider nicht. Ich wollte durch grobe Formfehler ein neues Verfahren erzwingen, zum Beispiel habe ich mich so vertrackt ausgedrückt, daß in meinem Schriftsatz praktisch auch der Führer und Reichskanzler zum Tod verurteilt wurde, hätte man das sprachlogisch untersucht. Nun, ich kalkulierte etwa so: bevor das neue Verfahren hätte stattfinden können, war mit dem Luftangriff zu rechnen und damit, daß die beiden Angeklagten sich im entstehenden Chaos in Sicherheit bringen konnten. Leider hatte der kommandierende Offizier nicht die geringste juristische Kenntnis und fing sofort mit dem Erschießen an, wo er erst mal das Urteil samt Richter hätte kassieren müssen.»

Pause. Lachen von Bockelmann auf dem Tonband. Dann:

«Nun gut, dies zur Vergangenheit. Sie zählte in diesem Haus sowieso nicht. Wir waren Dreck und wurden als Dreck behandelt. Brückner und ich waren uns schnell einig, was die Situation in diesem Haus anlangte. Alle Insassen wurden, rundheraus gesagt, schamlos betrogen. Es ist bitter, am Ende seines Lebens solchen Hyänen wie der Michelsen ausgeliefert zu sein. Der Pensionspreis wurde ständig höher, das Essen ständig schlechter, die Angst, hier heraus zu müssen, gleichzeitig immer größer. Wir wandten uns an Behörden um Hilfe. Ich will nicht verkennen, daß unsere Lage dank des Einschreitens von behördlicher Seite sich gebessert hat. Aber gerade die leichte Verbesserung unserer Lage setzte uns instand, nachzudenken. Wir erkannten: die Gesellschaft, in der wir doch einmal gelebt hatten, wollte nichts mehr von uns wissen. Wir sollten still und ohne Aufsehen zu erregen dahinsterben, das ist es, was die Gesellschaft im Grunde von uns erwartet. Wir hörten uns um und erfuhren, was uns passierte, war kein Einzelfall, sondern die Regel. Und es gab eine Menge alter Leute in anderen Heimen, denen es noch viel schlechter ging als uns. Sie waren so resigniert wie wir früher. Wenn ich an diese unerträgliche private Bevormundung denke. Einer unserer Freunde zum Beispiel, ein Herr von Ende Siebzig, hatte die Nacht hier im Haus bei einer Dame von Mitte Sechzig verbracht. Das war vor einem Jahr. Die Michelsen hatte eine große Affäre daraus gemacht. Sie hatte ihn heruntergeputzt wie einen Vierzehnjährigen. Und lange Zeit sind wir scharf überwacht worden. Es war grotesk. Aber genau diese Dinge haben uns dann mobil gemacht. So kam es am Ostermontag vorigen Jahres zur Gründung der Ozel. Etwa die Hälfte der Insassen dieses Heims machte mit.»

Pause. Knacken im Tonband. Bockelmann lag mit geschlossenen Augen behaglich neben Katharina im Liegestuhl. Seine Stimme auf dem Tonband fuhr fort:

«Ich sollte vielleicht die Entwicklung etwas konkreter darstellen. Im Grunde begann alles damit, daß in diesem Heim kein Aufenthaltsraum vorgesehen war. Gegenseitige Besuche auf den Zimmern waren nicht gern von der Michelsen gesehen oder sogar, wie schon erläutert, untersagt. Einige von uns entschlossen sich zu gemeinsamen Spaziergängen. Konzerte und so weiter wurden ebenfalls gemeinsam besucht. Die Entwicklung kultureller Bedürfnisse aus der Not der Isolierung, nicht wahr. Dann lasen wir von der Trimm-Dich-Aktion. Nun, wir zogen in den Grunewald und trimmten uns. Dabei fiel uns auf, daß wir nichts Rechtes zu essen bekamen für unsere sozusagen wiederbelebten Körper. Und gleichzeitig fanden wir unser Leben immer noch sehr trist. Nun, einem von uns gelang es einmal, ein fremdes Auto kurzzuschließen und zu starten. Das war, sozusagen, eine konkret gemachte Jugenderinnerung. Das Hochgefühl, von dem er sprach, wollten wir anderen teilen. Wir lernten von ihm, wie man das macht. So ging das los. Am Anfang rasten wir nur aus Vergnügen durch die Stadt. Dann fanden wir, wir müßten mehr für uns tun. Um diese Zeit erfuhren wir, daß das Altenheim verkauft und abgerissen werden sollte. Das Geheimnis, das man daraus machte, zeigte uns das Ausmaß der Bedrohung. Wir beschlossen, uns ernsthaft zu wehren. Da traf es sich günstig, daß Hermann Brückner aus dem Krieg als Beutestücke drei amerikanische Maschinenpistolen samt einigen tausend Schuß Munition besaß. Während der letzten Kriegstage, kurz bevor ich ihn verurteilte, vergrub er Waffen und Munition, sorgfältig verpackt und eingeölt, in einer Kiste im Harz. Als er sich vor acht oder neun Jahren entschloß, von Santa Monica in Michelsens Altenheim überzusiedeln, grub er die Kiste aus, ließ sie nach Berlin fliegen und verlud Waffen und Munition in zwei schwere Koffer, die er in seinem Zimmer unter dem Bett aufbewahrte. Er hatte durchaus nicht vor, diese Waffen je zu benutzen. Ich glaube, sie waren wichtige Trophäen für ihn, nichts weiter, die er nachts, bei abgeschlossenem Zimmer, gelegentlich betrachtete. Wenn die Polizei diese Waffen heute finden will, wird sie wohl sämtliche Berliner Altenheime durchsuchen müssen. Nun, eines Tages, bei einem Spaziergang und einer Trimm-Übung im Grunewald, brachte Brückner seine Waffen ins Gespräch. Schon am nächsten Tag machten wir Schußversuche. Sie befriedigten uns sehr. Im übrigen fielen sie nicht auf, da die alliierten Streitkräfte in West-Berlin ja ebenfalls häufig Schießübungen im Grunewald veranstalteten. Irgend jemand schießt immer in Berlin, daran sind die Leute gewöhnt. Das weitere ist bekannt. Brückner oder auch jemand anders von uns legte zum Beispiel in einer Bank ein Konto an, ließ ein wenig Geld da, kam öfter, kannte sich allmählich in der Bank und mit den Angestellten aus, gab uns Tips und wir schlugen zu. Ja, so lief das. Bis auf den bedauerlichen Unfall mit Frau Keber sind uns eigentlich grobe Fehler kaum unterlaufen. Nun ja, abgesehen davon, daß ein Kassierer einem von uns die Maske herunterreißen konnte. Das war schlimm, sehr schlimm. Es mag zum Tod von Hermann Brückner beigetragen haben. Was also Frau Keber anlangt, sie war, nun sagen wir: Sympathisantin. Ihre körperlichen Gebrechen waren doch schon recht fortgeschritten, sie konnte sich nur mühsam bewegen. Aber sie war geistig noch sehr rege und nahm lebhaften Anteil an unseren Plänen und deren Realisierung. Sie war als Zuschauerin vor der Discontobank, als der verhängnisvolle Schuß sie traf. Wir haben das alle sehr bedauert.»

Pause. Das Band lief knackend weiter. Katharina trank einen Schluck Cognac, Bockelmann hielt sein Gesicht in die Sonne, sagte ruhig: «Wir haben auch für Frau Keber Anteile eingezahlt. Denn, nicht wahr, wir haben ja nicht alles verfressen und vertrunken, liebes Kind. Anteile», setzte er hinzu, «für Eigentumswohnungen hier auf der Insel. Es ist ja nicht wahr, daß alte Leute an ihrem gewohnten Krempel kleben. Das hat man ihnen eingeredet. Sie wollen ein wenig Sicherheit, das ja. Aber die Damen und Herren, mit denen ich hierher gereist bin, haben gern den größten Teil ihrer sogenannten persönlichen Sachen bei der Michelsen gelassen. Hier fühlen sie sich wohl, wir haben Ärzte und Krankenschwestern unter uns, wir ...»

Bockelmann brach ab, weil jetzt wieder seine Stimme vom Band kam und fortfuhr:

«Nun, im *Charlottenburger Faß* fanden wir vorerst eine Bleibe. Da konnten wir uns zunächst zu Hause fühlen. Offiziell waren wir dann in einem Konzert und in Wirklichkeit im *Faß*. Und indem wir uns von allem trennten, was zu unserer Vergangenheit gehörte, indem wir überkommene Moralvorstellungen über Bord warfen, indem wir in gestohlenen Autos Krach machend durch die Straßen rasten, schossen, Steine warfen, Einbrüche verübten, indem wir aßen, was uns schmeckte, tranken, was uns paßte, ging es uns tatsächlich psychisch und physisch besser. Zunächst wenigstens. Nichts ist ja für alte Leute wichtiger als eine sinnvolle, sie ausfüllende Tätigkeit. Nichts vermag sie besser zu regenerieren. Zugleich machte es uns natürlich großes Vergnügen, diejenigen, die wir waren: alte, hinfällige, kranke, manipulierte Menschen – diese Menschen jetzt zu spielen und gleichzeitig ein anderes Leben zu leben. Man soll sich keiner Täuschung hingeben. In Berlin gibt es inzwischen drei Untergruppen der Ozel, und in fünf Großstädten der Bundesrepublik ist die Ozel ebenfalls gegründet worden. Die Gesellschaft, die uns zugrunde gehen lassen wollte, wird sich noch sehr wundern. Sie wird eines Tages wünschen, es nur mit Luzifers Lieblingen zu tun zu haben, den lieben, harmlosen. Und was das schönste ist: wir haben nichts zu verlieren. Schnappt man uns, sind wir höchstwahrscheinlich haftunfähig. Sind wir haftfähig, haben wir unser Leben gehabt. Was macht es uns aus, noch ein oder zwei Jahre hinter Gittern zuzubringen. Vorher war's auch nicht viel besser. Nun zum Tod von Hermann Brückner. Er war unser Kassierer und Buchführer. Leider erwies es sich, daß er sich persönlich bereichern wollte. Wir nehmen an, er hat erhebliche Summen auf ein Konto in die Schweiz geschickt. Jedenfalls fehlten sie. Ohne Solidarität aber sind wir verloren. Die Mitglieder der Ozel beschlossen, gegen meinen Rat übrigens, Brückner zu töten. Ich halte nichts von dieser Art feierlicher Umbringerei, wie sie da praktiziert wurde, Tod durch das Ozel-Symbol. Ziemlich abgeschmackt. Wohl auch Anzeichen einer gewissen Dekadenz unserer Bestrebungen. Und sehr dumm, eine dringende Einladung an die Polizei, sich mit uns zu beschäftigen, nicht wahr. Nun, ich gebe das hier zu Protokoll, damit die Ozel-Mitglieder in ernsthafte Schwierigkeiten geraten. Nur unter ernsten Schwierigkeiten entsteht der nötige Druck zu Reorganisierung und besserer Strategie. Da nun aber der Beschluß, Brückner zu töten, gefaßt war, akzeptierte ich ihn. Die Polizei mag herausfinden, daß unser Alibi für die Nacht, in der Hermann Brückner starb, nicht stimmt, daß wir entgegen unseren Behauptungen eben nicht im Altenheim waren, sondern durch ein offenes Kellerfenster leise fortgegangen und zurückgekehrt sind. Schwerlich aber wird die Polizei herausfinden, wer von uns Brückner getötet hat.»

Pause. Dann Bockelmanns Stimme, etwas entfernter auf dem Tonband. Im Hintergrund einen Moment symphonische Musik.

«Ich möchte am Schluß noch . . .»

Die Musik auf dem Tonband brach ab. Bockelmanns Stimme kam wieder nah, angenehm, nur wenig verändert aus dem Apparat:

«Ich möchte hinzufügen, daß es zur Erhöhung meines Lebensgefühls unter anderem gehörte, unsere Raub- und Terrorzüge durch die Stadt mit dem rhythmischen Gehupe klassischer Musik-Themen zu untermalen. Mir war immer klar, daß die Polizei dadurch eines Tages aufmerksam werden könnte. Aber das wiegt mein Vergnügen nicht auf. Ich spreche dies auf Tonband in der Erkenntnis, daß Tonbänder vor Gericht nicht als Beweismittel zugelassen sind, weil Tonbänder manipuliert werden können. Ich erkläre vorsorglich, daß dies Tonband manipuliert ist. Da ich mich in dieser Sache im Falle eines Prozesses weder schriftlich noch mündlich äußern werde, habt ihr keinerlei Beweise. Die Ozel-Unterlagen sind im übrigen von mir aus Brückners Zimmer geholt und vernichtet worden. Seht zu, wie ihr mit uns fertig werdet. Es lebe die Organisation zur Erhöhung des Lebensgefühls.»

Bockelmann langte mit geschlossenen Augen zum Apparat und stellte das Tonband ab. Katharina sah vier spanische Polizisten, je zwei an einer Straßenseite, zum Hotel heraufkommen. Sie gingen langsam, ruhig, ihr Auto stand weiter entfernt. Bockelmann sagte, immer noch mit geschlossenen Augen: «Vermutlich haben Sie unsere Freunde aus den städtischen Altenheimen und aus den Obdachlosenasylen schon verhaftet. Bedauerlich, aber kein Schade. Wenn sozial Schwache unter Druck geraten, werden notwendige Veränderungen gefördert. Ich glaube, ich habe schon auf dem Tonband darauf hingewiesen.»

Bockelmann öffnete die Augen, sah die Polizisten auf der Straße. Er lächelte. «Liebes Kind», sagte er, «es ist fraglich, ob man mich überhaupt festnimmt. Noch fraglicher ist, ob man mich den Berliner Behörden ausliefern wird. Ich glaube, meine Freunde und ich werden noch lange auf dieser schönen Insel bleiben. Und Sie werden keinem über sechzig mehr trauen können. Weder hier noch anderswo.»

Katharina antwortete nicht. Sie dachte an Tante Fennas raffinierten Plan, sich blöde zu stellen, um geschäftliche Vorteile zu erlangen, und wie sie, während sie Tante Fenna zuhörte, schon angefangen hatte, all das zu verstehen, was Bockelmann ihr jetzt auseinandersetzte. Sie sah über den Ort aufs Meer. Die Sonne stand tief. Unten verschwanden die Polizisten im Hoteleingang. Morgen gegen Mittag würde sie im kalten, von schmutzigem Schnee bedeckten Berlin wieder in ihrem Büro hinter dem Schreibtisch sitzen.

Carlo Fruttero & Franco Lucentini

Der Liebhaber ohne festen Wohnsitz

Roman. Aus dem Italienischen von Dora Winkler. 319 Seiten. Geb.
(Auch in der Serie Piper 1173 lieferbar)

»Ich erinnere mich nicht, in den letzten Jahren eine ähnlich eingängige Liebesgeschichte gelesen zu haben, die, verspielt und elegisch, zugleich so gut unterhalten und so viel Einsicht vermittelt hätte.« Frankfurter Allgemeine Zeitung

Der Palio der toten Reiter

Roman. Aus dem Italienischen von Burkhart Kroeber.
200 Seiten. Geb.
(Auch in der Serie Piper 1029 lieferbar)

»›Der Palio der toten Reiter‹ ist der aufregendste Spannungsroman, den F & L bislang geschrieben hat.« Panorama

Die Sonntagsfrau

Roman. Aus dem Italienischen von Herbert Schlüter.
527 Seiten. Serie Piper 5501

»So schön wie zwei Wochen Ferien in Italien.« Publishers Weekly

Wie weit ist die Nacht

Roman. Aus dem Italienischen von Herbert Schlüter
und Inez De Florio-Hansen. 571 Seiten. Serie Piper 5565

»Die italienische Literatur hat bis jetzt noch keinen Dupin, keinen Poirot oder Maigret gehabt: Nun hat sie Santamaria. Fruttero und Lucentini sind Meister in der Kunst des Kriminalromans.« The Times Literary Supplement

Du bist so blaß

Eine Sommergeschichte. Aus dem Italienischen von Dora Winkler.
68 Seiten. Serie Piper 694

Das italienische Autorenduo hat eine meisterliche kleine Etüde geschrieben, eine witzige und bösartige Kritik an der italienischen Sommerkultur.

Lust an der Spannung

Geschichten für schlaflose Nächte
Herausgegeben von Friedrich Kur.
470 Seiten. Serie Piper 5555

In diesem Lesebuch geht es um Mord und Totschlag, Diebstahl und Raub, Erpressung und Spionage. Die Täter müssen nicht in jedem Fall Schurken sein. Verbrechen können als Kurzschlußhandlung geschehen oder weil eine Situation unübersichtlich war. Oft sind die Opfer sogar selbst schuld, und zuweilen macht auch eine Leiche noch keinen Mord. Manche Täter sind deshalb ebenso Helden wie die Privat- und Polizeidetektive oder die gerechtigkeitsliebenden Amateure, die es mit dem großen Unbekannten, dem internationalen Konzern, dem wahnsinnigen Mörder oder dem alltäglichen Bösen aufnehmen und die ihrerseits in der Wahl ihrer Mittel auch nicht immer ganz zimperlich sind. Nachzulesen bei:
Lawrence Block, Richard Oliver Collin, Frederick Forsyth, Fruttero & Lucentini, Lesley Grant-Adamson, S. T. Haymon, Michael Innes, Hilda Lawrence, Paolo Levi, Arthur Machen, Ulf Miehe, Michael Molsner, Martin Page, Sara Paretsky, Barbara Paul, Julian Rathbone, Dorothy Sayers, Giorgio Scerbanenco, Rex Stout, Carolyn Wheat, Helmut Zenker.
